Lathea

4. kötet

S. Bardet
2015
Publio kiadó

Ezt a regényt elhunyt nagypapám emlékének ajánlom, aki bizonyosan önmagára ismerne az általam megformált öreg piktor józan életbölcseletében, életszeretetében és odaadó ragaszkodásában azokhoz, akik a szívében lakoznak. Illetve Édesapámnak, akinek a személyében egy kritkus, de mindig odaadó olvasómat és támaszomat is elveszítettem.

1945. március – július

- Nem egészen.

- Hanem?

- Betty elmondta neki, hogy Erwinnel járok. Nyilván olyan képet festett, amitől Tivy úgy döntött, nem keres többé. Mischa nem tudta, mit mondjon, egyszerűen csak végigsimított Lathea hátán. – Sajnálom. Ismét hallgattak egy darabig. Mischa már nem rajzolt. Borús tekintettel elnézett a part hosszan kanyargó homoksávja felett, mialatt lábait kinyújtva lustán sütkérezett. Valahogy sokatmondónak találta a csendet. Azon töprengett, ezt a ki nem kényszerített vallomást beleegyezésként, avagy visszautasításként kell-e értelmeznie. Lathea vele akar-e élni vagy külön? Direkt módon mégsem merte még egyszer megkérdezni, és főleg nem bírta volna elviselni a kiábrándító nemet.

- Még nem válaszoltál – szólalt meg végül az asszony a válla felett hátrapillantva.

- Hm?

- Voltál már szerelmes?

- Egyszer.

- Az eljegyzés?

Mischa bólintott. – Igen, Chantalba.

- Van ennek a vágásnak köze hozzá?

A feltételezés, illetve amit sugallt, mulattatta Mischát.

– Amennyiben Don Juannak képzelsz, óriási tévedésben vagy.

- Ez esetben mesélj valamit, a pikáns részletek is érdekelnek.

Lathea ugratása és a szemében táncoló vidám fény megtörte a melankolikus hangulatot. Mischa már-már kezdte élvezni a helyzetet, talán elsősorban azért, mert az asszony nagyon ritkán viselkedett ennyire fesztelen kacérsággal. – A te angol neveltetésedhez igazítom a történetemet, rendben?

- Tegyél próbára.

- Mindenekelőtt nem vagyok a testi szerelem rabja, ilyen fordulatot hiába is vársz. A vágást sem féltékeny férjek okozták – vigyorgott Mischa a feléje küldött grimaszon. – Régen se voltam kalandor, bár legtöbbször a lányokkal volt a gond.
- Ezt hogy érted?
- Az apám régi vágású úriember volt, akit merev etikett szerint neveltek, tele volt meggyőződésekkel arról, mit jelent férfinak lenni és mit nőnek. Márpedig én ugyanezt a nevelést kaptam tőle, jóllehet Párizs szabadosságának, a francia temperamentumnak, meg egy szabadabb világnak köszönhetően messze nem gondolkozom ugyanazokban a sémákban, mint ő. Ettől azonban még elborzaszt, amikor nők felajánlkoznak nekem. Mellesleg nem kellemes érzés, ha az ajánlat mögött nem személyes vonzerő áll, hanem az előkelő név meg egy degeszre tömött pénztárca. Ezért jobban szerettem a montparnasse-i lányokat, őket a vérmérséklet hajtotta alantas számítás helyett.
- Jól hangzik.
Mischa vidáman vigyorgott. – Jó is volt. Élvezetekben bővelkedő. Párizs más, mint London, más az erkölcs és az életfilozófia. Nehéz ezt elmagyarázni. A lényeg az, hogy a lehetőség mindenki számára adott, hogy egy feslettebb, vagy egy erkölcsösebb életvitelt válasszon. Ám ha az első felé húz a szíve, akkor sem közösítik ki.
- Chantal mit szólt ehhez?
- Semmit. Ha tudta vagy sejtette, akkor se került szóba soha. Tökéletesen komolyan vettem az udvarlást, ahogy illik. Persze volt csókolózás, ez meg az, de a végső elkötelezettségekkel várni akartunk az esküvőig. Azt gondoltam, megnősülök és életem hátralevő részét szerelemben úszva töltöm. Chantal igencsak forróvérű alkat, szórakoztató és minden őrültségre kapható.

Lathea várakozóan nézett rá, lábait maga alá húzta, ujjai között átpergette az aranyló homokot. Mischa ebben a békés pillanatban határozta el, hogy maradéktalanul őszinte lesz hozzá. Akár elhagyja, akár vele marad, biztos akart lenni abban, hogy olyannak látja, amilyen. Így nekiszegezte a kérdést.

- Az első találkozásunktól gyűlöltél, igaz? – belenézett a megrökönyödött arcba. – Ami engem illet, én az antikváriumban szerettem beléd. Az első percben mindössze annyit vettem észre, milyen kísértetiesen hasonlítasz az anyámra. Másodszor pedig, amikor a garasoskodó pulyka nem akarta kiadni a béredet, emlékszel?

- Hát, te… te emlékszel?

Mischa elhúzta a száját. – Csodáltalak a bátorságodért. Akkor ébredtem rá, hogy nemcsak szép vagy, de kemény és karakán is.

- Inkább mesélj az édesanyádról.

- Kínos neked ez a téma? – somolygott Mischa. – Kár, mert órákig boncolgathatnánk. Féltékenyen néztem a Royal Court-beli lakosztályból, amikor Erwin Cowannel a parkba szaladtatok ebédelni. Áldottam a szerencsémet, hogy miután a Notting Hillről eltűntél, hihetetlen módon rád találtam a szállodában. Ott voltál karnyújtásnyira, holott messzebb nem is lehettél volna. Te meg gyűlöltél engem, noha semmit nem követtem el ellened.

- Félreismertelek, sajnálom.

- Most már nem érdekes, csak egyszer el akartam mondani.

Lathea kíváncsian nézett rá. – Valójában miféle könyv volt az, amit annyira kerestél? Tényleg olyan sokat számított?

- Akkor még igen. Azzal, hogy 1917-ben elszöktünk Oroszországból, apám ingatlanjai és földjei állami tulajdonba kerültek. Ezt korábban is tudtuk, azt azonban nem, hogy a szovjet állam milyen törvényi intézkedéseket tett a kisajátítás érdekében. Esetleg egyes földekkel megajándékozott besúgókat, ilyesmi.

- Gyanakodtál valakire? Aki azon az áron, hogy elárulta, megkaphatta apád vagyonát?

Mischa beletúrt a hajába. – Egek, lemegy a nap, mire elmesélem az egészet.

- Van időnk.

- Jól van. Tehát valóban ez volt a lényege, bár a gyanúm nem igazolódott be. Tudod, mit? Inkább kezdem az elején – dörzsölte össze Mischa tettre készen a két tenyerét. – Imádtam az anyámat, erre felteszem, időközben már rájöttél. Így soha nem nyugodtam bele, miért kellett ott hagynunk. Az eszemmel ugyan rég sejtettem, hogy a testvéreimmel együtt meghalt, a remény azonban makacsul kitartott. Apámat lesújtotta a gyász. Még két éven át bebeszökött Pétervárra, hátha valami a nyomukra vezeti, de semmit nem talált. Később Párizsba költöztünk, hogy új életet kezdjünk, ám én továbbra sem adtam fel, hogy esetleg a nyomukra bukkanjak. A forradalom után számtalan orosz emigrált Franciaországba, főleg Párizsba...

- Ez a kulturális és nyelvi kapcsolatok miatt volt így? Olvastam róla, hogy a cári Oroszországban az előkelő emberek gyakran még az anyanyelvüket sem szívesen használták.

- Korábban igen, de ebben a században ez komoly mértékben már nem volt jellemző. A francia sokaknak tényleg többet jelentett, Párizs számos orosznak az első hazája volt, ahol elköltötték a vagyont, amit otthon a parasztjaikból sajtoltak ki. Európai mércével páratlan gazdagságban úsztak, mivel a legteljesebb mértékben kifosztották a birtokaikat, ám egyetlen rubelt se forgattak vissza fejlesztésekre. A parasztok nem ritkán éhen pusztultak, annyira nem maradt semmijük. Így természetesnek tűnt, hogy a földönfutók mind Franciaországba meneküljenek.

Otthon érezték magukat és az értelmesebbje a vagyonát már jóval a forradalom előtt is ott tartotta.

- Szomorú.

Mischa megvonta a vállát, nem tudva, a megjegyzés pontosan mire utal, ezért inkább folytatta a magáét. – Párizsban létrehoztak egy nemzetközi Vöröskereszt irodát, melyen keresztül a megmenekült oroszok kísérletet tehettek eltűnt rokonok felkutatására. Persze ez sokszor csak elméletben működött, mivel a bolsevikok légmentesen lezárták a határokat és még a hivatalos szervezetek sem kaphattak semmiféle értesülést a túloldalról. Azt már tapasztalatból mondom, hogy aki után meg külföldről érdeklődtek, gyorsan megütötte a bokáját. Ennek ellenére én is kerestettem anyámat meg a testvéreimet, teljesen eredménytelenül. 1931 szeptemberéig. Az egész nagyon váratlanul történt – Mischa ideges kézzel hátrafésülte előrehulló fürtjeit. – Amíg Péterváron Fetyával kadétnövendékek voltunk, társaságban is sokat forgolódtunk, az ilyesmi gyakorlatilag kötelező volt. Lőni, vívni ugyanúgy megtanultunk, mint táncolni és udvarolni. Az akadémia nem gyilkosokat állított elő, hanem hagyományos értelemben vett úriembereket. Akkoriban teljesen lenyűgözött anyám egyik unokahúga. Amolyan tinédzserkori fellángolás volt, ennek megfelelően ártatlan, ám annál romantikusabb. Zoljka hat évvel idősebb nálam és elképesztően szép lány, darázsderékkal, veleszületett szépségtapasszal meg ibolyakék szemekkel. Amikor 31-ben írt, alig akartam hinni a szememnek. Tizennégy év telt el az utolsó bál óta, ahol valcert táncoltunk, és apámmal gyakran merengtünk azon, milyen sorsra juthatott. A levélben Zoljka azt írta, anyám meg a testvéreim Moszkvában nyomorognak, és hívott, hogy menjek oda értük. Mindvégig erre a hívó szóra vártam, úgyhogy nem haboztam. Apámnak egy szót sem szóltam, mivel lélekben már eltemette őket, inkább a jó hírrel akartam hazatérni. Fetyának meg olyan dührohamot okoztam a bejelentéssel, el se búcsúzott tőlem. Azt mondta, idióta vagyok... és igaza lett.

- Nem találtad meg őket?

Mischa fanyarul mosolygott. – Természetesen nem. Alighanem 17-ben meghaltak. Zoljka mindenesetre egy névtelen kapcsolatnak elkért tőlem egy kisebbfajta vagyont. Iszonyú szegénységet láttam, jóllehet ő brüsszeli csipkében feszített meg a legdrágább selyemben. Idővel aztán gyanút fogtam, mire ő bedobta a legősibb női trükköt és másnap hajnalban a rendőrség pucéran rángatott ki az ágyából. Amiért megbíztam benne, négy évet húztam le Szibériában.

Az asszony elképedt arca önmagáért beszélt, mialatt csak egyetlen szó jött ki a torkán. – Szibéria?

- Szibéria. Olvastál róla?

- Semmi jót.

- Elhiszem. Szibéria évszázadok óta olyan fenyegetés, ami ha valóra válik, maga a vég. A cárok is oda száműzték a nemkívánatos személyeket, hiszen onnan még megszökni sem érdemes. Mindentől távol van, alig léteznek települések, az éghajlat elképesztően szélsőséges. Én is sokat hallottam róla, de most már elmondhatom, hogy annál is rosszabb. Mintha élve eltemetnének, Thea. Élsz, de senki nem tud rólad. A világ végén, ahol nyáron elevenen megfőhetsz, télen a fagyhalál kerülget. Közben végkimerülésig dolgoztatnak és tömik az agyadat azzal a bolsevik szarral. Közös célokról, meg eszmékről, egyenlőségről, közös gazdagságról... a pokolba is! Én csak közös szegénységet láttam! Meg egyébként is, eszemben sincs vadidegenekkel osztozkodni azon, ami az enyém!

Lathea letaglózva ült. – De hát miért árult el?

- Pénzért. Zoljka egy magas rangú fickó szeretője, majd a felesége lett, és a paradicsomi egyenlőségből koldusszegényen nem tudtak kitörni.
- Ezért odadobott téged!
- Pontosan. Talán még meg is dicsérték, amiért kémet fogott. Egy nagy halat, aki álnéven surrant be az országba és bomlasztani akarta az igaz rendet. Ugyan!
- Ez felfoghatatlan. Onnan származik a vágás az arcodon?
Mischa ösztönösen a sebhez kapta a kezét. – Ennek külön története van. A táborparancsnok okosabbnak találta megjelölni a politikai foglyokat, akik a hétköznapi gyilkosoknál vagy idióta köztörvényeseknél veszélyesebbek, hiszen tanultabbak. Mindenesetre jól látható kis szuvenír, nem?
- És a sebhelyek a hátadon?
- Mindenkit kényszermunkára vezényeltek, és aki nem csipkedte magát a terv teljesítése érdekében, alaposan helybenhagyták, vagy ha sokat okoskodott, kapott egy golyót a fejébe. Elég szimpla házirend, gyorsan megjegyzi az ember.
A maró gúnyra Lathea nem reagált. – És négy év után csak úgy elengedtek?
- Ó, nem, dehogy! Kémkedésért és államellenes izgatásért harminc évet kaptam, ma femme, ami garantáltan annyi idő, hogy senki nem éri meg a végét. Tehát vedd úgy, hogy halálra ítéltek.
- Hogy jutottál ki onnan élve?
- Fetya megszöktetett.
- Tessék?
- Utánam jött Szibériába. Ne kérdezd, hogyan, de megtalált és egy éjszaka kihozott a táborból. Öt hónapon át, árkon-bokron, legtöbbször étlen-szomjan kóboroltunk. Olykor két hétig egyetlen falut se láttunk, csak gyalogoltunk, mint a megszállottak, mégis mintha egyetlen lépést sem haladtunk volna

előre. Azután valahogy elértük a Kaszpi-tengert és annak mentén elvergődtünk az iráni határig. Irtózatosan megviselten és kiéhezve, jobb nem is gondolni rá – Mischa hálásan fogadta Lathea meleg szorítását a karján. Jólesett a megértő gesztus egy ilyen nehéz vallomás után, amit egyáltalán nem önszántából tett. – Iránból utaztunk haza Párizsba, ahol azzal a hírrel vártak, hogy az apám időközben meghalt. Anélkül, hogy évek óta hallott volna az egyetlen fiáról.

Lathea némán kuporgott mellette.

- Oroszországtól más ember lettem, Thea – folytatta Mischa kisvártatva. – Érzéketlen, közönyös, cinikus. Gyűlöltem a világot, magamat, és persze a nőket. Zoljka árulását soha nem tudtam megemészteni, bár messze nemcsak az érzelmeimről volt szó.

Maradéktalanul elment a kedvem a kalandoktól, vagy a társasági élettől. Meg voltam győződve róla, hogy senkire sincs szükségem, kiváltképp nőkre. Valamit azonban tudnod kell, hogy megérts. Sok minden megváltozott, amikor megismertelek. De annyira mégsem, hogy azért vigyelek el egy bálba, hogy leitassalak és elcsábítsalak. Mindössze látni szerettelek volna abban a gyönyörű ruhában, nem pedig olcsó revánsot venni valakin.

- Hiszen azt mondtad…

- Istenem, chérie, néha milyen naiv vagy. Egyetlen apa se tudna senkit a nyakamba varrni, ha én nem akarom. Egyszerűen csak ideje volt bebizonyítanom neked, hogy többet érsz a jól csengő nevű, társaságbéli hölgyek javánál, ám te észre se vetted, mekkora sikert arattál. A férfiakat elkápráztattad, a nők meg gyűlöltek a negédes mosolyuk mögött. Nem úgy terveztem, hogy a hálószobában fejezzük be az estét, de, akárcsak téged, engem is rabul ejtett a varázs, megszédültem. Soha hasonló élményem nem volt… senkivel. Ezért döntöttem úgy, ha törik, ha szakad, feleségül veszlek. Sajnos mielőtt előállhattam volna a lényeggel, megváltoztál, hogy olcsó nőcskének néztek, és megint magázni kezdtél, amitől elveszítettem a fejemet. Tudtam, hogy boldog voltál velem, csak aztán az az átkozott vita… mintha egy vödör jeges vizet zúdítottál volna a képembe.

Lathea akár megdöbbentette a vallomásával, akár nem, nem látszott rajta. – Más szóval az én hibám.

- Nem, az enyém, ma belle – tiltakozott gyorsan. – Először tisztességes lánykéréssel kellett volna próbálkoznom és a csábítást későbbre hagyni. Csak az volt a helyzet – óvatosan kereste a megfelelő szavakat. –, hogy Zoljka után egyetlen nővel se akadt dolgom, ami addig nem is hiányzott különösebben. Engem legalább annyira meglepett, magányosan is milyen elégedett voltam az életemmel, de mivel rettegtem a saját érzéseimtől, valahogy már senki nem hiányzott mellőlem. Aztán ott voltak azok a képmutató estélyek, brrr – undorodva összerázkódott. – Egyfelől gyanakodtak rám, esetleg valami komoly kifogásom van a nők ellen, hiszen soha egyet se láttak az oldalamon, másfelől ennek dacára akár két tucat lányt is hozzámadtak volna. Csakhogy a gondolattól is viszolyogtam.

Lathea őszinte mosolya ajándék volt a nyomasztó monológ közepén. – Ó, mit veszítettek!

- Hmm, egy professzor egyszer azt mondta nekem, általában egy férfihoz egy asszony illik. Na, persze nem flörtökről beszélek, hanem van egy, egyetlen egy, aki testi-lelki párja lehet. A bál éjszakája óta tudom, hogy én megtaláltam a páromat.

- Nagyon magabiztos vagy.

- Nehogy azt hidd. Éppen csak nem tudom elfogadni, hogy miután annyi szenvedésen mentem keresztül, még a tetejébe azt is elveszítsem, aki egyedül számít nekem. Nem adom meg magam ilyen könnyen.

A harcos kiállás akármennyire is hízelgett Latheának, fásultan tápászkodott fel a homokból — Szerethotjük egymást, Mischa, de egy grófthoz akkor sem illenek nincstelen lányok Stepney-ből.

Ahogy Mischa is felállt, komolyan nézett vissza rá. — Thea, a világ megváltozik ettől az öldökléstől. Hat év gyári méretű gyilkolást követően csakis a lényeges dolgok számítanak. Egyébként abban a világban, amiről te beszélsz, Zoljka hercegkisasszonyból luxuskurtizán vált és, gróf cím ide vagy oda, négy évig ütlegeltek és alázlak meg Szibériában. Úgyhogy ne hivatkozz a múltra, mert könnyen cserbenhagyhat. Egyetlen dolog számít: akarsz-e velem élni, vagy se? Ha Párizs nem tetszik neked, visszajöhetünk Angliába, akár Cornwallba is. Engem egyetlen pillanatig sem érdekel, szeretem ezt az országot. Kérlek, gondolkodj rajta, jó?

- Gondolkodjak? Hiszen a feleséged vagyok.

Mischa szomorúan mosolygott. — Nem akarok szolgálatkű asszonyt a háznál. Kizárólag akkor gyere velem, ha a szíved diktálja.

- A szívem? Már túl sokszor csapott be.

- Ugyan! Jó embereket szerettél és nem az ő hibájuk, amiért most nem lehetnek veled. Egyébként nem is kell töprengened a dolgon. Döntsd el most.

Lathea hitetlenkedve nevetett fel. — Most? Miért ilyen sürgős?

- Ha most nem tartod jó ötletnek, később se fogod. Tehát?

- Jól van.

- Ez mit jelent?

A keresztbe font karok felett kihívó mosoly villant. — Ígértél nekem egy párizsi sétát a Bal Parton, emlékszel még?

A derűs hahota Mischa egész arcát megváltoztatta. Szeme megtelt élettel, a frissen nővesztett körszakáll rejtekéből elővillantak hófehér fogai. — Hogyne

- Az egy elvarázsolt hely volt, egy elvarázsolt éjszakával, és még Jager rémtette előtt. Thea, csak akkor maradj velem és kezdjünk közös tervezgetésbe, ha valóban ezt szeretnéd. Ha a szíved ezt súgja.
- Igen, ezt.
- Ez esetben lenne egy kérésem. Ősszel szeretném megünnepelni a házassági évfordulónkat. Eddig nem volt okunk rá, de most végre lesz. Meghívnám a két vén baglyot is, hogy töltsenek velünk egy kis időt. Bernard-t elvinném ahhoz a lausanne-i reumatológushoz, akit Peter Wagner ajánlott, Laurie pedig kedvére festegethetne. Ha visszatér Marazionba, sokáig úgyse látjuk.
- Ez tényleg nagyszerű ötlet, igen, hívjuk meg őket. Lena és Christian is biztosan megismerkednének velük. Végre szép társaságunk lesz, ugye?
Lathea odaállt mellé és a mélyülő sötétben összesimultak. A csókja meleg volt és gyengéd. Szerelmes és minden ígéret benne rejtezett. – Szeretnék egy kisbabát, Mischa. Fantasztikus lenne itt felnőnie. Gondolod, hogy másodszorra sikerülhet?...Persze amennyire szeretném, annyira félek is, hogy megint történik valami.
- Ha vigyázunk, nem történhet semmi.
- Ez igent jelent?
- Hát, persze, hogy igent, ma chére.
- Köszönöm.
Mischa apró puszit hullajtott a feléje nyújtott szájra. – Különben van egy meglepetésem számodra.
- Tényleg? Mi az?
- Csak holnap tudom odaadni.
- Ugyan, minek olyan sokáig várni. Add oda ma, kérlek.
Mischa felnevetett. – Tényleg nem lehet előbb.
- Miért, mi az?
- Valami, aminek örülni fogsz. Úgy készülj, hogy fél tízre a városban kell lennünk. Többet most nem

árulok el – Mischa átölelte Lathea derekát és a fülébe csókolt. – Mit érez a gyomrod, nagyon éhes már?
- Hmm, miért kérded?
- Szerintem tudod – és az incselkedő mosoly elárulta, hogy így van.

Másnap reggel idejében elindultak Morges-ba, hogy ott lehessenek a pályaudvaron, ahol Mischa Jean-Michellel megbeszélte a találkozót. Egész éjszaka kemény harcot vívott önmagával, az izgalomtól alig talált álomra. Amióta elhagyták Párizst, egyre kevésbé üldözték a szibériai rémálmok, az éjszakákat többnyire végigaludta és sokkal pihentetőbb álmot lelt ebben a minden tekintetben gyógyító közegben, mint remélni merte. Leszámítva a tegnapot. Milliószor futottak át a kétségek az agyán, és akármennyire is szégyellte elismerni, tulajdonképpen tartott ettől a naptól, tartott a találkozástól Corey-val, illetve mindattól a rossz szellemtől, amit esetleg magával hoz Angliából. Abban egészen biztos volt, hogy az elárvult kisfiúnak a lehető legjobb apja szeretne lenni. Azt is tudta, sőt, hitte, hogy megvan benne ehhez a képesség és a kellő szeretet. Évekkel ezelőtt más lett volna a helyzet. A saját maga választotta börtön, az a makacs bezárkózás, amibe a múlt kísértetei elől menekült, semmiképpen nem adhattak teret olyasféle érzelmeknek, amelyek Latheához fűzték, vagy máris ehhez az ismeretlen kis emberhez. De megváltozott és ma már, ha nevetségesnek is találta egykori ridegségét, azt a merev elutasítást, amivel az érzelmek ellen küzdött, levonta a tanulságokat. Az éjszakai önvizsgálat egyik meglepő eredménye az lett, hogy két dologra már most visszavonhatatlnul elszánta magát. Az egyik, hogy Corey-t a saját nevére veszi, a másik pedig, hogy olyan embernek neveli, aki képes érezni és az emberi gyengeségeit felvállalni.

Lathea várakozásokkal telve ült mellette a kocsiban, szótlanul figyelte Morges reggeli rohanását. Vasárnap lévén a piac környékén kellett sok emberre számítani, hiszen a kosaras és megpakolt helyiek nagy kuszaságban, kiáltozva hömpölyögtek ide-oda. A kastély felé kanyarodtak, mely fenséges tömbjével uralta a kikötő öblét. A jachtok elegánsan ringatóztak a csendes vízen, a mólóknál már többen vitorlabontásra készülődtek. Szép idő volt, éppen annyi széllel, ami lehetővé tett egy kellemes kirándulást. A várat és ezt a látványt maguk mögött hagyva, Mischa lekanyarodott a vasútállomás irányába. A közeli templomtoronyban a harang elütötte a fél tízet. Időben érkeztek. A genfi gyors úgy tizenöt perc múlva várható.

- Elkésünk – aggódott Lathea a harangot hallva, ám ő egyetlen meleg mosollyal megnyugtatta.

- Odaérünk.

A pályaudvaron sem volt zavaró forgalom, ezért az MG-vel könnyedén besiklott a bejárathoz legközelebbi helyre és leállította a motort.

- Ide jövünk? – ámuldozott Lathea.

- Pontosan ide.

Kiszállt és a szomszédos ülésről kisegítette az asszonyt. A váróterem tekintélyes méretű tábláján a hatodik vágányra írták ki a genfi vonatot, ezért végigsétáltak a peronok között, le a hatosig. Ott a személyzet hosszú sornyi poggyászkocsival várta az első osztály utasait, akik minden valószínűség szerint temérdek holmival érkeznek a tóparti nyaralásukra. Nem kellett sokáig várakozni, mert a messzi füttyszó egyre közelebbről hangzott fel, mígnem a mozdony láthatóvá vált. A szerelvény lassított, hogy aztán a peron teljes hosszában méltóságteljesen begördüljön a neki szánt vágányra. Az utolsó moraj sem halt még el, de a türelmetlen utazók keze alatt felpattantak az ajtók és az addig kihalt kőcsík átmenet nélkül megtelt emberekkel. Olyanokkal, akik a világ száz nyelvén örültek, kiáltoztak, szólongatták egymást, vagy csacsogtak.

- Kit várunk?
- Meglátod, ma belle.
- Honnan ismerem fel?
- Felismered, csak kérlek, ne izgulj már annyira – csókolta meg Mischa a szőke fejet.

Az utasok időközben kezdtek szétszéledni. Egyesek hordárt hívtak és a bőröndökből felpakolt építménnyel megkönnyebbülten útra keltek. Mások megtalálták a barátaikat, vagy családjukat, hogy összeölelkezve hagyják el a peront. Ahogy kevesebb lett a lábatlankodó, ők is jobban körül tudtak nézni. Mischa ekkor figyelt fel Jean-Michelre. Divatos, vajszín öltönyében meg az elegáns kalapban pompásan illett ebbe a tehetős társaságba, mely ilyenkor nyáron elözönlötte a svájci Riviéra fürdőhelyeit. Nem integetett és nem is hívta fel magára a figyelmet, ezért Mischa nem is tudta pontosan, Lathea mikor vette észre. De ahogy ott álltak egymás kezét fogva, az ujjai egyszer csak kicsúsztak a tenyeréből és tétován megindult előre. Eleinte lassan, mintha ólomlábakon járna, majd felgyorsítva a lépteit egyenesen odaszaladt Jean-Michelhez. Ő kétségekkel telve, messziről leste, ahogy hirtelen térdre csuklott és a boldogságtól felsikoltó kisfiút a karjaiba zárta. Jean-Michel elengedte Corey kezét, hogy teljes erejével belekapaszkodhasson Latheába. Sírva-nevetve ölelgették, csókolták egymást, senkit észre sem véve maguk körül. Nem kellett különösebb magyarázat ahhoz, vajon szívükben-lelkükben összetartoznak-e. Mischa érezte, ahogy az izgalomtól lüktet a vér az agyában. Kíváncsian méregette a kisfiút, aki csinos kabátkában és rövidnadrágban érkezett. Az elegancia dacára csintalan, boldog mosolyából rögvest kitűnt, hogy valójában egy eleven rosszcsont. Ahogy

Latheához bújt, vörös fürtjei angyali arcot kereteztek. Éppen olyan volt, akár Laurie képein, noha sokat nőtt azóta, hogy az öreg utoljára megörökítette. Az érzelmi megrázkódtatás édes pillanatai után odasétált a kis csoportosuláshoz. Jean-Michel szótlanul mosolygott, elégedettnek látszott.

- Szervusz, Corey – mondta Mischa a gyereknek, aki tágra nyílt, gyönyörű szemekkel nézett fel rá. – Mischa vagyok. Van kedved eljönni hozzánk? Egy szép, nagy házban lakunk a tó közelében.

Corey megilletődötten, már-már engedélyt remélve sandított Latheáról Jean-Michelre. – Én nem mulasztanám el ezt a meghívást – kócolta meg Jean-Michel bátorítóan, hogy azután Corey széles vigyorral rábólintson a meghívásra.

Mischa még mindig örömmel idézte vissza a pályaudvari találkozást, ahogy este ugyanott álldogált a kertre nyíló ajtóban, mint az előző esték szinte mindegyikén. Jean-Michel két hetet töltött Corey-val, miután a hivatal emberei elvették az apjától. Ez az idő elegendőnek bizonyult ahhoz, hogy régi, marazioni barátságukat felébresszék. A kisfiú ennek a korábbi ismeretségnek köszönhetően teljesen megbízott benne és, kiszabadulva az apja előidézte félelem ketrecéből, jól érezte magát a társaságában. Sokat kirándultak Londonban és amikor Brigitte-et hátrahagyva kettesben útra keltek Franciaország felé, a kaland Corey minden lelkesedését megsokszorozta. Azután felülmúlva minden korábbi meglepetést, Laurie személyében újabb csodába illő ajándék várta Párizsban. Mischa Jean-Michel elbeszéléseiből tudta meg, hogy Corey egészen kicserélődött az öreg társaságában. Varázsütésre ismét ugyanaz a gondtalan kisgyerek lett, aki a Parisianben volt, és aki majdnem örökre elveszett a londoni hónapok hányattatásainak köszönhetően.

- Talán már feladta a reményt, hogy minden jóra fordulhat, hiszen Frost csúnyán és keményen bánt vele. De akkor Laurie visszatért az életébe és ez az összes kétséget elfújta – Jean-Michel kedélyesen felnevetett. – Elárulom, hogy nem volt egyszerű ideutaznunk a papa nélkül.

A nap felét Jean-Michel éppen azért töltötte velük, hogy Corey ne érezhesse úgy, mintha meg akarna szabadulni tőle, akár egy nemkívánatos tehertől. Kirándulni mentek, majd ebédelni, és amíg Lathea a kicsivel játszott, a közelmúlt számos apró fejezetét elmesélte Mischának. Nem mindent volt kellemes hallani, ennek ellenére jobb tudni. Végül délután felszállt a vonatra és egy megindító búcsút követően visszaindult Párizsba.

Mischa a hazatérésen töprengett. Ahogy Corey izgatottan futkosott fel-alá a házban és alig tudott dönteni, melyik szobát válassza magának. Hosszas tanácstalankodás után arra esett a választása, amelyik a medencére nézett. Kissé eltolták a bútorokat, ahogy neki jobban tetszett, így az ágy az ablakhoz került.

- A papa házában is így volt – örömködött Corey a végeredmény felett és sóvárgó szemekkel ott maradt az ablaknál kifelé bámulva.

Mischa megkocogtatta a feje búbját, hogy magára vonja a figyelmét. – Miért csak nézzük azt a medencét? Nem kéne kipróbálni?

Jobban nem is találhatta volna telibe a kisfiú vágyálmait. Sietve átöltözött és fürdőnadrág híján magára kapva egy alsót robogott lefelé a lépcsőn. Mischa minden mozdulatát éberen leste, ami tulajdonképpen felesleges elővigyázatosságnak bizonyult, mivel remekül úszott. A mozdulatain látszott, hogy Laurie remekül megtanította az összes trükkre.

Eseménydús nap volt és a végén, egy kis békét találva, szokatlan derű szállta meg. Elégedettség. A kis családtag akkor is elbűvölte, ha ők ketten még nem tudtak összeismerkedni, hiszen legalább az első lépéseket már megtették. Jó jelnek tűnt, hogy Corey nem zárkózott el tőle, bár Mischa a távolságtartását érthetőnek is tartotta. Érezte, hogy a tartózkodása egyszerűen az idegennek szól, nem bizalmatlanság vagy ellenségeskedés keltette magatartás. Butaság lett volna zokon vennie, hogy inkább Lathea társaságát kereste, a tekintete folyton őt kutatta. Biztonságot nyújtott neki a tudat, hogy a közelében van. Persze ő maga is időre vágyott, amíg hozzászokik ehhez az új szerephez, ami annyira idegen volt még. Kissé feszélyezte is, sutának érezte magát benne.

A pohara kiürült, miközben a csillagokat számlálgatta az égbolton. Az emeleti, nyitott ablakon keresztül hallotta, ahogy Lathea halkan beszélget Corey-val, majd a kicsi nevetése szűrődött le. Noha a szavaikat nem értette, a köztük meglevő fesztelen hangulat érezhető volt. Eltelt némi idő, majd a kert gyepére kiszűrődő lámpafény kihunyt és teljes csend lett. Valahol a távolban bagoly huhogott, a feltámadó szellő megsuhogtatta a kertben száradó ruhákat.

- Alig tudtam elaltatni, annyira izgatott – súgta Lathea boldogan, és átölelve a derekát megcsókolta. – Ez életem legszebb napja, Mischa.

Mischa töprengő arckifejezéssel nézett vissza rá és, végigsimítva a fürtjein, azt mondta neki, amit érzett. – Azt hiszem, az enyém is. Mától igazi család lehetünk.

- Corey-val?

- Senki nem veheti el tőlünk többé. Persze hacsak ő nem akar elmenni. Mondott neked valamit?

Lathea szikrázó mosollyal felnevetett. – Megkérdezte, tényleg az apukája szeretnél-e lenni.

- Nyilván nem egyszerű dolog ezt ilyen fiatalon felfogni, végtére is van már egy apja.

- Úgy látom, rossz emléket hagyott benne. Mintha félne tőle. Azt mondja, megütötte.

- Igen, hallottam Jean-Micheltől. Szomorú história –
Lathea hallgatott. Mischa vállára hajtotta a fejét és
sokáig saját gondolataikba temetkezve, némán
álldogáltak. – A nevemre akarom venni – jelentette be
Mischa csendesen.
- Jól meggondoltad?
- Igen. Azt szeretném, ha úgy nőne fel, hogy
nincsenek kétségei afelől, hova tartozik. Amint a
nevünket viseli, számára is egyértelmű dolog lesz,
nem gondolod?
- Hát persze, és a legjobb apja leszel. Csakhogy
később nem bánod majd meg?
- Ezt hogy érted?
- Ha örökösödésre kerül a sor és esetleg nem születik
saját fiad.
Mischa az asszonyra mosolygott. – Egyelőre nem
készülök a másvilágra, ma chére. És nem te mondtad,
hogy szeretnél egy kisbabát?
- Igazad van… csak annyi minden történt ma… és
annyi minden jár a fejemben.
- Menjünk, feküdjünk le, Thea. Én is elfáradtam.
Lathea ujjai azonban a csuklójára kulcsolódtak és
finoman visszatartotta. – Attól tartok, még meg se
köszöntem, amit Corey-ért tettél.
Mischa az ajkára tette az ujját. – Nem kell

megköszönnöd – lágyan, szerelmesen

megérintette az arcát. –

Bár volnék, mint te, Csillag, oly örök -

nem a magas ég magányos tüze,

hogy türelmesen a világ fölött

vigyázzam, mint álmatlan remete,

a mozgó tengert, mely papként szelíden

mossa a föld emberi partjait

vagy nézi a friss havat, melynek ingyen

fehérébe hegy s mocsár öltözik -

nem - én kedvesem érő kebelén

vágynék lenni szilárd s változhatatlan,

hogy annak lágy, lélegző melegén

őrködjem örök-édes izgalomban:

azt szeretném, azt hallgatni, örökkön,

ott élni mindig - vagy meghalni rögtön. [2']

Lathea megnyugtató mosolya Mischa számára olyan volt, akár fénysugár az éjben. – Szeretlek, gróf úr.

Mischa a szájára hajolt és megcsókolta. – Úgy látom, a nevemről lemondhatok, Miss Trashburn, nemde bár?

Vége

---

[2] *John Keats: Utolsó szonett*

- Eljössz velem Párizsba, grófné? – kockáztatta meg a kérdést a férfi és várakozóan ránézett csodálatos szemével.

- Egy szót sem tudok franciául.

- Nélkülem úgyse tehetsz egyetlen lépést sem. Majd tolmácsolok neked.

Lathea elmerengve azt mondta: – Amikor azt hittük, megöltek a németek, akkor döbbentem rá, milyen keveset tudok rólad.

- Mindent elmesélek, amire csak kíváncsi vagy, ha velem tartasz – a habozást látva Mischa annyival kiegészítette: – Legalább egy kis időre.

Felelet helyett Lathea átfonta felhúzott térdeit a karjaival és elnézett a kék víz felett. – Ez az egész, mintha nem is velem történne… Félek.

- Valld be, hogy ugyanúgy boldogságra vágysz, ahogy én. Bár abban is biztos vagyok, hogy nem velem képzelted el, de van ilyen, sajnos az embernek át kell küzdenie magát a kudarcokon.

Lathea továbbra is a távolba meredve, megbotló hangon szólalt meg. – Voltál már valaha szerelmes?

Úgy istenigazából – inkább csak önmaga igazolására megrázta a fejét. – Én az első este beleszerettem Tivybe, amikor piknikezni vitt a Regent's Parkba. A tó túloldalán előkelő társaság mulatott, a nők csillogó-villogó toalettekben, a férfiak frakkban, mi meg… – felnevetett az emléken, hogy a megindultság könnyei azonnal elöntötték a szemét. – Képzeld csak el… mezítláb táncoltunk a gyepen. Ó, álomba illő volt és én tudtam, hogy Tivyt életem végéig szeretni tudnám.

- És mi történt?

A keserű fintort nem lehetett könnyedén venni. – Soha többé nem keresett, mígnem egyszer felbukkant, hogy bejelentse, Amerikába költözik és ott vállal orvosi állást. Ostobaság, de mintha elrabolták volna tőlem, amit még meg sem kaptam.

- A karrier lehetősége többet nyomott a latban?

egy kísérletet, ha pedig nem megy, akármikor elválhatunk. Mit gondolsz?

- Nem is tudom.

- Tisztában vagyok vele, hogy nem fogod Tivy Rogerst egyhamar elfelejteni, emiatt ne aggódj, kérlek.

- Többet érdemelnél.

- Te is, ma belle, csakhogy akit szerettél, meghalt. Nézd, hamarosan visszamegyek Párizsba. Boldoggá tenne, ha velem tartasz, bár ha később csatlakozol hozzám, azt is elfogadom. Nem leszek álszent, a lelkemet eladnám az ördögnek, hogy viszonozd az érzéseimet. Addig viszont legalább szeretnék veled lenni. Éjjel ugyanúgy, mint nappal – Mischa közelebb vonta magához és élve az alkalommal élvezettel megcsókolta. Hosszú, perzselően érzéki csók volt, ígéret, csábítás, múlt és jövő.

- Nem akarlak becsapni – mentegetőzött Lathea végigsimítva a csókra felkínált szájon.

- Nem csapsz be, mivel ismerem az érzéseidet.

- És ha nem illek a világodba?

- Illesz a szívembe meg a karomba. Semmi más nem érdekel. Nem akarok egyedül élni, nélküled, folyton azon merengve, milyen lenne együtt. Betöltöttem a negyvenhármat és még soha nem voltam boldog, soha ebben a nyomorult életben.

Latheát elgyengítette ez az egyszerű nyíltság. Ha nem is merte néven nevezni az érzéseit, gyanította, hogy amit érez, közel jár a szerelemhez. Ha nem így lenne, nem siratta volna meg Mischát, nem lelkesítené, hogy láthatja, nem örülne a csókjainak. És főleg nem érezné elviselhetetlennek, hogy esetleg más nőt szeressen. Ezért valahogy nem kételkedett a férfi vallomásának igazában, inkább az ejtette zavarba, hogyan szerethet két embert egyszerre. Tivy emléke még túl eleven volt, ennek dacára Mischa ellenállhatatlanul vonzotta.

elbizonytalanította őt, aki arra is felkészült, vagy hazugságokat hall majd, vagy egyszerűen elsikkad a válasz. Ezzel szemben, amikor Mischa végre megszólalt, azt mondta: – Az apám szerelmi házasságot kívánt nekem és... azt is kötöttem. A kijelentés megrekedt köztük. Farkasszemet nézve hallgattak, Lathea annyira megrendült, levegőt is elfelejtett venni. Körülöttük mintha megállt volna az idő, a nyári szellő fuvallataitól halkan suttogott a dűnék dús füve, a fejük felett sirályok rikoltoztak, amúgy minden cinkosan néma maradt. Ám hiába fürkészte az ismerős arcot, rendíthetetlen komolysággal nézett vissza rá.

- Valójában lennének terveim, éppen csak attól függenek, mi lesz ennek a házasságnak a jövője. Figyelsz rám, Thea? – Lathea kábán bólintott. – Miért vagy úgy meglepve? Szerény számításaim szerint legfeljebb a harmadik lehetek, akiket elvarázsoltál.

- Nem is tudom, mit mondjak.

- Ugyan, nem várom tőled, hogy azt hazudd, te is szeretsz engem.

- Az életem része vagy és Doverban közel álltam hozzá, hogy...

Mischát láthatóan nem zavarta semmi, így ezt a mondatot is könnyedén befejezte. –

...megváltozzanak az érzéseid? Ez legalább reménykeltően hangzik. Ha nem lenne teljesen biztos, hogy a barátod meghalt, más lenne a helyzet. Így viszont nem akarok elválni. Adj magadnak egy kis időt, amíg megemészted azt, ami történt....Erwin Cowannel, az amerikaival és nem említve az én feltámadásomat.

- Ez rossz vicc volt.

Mischa belecsókolt a tenyerébe. – Bocsáss meg. Röviden szólva azt szeretném, ha kaphatnék egy lehetőséget a bizonyításra. Talán valódi házasság is kikerekedhet ebből a bohózatból. Legalább tegyünk

- Hmm, így is fogalmazhatsz, ha akarod. Egyet azért elárulhatok, soha nem bántam meg, amiért visszaléptem.

Lathea a férfira szegezett tekintettel, összegyűjtve minden bátorságát előrukkolt az egyetlen igazán fontos kérdéssel. – Tulajdonképpen miért vettél feleségül?

- Ezt most jut eszedbe megkérdezni?

- Talán késő?

- Neeem – mosolygott Mischa meghökkenve. – Csak célszerűbb lett volna hamarabb megtenned.

- Akkor nem voltál túlzottan őszinte és örökösen azt hangoztattad, nekem miért jó ez így.

- Elismerem.

- De neked mi volt a jó benne? Semmi előnyöd nem származott belőle, mégis elvettél. Miért?

- Pedig grófok semmit nem tesznek érdek nélkül, ugye?

- Sajnálom, ha megbántalak ezzel, ez mégis így van.

Mischa legyintett. – Emiatt ne aggódj, bár ha végiggondolod a dolgot, szerintem magadtól is megleled a választ.

- Amikor megismerkedtünk, nem volt se előkelő családfám, se vagyonom…

- Ahogy most sincs.

- Ráadásul a saját apámat is megöltem.

- Önvédelem volt.

Lathea megvonta a vállát. – Ettől még nem kisebb a bűn. Sejtelmem sincs, mi késztetett ekkora nagylelkűségre.

- Nagylelkűség? Szó sincs ilyesmiről. Különben is, túl sok nő szorulna nagylelkű segítségre.

- Akkor?

Mischa ez alkalommal letette a ceruzáját és egyenesen Lathea szemébe nézett. Zavarba ejtően sokáig hallgatott, meg sem mozdult, mintha szavakat keresne a mondandójához. A várakozás mindenesetre hamarosan egészében felszabaduló Franciaország lábadozott abból a lidércnyomásból, ami évekig fojtogatta, megtaposta, végül erkölcsileg és anyagilag is kifosztotta. Márpedig hiába ült mellette Mischa halálos nyugalommal, mint aki többé ki se akarja tenni a lábát Marazionból, Párizs mágnesként vonzotta. Hazavágyott és ehhez nyilván hozzátartozott, hogy ott folytassa az életét, ahol a háború miatt félbehagyta. A harcnak heteken, legrosszabb esetben hónapokon belül vége és ő szabad emberként térhet vissza oda, ahova tartozik.

- Szerinted ilyen egy normális házasság? – csúszott ki a száján, mielőtt észbe kaphatott volna. Csapongó gondolatai közül talán ez volt a legostobább, amit ráadásul önmaga is megválaszolhatott volna.

Mischa halkan felnevetett. – Aligha – a grafit zenét sercegett a papír rostjain.

- Hiszen mi csak… – Lathea képtelen volt kimondani, ami ott ült a nyelve hegyén, így Mischa fejezte be helyette a mondatot, mialatt a művére álmodott egy káprázatos vitorlást.

- Mi csak a vágyainkat osztottuk meg, nem igaz? Az legalább nem jár csalódással, legalábbis veled soha, mon amour.

Lathea belepirult a bókba. Félrefordította a fejét, hogy elrejtse a pírt, noha ez felesleges elővigyázatosságnak bizonyult, mert a férfi fel se nézett. Inkább nyúlfarknyi hallgatást követően elmerengve megkockáztatta: – Azért egy jó házassághoz bizonyára jóval több szükséges a hálószobai örömöknél.

- Laurie egyszer említette, hogy jártál már jegyben.

- Vigyázz hova lépsz, chérie – sóhajtotta Mischa bánatos felhanggal.

- A titkaidba gázoltam?

– a kérdő pillantást, amit kapott, nem kísérték se szavak, se gesztusok. – Amikor kiderült, hogy Tivytől állapotos vagyok, rettenetesen csalódottnak látszottál.
- Csalódott is voltam, ám mivel ő meghalt, az ügynek számomra nem maradt jelentősége.
- Ezzel…?
Mischa megforgatta a ceruzát két ujja között. – Thea, én úgy szerettem volna azt a kicsit, akár a sajátomat, és nem jelentett volna gondot, mert mégsem az. Sokkal inkább te érezted volna a helyzetet terhesnek, ha minden alkalommal az apját idézi benned – rövid tétovázás után ismét a rajz fölé hajolt, úgy kérdezte: – Te tényleg azt feltételezted, hogy emiatt elválok tőled?
- Hiszen megcsaltalak egy másik férfival. A kisbabákat nem a gólya hozza.
- Tisztában vagyok vele, ma femme. Ám két nyomós oka is van, amiért semmit nem vethetek a szemedre: egy, számodra évek óta halott voltam, amikor találkoztál az amerikaival, kettő: azt a fickót valóban szeretted, míg a mi házasságunk egy célszerű megoldás volt. Tökéletesen megértem, ha szükséged volt valakire, nincs ebben semmi megbocsáthatatlan – apró mosoly. – Legalábbis az én francia felfogásom szerint.
Lathea zavartan nyelt egyet. – Más szóval, te is….?
Egy hosszú percre Mischa mélyen a szemébe nézett, azután nemlegesen ingatta a fejét. – Tudd be a lehetőség hiányának.
- A lehetőség? – hökkent meg Lathea, hiszen a férfi maga mesélte, hogy éveket töltött egy nyilvánosházban bujkálva. Mischa derűsen hahotázott zavarodott grimaszán.
- Az, amire te gondolsz, az én szememben nem számít lehetőségnek – ezzel ismét a rajzba mélyedt.
Amíg az alkotásán munkálkodott, Lathea tekintete a horizont felé kalandozott. A víz túloldalán a

ekkora kockázatot vállalni. Párizsban hemzsegnek az
ismerősök.

- És a háború után? – Irány a Rue de Rennes – az örökké szorgalmas kéz
ezúttal megállt a levegőben, amíg gazdája oldalra
sandított. – Mi ez a faggatózás? – a szája nem, de
barna szeme nevetett.

- Egyszerűen csak érdekel, milyen terveid vannak.
Amíg bujkáltál, bizonyára sokat foglalkoztatott,
mihez kezdesz, nem? – Mischa arcán széles mosoly
született. – Valami mulatságosat mondtam?

- Semmit, Thea, semmit. Az az igazság, hogy a
kérdésedre egyelőre nincs mit mondanom. Néhány
elkerülhetetlen formalitás rendezésén túl nem
szövögettem nagy terveket.

Lathea némán leste a feltámadt ceruza fürge
satírozását. Hallgatagon, holott kérdések kavalkádja
zakatolt a fejében. Pusztán csak képtelen volt
eldönteni, miként rukkoljon elő velük. Mintha
vívódása nyílt titok lenne, a férfi kedvesen megszólalt
mellette: – Úgyse hiszem el, hogy egyedül az unalom
űzött ide – a fejük felett két sirály suhant el
rikoltozva.

- Valóban nem.

- Hát, miért nem árulod el?

- Mischa, el akarsz.... úgy értem, el akarsz válni,
mielőtt hazamész?

A kérdés tehát elhangzott, Lathea pedig kellően
ostobának érezte magát ettől a bátor őszinteségtől.
Még akkor is, ha a bizonytalanságot többé már nem
bírta elviselni. Tudnia kellett, mire számítson, és ha
egyszer hiába várta, hogy a másik tiszta vizet önt a
pohárba, neki kellett megtennie az első lépést.

- Elválni? – kapta fel a fejét Mischa. – Neked ilyen
sürgős, hogy szabad legyél?

A feltételezés éppen fordítottan hangzott, mint ő
elképzelte. – Inkább arra gyanakodtam, hogy neked az

- Min dolgozol ennyire?

Ahogy Lathea a homokba rogyott Mischa oldalán, belekíváncsiskodott a készülő rajzba. Nem volt nehéz dolga, mivel alkotója meg sem próbálta elrejteni előle. Hátát a dűne meredekebb, ezen a partszakaszon néhol sziklás falának vetette, miközben felhúzott jobb combjának nyomva a jegyzettömböt magabiztos lendülettel irányította a ceruzáját. Nem lehetett kétség afelől, hogy bír azzal a technikai tudással és gyakorlattal, amivel papírra vesse az elébük táruló üres tájat. Bár Lathea messze nem szakavatott szemének úgy tűnt, a befejezés még odébb lesz, de már sejteni vélte a lenyűgöző végeredményt.

Válasz helyett Mischa felpillantott. – Korai még felkelned. Az orvos legalább három napot javasolt.

- Unatkoztam.

- Ezt megértem – a szelíd mosoly ahogy jött, úgy el is olvadt, mialatt a rajzoló kéz továbbrepült a papír felett.

- Nem zavar, ha beszélek közben?

- Egyáltalán nem. Figyelek.

Eltelt egy rövid szünet, mire jókora kerülővel elhangzott az első kérdés. – Még nem is mesélted, mit szólt az unokatestvéred meg Fettisov, hogy élsz.

- Hiszen Galina évek óta tudta, de azért bízom benne, nincs ellenére. Különben meg kap még tőlem, amiért a kifejezett kérésemre fittyet hányva nem értesített téged. Még Fetyának se szólt.

- Jó érzés lehetett hazamenni.

- Évek óta nem jártam Párizsban. Körülbelül a bevonulásom óta, 1940. elejétől, ha jól számolom. Uram isten! Átkozottul rég volt!

- Miért nem mentél haza? Titokban sem lehetett?

Úgy látszott, Mischa eltöpreng a felvetésen, ezért némi késéssel felelt. – Nem lett volna okos dolog

bensőséges barátság fűzne össze minket. Ő elmondja, mit gondol, én is elmondom. Egyszerű, nem?
- Bíztatóan hangzik.
Mischa elégedetten bólintott. – Mindenben a tanácsodat követtem, Okker. Thea akármennyire is szerette Rogerst, ő maga mesélte, hogy a szíve mélyén attól rettegett, hogy az a boldogság nem tarthat örökké. Józan nő és bebizonyítom neki, hogy ha nem is ugyanazzal a szerelemmel, de azért meg tudom ajándékozni valamivel, ami többet ér az kiapaszthatatlan könnyeknél.
- Úgy tűnik, a legjobb úton haladsz, Kolja.
- Kivárom, amíg eltemeti magában azt az emléket, és utána előállok a lényeggel.
A kezdeti nehézségek láttán Laurie csodálta Mischa önfegyelmét és ritkaságszámba menő türelmét. Talán nem volt neki mindig könnyű, mégis tartotta magát a tervhez, és lassacskán visszalopta a nevetést a felesége arcára. Lathea nem folytatta a munkát Mr. Carrough-nál, hiszen időközben ő maga elfoglalta az állást. Helyette ismét zongorázott, illetve olaszul tanult. Délutánonként hosszú sétákra indultak, így számos alkalom adódott, hogy jobban megismerjék egymást. Laurie, szokása szerint távol maradva mindentől, csakis gratulálni tudott magának, amiért látatlanban is érezte, hogy ez a két ember összeillik.
- Tavasszal vagy nyáron magam is úgy terveztem, hogy Párizsba utazom – felelte Grant érdeklődésére. – Anne temetését követően jöttem el, márpedig annak megvan nyolc esztendeje.
- Irtózatosan rohan az idő.
- Úgy bizony! Ezért is nem akarom elfecsérelni. Meglátogatom a régi cimborákat, mielőtt egy reggel arra ébredek, hogy a lábamat se tudom kiemelni az ágyból, annyira megvénültem. Ez lesz a legjobb nászajándék a fiataloknak, ugyanis egyedül hagyom őket a házban.

hangulatváltozásai rémisztően jelezték, micsoda érzelmek feszülnek a felszín alatt. Egykori elképesztő önuralma helyett minduntalan kitört belőle a harag, és heveskedésével az egész környezetét megijesztette. Máskor viszont annyira rezignált és közönyös maradt, mint akit a körülötte levő világ a legteljesebb mértékben hidegen hagy. Éppen ez tűnt a jelenség legmegrázóbb velejárójának, hiszen Mischát kiszámíthatatlanná tette. Egyben ez volt a legdrámaibb változás is, amit Laurie a régi ismeretséghez képest felfedezett. A baljós kezdés dacára elismeréssel tekintett vissza az eltelt időre. A kezdeti kitörések fokozatosan elhaltak és, főleg a novemberi szomorú baleset után, Mischa érzékelhetően lehiggadt. Akármilyen furcsán hangzik, jót tett neki a kétkezi, mégis felelősséggel járó munka Mr. Carrough fűszerüzletében. Amellett, hogy elfoglalta magát valami új felfedezésével, Laurie elégtétellel látta, hogy ezzel a tapasztalattal közelebb kerül Latheához. Kezdett belelátni a lelkébe, abba az életmódba, ami korábban érthető módon idegen volt tőle. Tanulóleckének azonban, ami végeredményben csökkentette a távolságot a házaspár közt, megfelelt. És persze Mischa elég okos volt ahhoz, hogy megfogadja a tanácsot, miként nyerheti meg magának egy olyan asszony szívét és hűségét, aki szintén most akart új életet kezdeni. Új életet egy elhalt szerelmes után.

- Olyan ez, akár a háború – vallotta meg egy este Mischa a kandallónál ücsörögve. – De győzni fogok.
- Honnan ez a magabiztosság?
- Honnan? Elegendő belenéznem Thea szemébe. Megbízik bennem és már nem hozakodik elő léptennyomon a társadalmi különbségekkel. Észrevett engem a fellengzős rang meg sallangok mögött, ami óriási dolog. Néha egészen olyan az egész, mintha

vakargatta meg Grant a kutya bundáját. – Miért nem szórakoztatod egy kicsit a szépasszonyt? Örülne neked – Rozsda morgolászott valamit. – Na, eridj! Nem kellett kétszer mondania, az eb méltóságteljes szökkenésekkel sarkon fordult és eltűnt a tavaszi zöldbe öltöző bokrok között. Grant szórakozottan fordult utána, majd visszaballagott a házba. Odabent Laurie a szivarján pöfékelt, ráérősen fújva ki a füstöt, mint akinek nincs nagyobb gondja a füstkarikák gyártásánál.

- Mi lelt téged? – ejtette Grant a vállára a kezét, mielőtt elsétálva mellette visszaült cserbenhagyott helyére. – Már-már hallom, ahogy kattognak a fejedben a fogaskerekek.

- Emericón tűnődöm. A minap azt kérdezte, nem lakhatnának-e itt az esküvő után.

- És mit szól ehhez az öreg John? Végtére is csak egy lánya van.

Laurie megvonta a vállát. – Törődjön a kis feleségével a vén zsivány, ha már egyszer az ő korában újranősült.

- Akkor meg hol itt a gond?

- Nem akartam a fiatalokra kényszeríteni, hogy egy ilyen rozoga, vén csonttal kelljen a házon osztozkodniuk. Emerico viszont nem hajlandó építkezni. Végül azt hiszem, Mischa oldja meg a helyzetet, mert hamarosan visszatér Párizsba. És bár Lathea nem tudja, őt is vinné magával.

- Ejha! Ezek szerint együtt maradnak?

Laurie újfent kivette a szivart a szájából. – Ez alighanem Latheától függ, de ha jósolnom kéne, azt mondom: igen.

Gondolatban Laurie az elmúlt hónapokon merengett. Amikor azt javasolta Mischának, legyen türelmes az asszonnyal, nemigen hitte, hogy képes lesz visszafogni az indulatait. A háborúból érkezve tombolt benne az elégedetlenség, meg a düh. Hirtelen

39.

Howard Stump felemelkedett a hívogató karosszékből és a táskája után kapott. – Tudod, Laurie, öreg barátom, örülök, hogy lassan vége ennek az öldöklésnek. Ugyan sokkal jobb világra nem számítok, de a fenébe is, kedvemre elhúzhatom a függönyt és nem kell orra buknom a sötét utcán.
Laurie a bajsza alatt dörmögött valamit, Grant viszont felállt és vállon veregette az orvost. – Teljesen igazad van, Howard. Patton a Rajna jobb partján van, ez jót jelent, nagyon jót. Egy-két hónap és Berlinbe ér.
- Nagyon bízom benne. Ó, még valami – kinyitva a tekintélyes táskát egy tablettát halászott elő. – Ez Latheáé.
Grant átvette a láthatóan rendelői használatra szánt gyógyszert. – Valami női dolog?
Az orvos kedélyesen mulatott a sokatmondó grimaszon. – Szó sincs róla! A téli megfázás lecsapódása. Két nap fekvés és el is felejtheti – újra vigyorogni kezdett. – Amúgy nem minden férjet faragtak ugyanabból a fából, Grant. Latheáé például kiválóan bírta a megpróbáltatásokat. Sőt, Mr. Carrough el van alélva attól, milyen sokoldalú segítséget kapott a boltjába.
- El kell, hogy ismerjem, valami egészen rendhagyó élmény egy arisztokratától vásárolni a tejet.
A fanyar megjegyzést követő csendet szanaszét kergette, ahogy mindhárman hahotázni kezdtek.
- Na, jó, indulok. Szevasz, Laurie. Grant.
Grant, mintha csak a ház ura lenne, kikísérte a távozót. Rozsda ott bóklászva a lába körül vidáman vakkantott egyet-kettőt, míg megtették az utat a kertkapuig meg vissza. – Mi van veled, barátom? –

kisétált a kertbe. Szerette az estéket Morges-ban. Azt a fajta végtelen békét lopták az alkonyatba, amit nagyvárosban nem ismer az ember. Az aláhulló szürkületben tücskök ciripeltek, a medence vizén még ott botladozott a lenyugvó nap utolsó fénycsíkja. Esetlenül és rózsaszínűen, mintha valaki merész kézzel festette volna erre az árnyalatra. Még mindig meleg volt, simogató szellő lengedezett egy élvezetes és eseménydús nap végén. A délutánt Christian hajóján töltötték, fürödtek a tóban és vidám, játékkal, nevetéssel teli órákat tudhattak maguk mögött.

- Mit csinálsz itt? – kérdezte tőle Lathea lágy hangon.

A zuhanyozás után virágos rét illatát hozta magával, haját feltűzte, így a hagyományos szabású ruhában alig látszott húsznál többnek. A svájci levegő jó hatással volt rá, lerázta magáról a nyomasztó terhet, amit egy párizsi élet meg a grófnéság jelentett volna.

- Ábrándozom.

- Miről?

- Erről-arról. Örülök, hogy megfogadtam a szavad és itt ragadtunk. Szeretek itt lenni.

Lathea felkacagott. – Jó ezt hallani.

- És jó kimondani is.

Elhallgattak. Lathea beleivott a felkínált italba.

Néhány madár ráérősen keringőzött a kert felett, hogy egy tánc végén a dombok felett továbbszálljanak.

Ugyanúgy élvezték az estét, ahogyan ők.

- Thea, szeretnék valamit megkérdezni – Lathea kérdő tekintettel fordult felé. – Egyszer régen Marazionban arra kértelek, adj nekem egy esélyt és járjunk a végére, hogyan boldogulnánk együtt. Emlékszel?

- Emlékszem.

- Akkor még gyászoltad Tivy Rogerst, a kisbabát, és minden túl zaklatott volt. Ennyi idő után…

Lathea jól tudta, mit akar kérdezni, ezért a válasszal megelőzte. – Hiszen Saint Germainben már mondtam neked, mit akarok.

kell. Ez jószerével el is döntötte a kérdést. Az az igazság, hogy most a világ legkisebb gondja is nagyobb az ilyen gyámsági ügyeknél. A hivataloknak bőséggel akad dolguk az elárvult, elkallódott gyerekekkel, akik mostanában kerülnek haza a gyarmatokról, és nem tudják, hol élnek rokonaik, feltéve, hogy még élnek. Ezért meggyőződésem, hogy ezt a kérdést boldogan lezárták.

Mischa alig merte megkérdezni: – Számunkra véglegesen?

- Igen. Ambrose gondoskodott a papírokról, Corey a te gyámságod alá került, amíg bizonyíthatóan megfelelő otthont tudsz teremteni számára. Ez a gyakorlatban annyit tesz, hogy egy vagy két év és örökbe fogadhatod. Attól kezdve Frostnak semmi köze nem lesz hozzá.

- El se hiszem! – nevetett fel Mischa megkönnyebbülten. – Mennyire hálás vagyok, öreg cimbora!

- Boldogan tettem. Mondd, van ötleted, hogy mikor szabaduljak meg ettől a kis csomagtól? Mostanra elmúltak róla az ütésnyomok, Lathea nem láthatja rajta Frost keze nyomát.

- El tudod hozni Morges-ba?

- Nem látom be, miért ne tudnám. Vonattal megyek, Corey nagyon élvezi az ilyesmit.

Mischa kábán állt még a telefon mellett, ekkor pillantotta meg a ház elé gördülő MG-t. Lathea ügyesen vezette, kecses kis ékszerdoboz volt, melyben kezdő vezetőként is biztonságban érezhette magát. Tekintetük összetalálkozott, ahogy kiszállt a kocsiból és intett neki a nyitott ablakon keresztül. Szép volt, fiatal és, bár még nem tudta, egy kisfiú anyja.

Az este észrevétlenül lopakodott a délután helyébe. A vacsorára várva Mischa egy pohár borral a kezében

- Jézusom, Jean-Michel, ezt azt jelenti...? –
Mischának kimondani is nehezére esett volna, ami
már ott ült a nyelve hegyén. A torka hirtelen
kiszáradt, hogy szólni se tudott. A barátja ekkor megszánta és beszélt helyette is. –
Tényleg felkészültél az apaságra? Corey egy
szárnyaszegett kismadár, akinek meg kell tanítanod a
repülést. Mischa libabőrős lett a gondolatra. Minden elhangzott
szó azt bizonyította, hogy győztek, keresztülvitték az
akaratukat és ezentúl egy család lesznek. Lathea, ő és
Corey Kupolyev. – Uram isten, izzad a tenyerem –
bukott ki belőle, amire vidám, felszabadult hahota
felelt.
- Ó, pajtás, ez aztán megfoszt a híres-hírhedt
hidegvéredtől, mi?
- Mégis... hogy dőlt el a kérdés ilyen gyorsan?
- Szerencséd volt, Corey-nak meg balszerencséje.
Amint Ambrose Londonból megrántotta a
madzagokat, megjelent két gyámügyis Marazionban,
hogy számos kérdést tegyen fel keresztbe-kasba. Erre
Kester Frostnak inába szállt a bátorsága és sietve
magához vette a gyereket. Addig amúgy
száműzetésben volt Nicknél és Carlánál. Csakhogy
Carla éppen akkor hagyta ott a családi fészket, azaz
Corey sem maradhatott tovább.
- Igen, Laurie mesélte, hogy elhagyta Nick Cowant.
- Magunk közt maradjon, de megérdemelte. Nekem
kezdetektől fogva voltak kételyeim, miután nem is
próbálta leplezni, hogy más nő érdekli. Holott Carla
nagyon kedves kis nő. Visszatérve a lényegre, Corey
hipp-hopp visszakerült Londonba. És akkor Frostnál
is felbukkantak a hivatalnokok, hogy azt lássák, a
gyereken bizony verés nyomai díszelegnek.
- Megverte?
- Nem kell megijedni, a dolog túlélhető, bár egy-két
hétre csúnya nyomokat hagyott. Lila foltok, meg ami

- Máris jövök, köszönöm.

Elzárva a vízcsapot besietett a házba. A telefonkagyló a készülék mellé téve várta a kis asztalon. Ahogy a befelé hömpölygő napfényben megállt az ablak előtt, éppen rálátott a tó kék víztükrére. Hatalmasan, mindent uralva terpeszkedett a völgyben. Egy-egy fehér pötty jelezte a vitorlákat, ahogy a simogató nyári szélben megdagadtak, bár innen túl messze voltak, hogy jól láthassa őket.

- Kupolyev – emelte a füléhez a kagylót.

- Tudom, téged kereslek.

- Ó, vén róka, hol csavarogtál?

Jean-Michel szórakozottan felnevetett a vonal túlsó végén. Jókedve legyőzte a távolságot. – Még hogy én! Itt vagyok Párizsban, ellenben neked nyomod veszett.

- Ha késlekedve is, de rászántuk magunkat, hogy megszökjünk onnan.

- No, és okos döntés volt?

Ezúttal Mischán volt a vidámság sora. – Soha okosabbat nem csináltam még! Tudod, mit? Boldog vagyok.

- Ó! Ezt ismételd meg!

- Nem hiszem, hogy ennyit romlott volna a hallásod.

Jean-Michel hangja nevetett, ahogy azt mondta: – Öregszem. De áruld el, mi van a bájos grófnéval? Fettisov említette, hogy Zürichbe utaztok.

- Igen. Túl van a műtéten, ami nagyon jól sikerült. Mondd, tulajdonképpen mit keresel Párizsban?

- Azon vagyok, hogy meglátogassalak titeket. Abban a hitben éltem, hogy itt lesztek.

Halovány, bizonytalan megérzés volt, ami Mischát váratlanul hatalmába kerítette. – Van valami különleges okod erre a vizitre?

- Hogyne lenne! Ugyanis szereztem egy kis útitársat. És ha sokáig kell Párizsban rostokolnia, talán már tovább se akar menni.

Pokolian szerethette, ha így le tudta festeni – Mischa körbefordult. – Találtál mást is? Valami halk zeneszót hallottam idekintről.

- Csak egy kis doboz.

- Megmutatod?

Amikor végül elhagyták a kereskedést, mindössze a zenedoboz volt náluk, mert a többit Eilenwald a kérés szerint később szállíttatta Morges-ba. Lathea élvezte a műtárgyak közt tett látogatást és kimondhatatlanul feldobta, mert egy különös véletlen folytán sikerült rálelniük Laurie rég elveszettnek hitt festményeinek egyikére. Mischa hasonlóan elégedettnek látszott mindazzal, amit megvásárolt, a 'Szerelmes délután' felbukkanása pedig őt is meglepte. – Mondd, van kedved egy kiadós ebédhez? Azt hiszem, megérdemeljük, hiszen nagyszerű munkát végeztünk.

- Egy ökröt is meg tudnék enni – nevetett Lathea.

- Igen? Akkor menjünk, lőjünk egyet.

Lathea hatalmas lelkesedéssel foglalkozott az üvegház növényeivel. Korábban is örömmel csatlakozott Laurie-hoz, aki a rá jellemző művészi érzékkel tervezte meg és építette ki virágok alkotta birodalmát. Most pedig mintha a sors visszaadott volna neki valamit abból, amit Marazionnal együtt már elveszettnek hitt. Lenával az oldalán kölcsönös megértéssel vették gondjaikba virágokat, melyek hálásan fogadták a kényeztetést. A júliusi napfény jót tett nekik, az üvegház ajtaját és tetőpaneljeit kitárták, hogy több levegőt és meleget kapjanak. Aznap, amikor az asszonyok elmentek Morges-ba vásárolni, Mischa kapta meg a feladatot, hogy az öntözést leállítsa. Maga is furcsállotta, de nem volt ellenére visszatérni ahhoz a szabadabb, formalitásoktól mentes élethez, amibe Marazionban sikerült belekóstolnia.

- Uram, telefonon keresik – szaladt elébe a szobalány, akit napi néhány órában foglalkoztattak.

Önöket. Biztosra veszem, hogy Doorn árfolyama gyorsan emelkedni fog a háború utáni pangásban. Az elmúlt években ugyan eladott néhány újonnan készült festményt, előtte azonban nagyon sokáig egyet sem, tehát a kereslet jócskán megnőtt. Emellett még inkább felhajtja az árakat, hogy ez a kép a családi portréi közül való, amiből nem maradt fenn sok, és a tetejébe korábbi festői korszakot testesít meg.

- Kivel minősíttette? – hajolt közelebb Mischa. – A Schaffner és fiával?
- Természetesen. Minden papír rendben van.
- Az jutott eszembe, hogy ha ez a kép sose látott tüzet, akkor annak idején talán az a ház csak azután égett le, amikor már nem voltak benne a festmények. Ez megmagyarázná, hogy több elveszettnek tűnt darab is a piacon forog.
- Nos, könnyen meglehet, hogy a tűz egy rablás álcája volt, gróf úr. Mit mondjak, nem elképzelhetetlen.

Eilenwald, kiszimatolva az esetleges újabb üzlet lehetőségét, magukra hagyta őket, hogy eldöntsék, mit szándékoznak tenni. – Elképesztő – fordult Mischa ismét a 'Szerelmes délután' felé. – Szinte él, de látható, hogy Laurie régen festette. Az ecsetkezelés egészen más.

- Mischa, kérlek, vedd meg ezt a képet. Laurie nekünk adta a 'St. Michael's Mount'-ot, amivel pedig egy vagyont kereshetett volna. Odaadhatnád neki ezt cserébe. Ha tudnád, mennyire boldog volt, amikor Jean-Michel megajándékozta a 'Szeretteim'-mel. Mintha egy kicsit visszakapta volna Anne-t.
- Az is a titokzatosan eltűnt képek egyike lehetett.
- Nem hiszem, mintha azt mesélte volna, hogy Anne betegségének idején kellett eladnia, mivel nem tudta másból kifizetni a kezelést.
- Jól van, ma chére, lepjük meg az öreg bitangot ezzel a remekművel. Tényleg nagyon tetszik, de ebben a képben az ő érzései vannak benne Anne iránt.

nő természetes színei. Összességében hamisítatlanul mediterrán hatást keltett. És ahogy egyre csak vizsgálgatta a képet, rajta a női alakot, mintha hirtelen felismerte volna. Alighogy közelebb lépett, hogy leolvassa a festmény címét, a háta mögül máris megérkezett Josef Eilenwald felvilágosítása.

- Nagyon különleges darab, nem úgy véli, grófné? Laurel Doorn egyik korai műve, a 'Szerelmes délután'.

- Laurel Doorn? – lépett közelebb Mischa felcsigázott érdeklődéssel.

- Sejtettem – súgta oda Lathea halkan. – Káprázatos festmény.

- Anne? – kérdezte Mischa úgy, hogy csak ő hallhatta.

- Semmi kétség, a 'Szeretteim' párja lehet.

Ahogy Mischa Eilenwaldhoz fordult, már felemelte a hangját. – Meséljen valamit erről a Doornról.

- Ó, közismert történet, gróf úr. 1910. körül Doorn Firenzében élt és ez a kép alighanem az ottani alkotói időszakának a gyümölcse. Ami sokkal figyelemre méltóbb, hogy akkortájt leégett a háza és a vásznak odavesztek.

- Ez is?

- Amennyire tudom, ez is.

- Akkor hogy jutott hozzá?

Eilenwald megvonta a vállát. – Egy olasztól vettem Genfben. Úgy egy éve. Régi kliensem, váratlanul felhívott, hogy akad néhány darabja eladásra. Köztük ez is.

- Van több Doornja is?

A kereskedő a fejét rázta. – Több Doornt nem vettem tőle. Azt viszont biztosan állítom, hogy ez a kép soha nem égett vagy rongálódott meg, ugyanis megvizsgáltattam, mielőtt üzletet kötöttünk. És azt is tudom, hogy abból az állítólagosan elenyészett kollekcióból már több is feltűnt a feketepiacon. Különben, nagyon jó árért tudom adni, ha érdekli tudni vélte, hogy ebben a kis boltban nem pusztán tetszetős, hanem ritka tárgyakat is sikerült felhalmozni. Érdekes gyűjteményre bukkant apró beltéri szobrokból, melyek közül nem egy drága porcelánnak tűnt. Az egyik kiváltképp megtetszett neki. Kecsesen táncoló fiatal nőt ábrázolt. A művész olyan leleményesen elkapta a légies mozdulatot, mintha a nő valóban élne. A másik fantasztikus dolog, amit talált, egy zenélő ékszerdoboz volt. Gyönyörű ébenfából készült, a tetején ókori mozaikhoz hasonlatos díszítés ábrázolt egy színes tollazatú madárkát. Felnyitva a tetejét gyerekek altatódalaihoz hasonlatos zene hangjai csendültek fel. Elhallgatta egy darabig, amíg kíváncsian belesett az összes belső fiókba.

Tovább lépegetve a tekintetet rabul ejtő képre bukkant. Egy női portréra, mondhatni, aktra. Ami elsőre megragadta a szépérzékét, nem is annyira a tökéletesen kidolgozott női figura volt, hanem a bátor színezés, illetve a messze nem éles kontúrok. Hirtelen Laurie 'satírozása' jutott eszébe, noha ez a kép mindössze részleteiben emlékeztetett arra a technikára, amit az öreg festő a tökélyig fejlesztett. Ám így is a megtévesztésig hasonlított. A kép maga megnyerő szerelmi vallomás képzetét keltette. A hatalmas ágyra dobált párnákon karcsú nő omlott végig, hívogató, szerelemre éhes testhelyzetben, hogy a hanyagul magára terített, kék virágos sál éppen csak érzékeltesse nőies szépségét. Mellének formája és az öle sejtelmes takarásban maradt, ám a hosszú combokat, a karcsú derekat meg a nyújtózkodó karokat már felfedte a sál. A szabályos arcon érzéki, mégis kislányos mosoly nyílt, mely az összekócolt, rövid hajjal és az élénk tekintettel párosulva a fiatal nőt démonná változtatta. Bizsergető érzés volt Laurie kedvenc színeit viszontlátni a festményen. Bézs, meleg sárgák, barack, terrakotta, mályva és persze a

Mielőtt elérték volna a Céh-házakat, lekanyarodtak a Marktgasse-ról, hogy a kifejezetten szűknek és eldugottnak tűnő Rindermarkt macskakövein haladjanak tovább. Az utcában jó néhány apró bolt préselődött egymáshoz, többségük ajándéktárgyakat, vagy valamilyen letűnt mesterség termékeit árulta. A kora délelőtti órában az egyetlen, nagy betűkkel hirdetett kávéház látszott a legnépszerűbb helynek, ahova az eső és a mostoha szél elől többen is bemenekültek.

- Már itt is vagyunk – torpant meg Mischa egy szerény kirakattal rendelkező üzlet előtt, és ahogy kitárta Lathea előtt az ajtót, apró harang zenéjére léphettek be.

- Ó, gróf úr! – sietett elő egy kissé görnyedt, egyszálbélű alak a hátsó traktusból. Mulatságos pápaszem billegett a hatalmas orron, mely az egész arcnak megítélhetetlen jelleget kölcsönzött. A cseppet sem megnyerő külsőhöz éber tekintet és figyelemre méltó orgánum tartozott. – Örülök, hogy el tudott jönni. Asszonyom.

- Monsieur Eilenwald, a hölgy a feleségem.

- Örülök, hogy megismerhetem, grófné.

- Részemről a szerencse.

- Gróf úr, megérkezett a két kép, amire vártunk. Óhajtja megnézni őket?

- Magától értetődik. Hadd lássam, mit vettem.

Lathea nem tartott a férfiakkal, akik, a bolt bárki által látogatható részéből megszökve, visszavonultak a hátsó irodába. Nyilvánvaló volt, hogy a kereskedő exkluzív bemutatótermet tart fenn hátul a legjobb vevői számára. Ő nem is bánta, hogy nem követte őket, hiszen az elülső térben is számos érdekességre bukkant. Bár messze nem mondhatta magát műértőnek, a Parisianben töltött évek azért sok mindent megtanítottak neki színekről, festészetről, a műalkotások helyes szemléletéről, és emiatt azt is

- Ennyire szereted a művészetet? A Rue de Rennes-ben nem tűnt fel.

Mischa megvonta a vállát. – Onnan rengeteg képet elvittünk, mielőtt bevonultam. Nem lehetett előre látni, Párizs magánházai hogyan vészelnek át egy esetleges német megszállást. Különben nagyon szeretem a művészetet. És értek is hozzá. Amikor hazajöttem Oroszországból, kifosztva találtam a családi perselyt. Apám jó ideig betegeskedett és ezalatt túl sok kuruzsló dongta körül. Becstelenül kihasználták. Sose fogom megtudni, valójában mennyit költött a sületlen tanácsaikra, tény azonban, hogy a háború előtti években folyamatosan utaztam és képekkel kereskedtem. Volt, amit megvettem, majd jókora nyereségért eladtam, néha értékbecslést is vállaltam. És kötöttem olyan üzletet is, ami után végül megtartottam a képet, vagy szobrot. Akadt ugyanis, amit menekülő zsidók, franciák, olaszok, vagy németek messze áron alul ajánlottak fel kézpénzért, alkalmanként ékszerért. Nyilván sokkal könnyebb elmenekülni, ha nem egy festményt kell a poggyászba gyömöszölni.

- Szerencsétlenek alaposan ráfizethettek.
- Legtöbbször igen, ám a kevés pénz is több, mint a semmi. Ami azt illeti, a családi vagyont sikerült sok munkával, tőzsdei manőverekkel visszaszereznem, és nagyképűségnek hangozhat, de megtripláztam, amit nagyjából az apámból kicsaltak. Felteszem, ez nem tűnik annak, holott munka a nehezebbik fajtából. Mert hosszú tanulást és szerteágazó figyelmet igényel.

- Elhiszem. És ahova most megyünk?
- Ó, ez egy kis ékszerdoboz, igen jó nevű régiségkereskedés. Josef Eilenwald elismert szaktekintély, jóllehet középszerű külsővel megáldott embert fogsz megismerni. Vigyázz, mert csalóka benyomás.

mintha feladta volna azt az elutasító magatartást, amit eddig láttam rajta.

- Én amondó vagyok, lassan minden vihar elül és lecsendesednek a dolgok körülöttetek. Fel a fejjel!

Aznap, amikor Lathea elhagyhatta Peter Wagner klinikáját, egész Zürichet eláztatva esett az eső. A szürkés, tocsogós idő nem örült vele, amit egyedül azért nem sajnált, mert a professzor által a hegre borított kötésen így feltűnés nélkül viselhetett egy színes sálat. Egy hét után semmiféle fájdalmat nem érzett és a gyors felgyógyulás, az idős professzor kedvességével párosulva, minden előzetes borúlátását alaptalanná tette. Visszatekintve nem bánta, mert hagyta magát meggyőzni és vállalta a műtétet. Az igazság kedvéért meg kellett állapítania, hogy előzetes félelmei saját tudatlanságából fakadhattak.

- Elviszlek ma valahova – jelentette be Mischa, amint megérkezett a klinikára.
- Hova megyünk?
- Egy galériába.

A taxi egyenesen a belvárosba vitte őket. Elhajtottak a Bahnhof Platz forgataga mellett és átkelve a Limmaton, célba vették az óvárost. Itt a taxi kénytelen-kelletlen lelassított, mert egy felborult rakomány virág miatt óriási káosz alakult ki. Ráunva a rostokolásra, a Niederdorfstrasse sarkán fizettek és gyalog folytatták az útjukat. Az eső végszóra elállt és nem lévén különösebben hűvös, a pára sem volt elviselhetetlen. A folyó felett áttetsző köd lebegett, ami az elázott utcák mellett a legbeszédesebb jele maradt a kiadós égi áldásnak.

- Az egyik kis utcában van a régiségkereskedő galériája. Ha Zürichben járok, mindig benézek hozzá. Igen jó érzékkel szerzi be a képeket, számos értékes, régi darabot adott már el nekem.

- A háború alatt számtalanszor eltöprengtem azon, mi lehet veled – vallotta be Lena egy délután a kertben üldögélve. Magukra maradtak, mivel Christian elvitte Latheát egy izgalmasnak ígérkező próbaútra az új sportkocsiján. – De ez megdöbbentő. Olyan elegáns vagy és olyan nagyon... úr, nem tudlak elképzelni, mint katonát.

Mischa egészen felderült. – Tudod, mi a vicces? Ma már nekem is olybá tűnik, hogy igaz se volt. Utólag sokszor elszégyellem magam, hogy egy mocskos háború mennyire képes volt mindenkit lezülleszteni az erőszak és a brutalitás szintjére.

- Sokan haltak meg az oroszok közül?
- Amennyire tudom, nem. Pelisovval meg Tulgeyevvel együtt harcoltam Kelet-Franciaországban. Mindkettő meghalt a német előretörésnél. Az ellenállásban is hallottam néhányunkról, de megúszták. Fetya azt mondja, a klubból mindössze fél tucat ember hiányzik, a többi szép lassan előkerült. Vidéken nem voltak ilyen mázlisták.
- Fetya jól van?
- Igen, ő nem harcolt. Szerencsés flótás.

Egy gyors témaváltással az asszony azt mondta: – Hallottam Christiantól, hogy Zürichbe készültök Wagner professzor klinikájára. Gondoltam, elmesélem neked, hogy két éve engem is megoperált.
- Ezt Christian nem említette.
- Pedig Latheát megnyugtathatta volna. Volt egy komolyabb lovasbalesetem, amikor megvadult alattam egy kanca és ledobott a hátáról. Egy éles kerítésre estem rá, ami az oldalamat és a karomat sebesítette meg. De Wagner rendbehozta és nem bántuk meg, mert bíztunk benne.
- Örülök, hogy ezt mondod. Korábban kicsit aggódtam, bár az az igazság, hogy a nyári melegben már Thea is jobban hajlik a dologra. Fél, mégis

- Lathea egészen kivételes nő – jegyezte meg egy nap, bár Mischa e megerősítés nélkül is felfigyelt arra, hogy a két asszony barátságot kötött. Mindketten barátra vágytak és szerencsés módon egymásban most meg is találták.

Miután Lena férjét napközben lefoglalták az üzleti ügyei, neki bőségesen maradt ideje, hogy feljöjjön hozzájuk a hegyre. Az asszonyok együtt kertészkedtek, hívtak kisegítőt, aki kitisztította és feltöltötte a medencét, egy másik helybeli férfi pedig a gyepet, illetve a sövényt vette kezelésbe. Az eredmény rögvest szemet gyönyörködtetően megmutatkozott. A napok gyorsan, ám nyugalomban teltek. A Christian Lembert hajóján tett kirándulást később több is követte. Mischa határozottan szimpatikusnak találta a svájcit. Érdekes, sokszínű egyéniségnek, aki üzleti vállalkozása dacára is megmaradt fogékonynak az élet egyéb örömei iránt. Szerette a tavat meg a természetet, de ugyanígy kiváló ismerője volt a helyi történelemnek.

- A családom Német-Svájcból származik ugyan, de három generáció óta ezen a vidéken élünk. Valamelyest szétszóródva Genf és Lausanne között, azért mégis közel egymáshoz – mesélte Christian. – A fivérem van egyedül Bernben, ahol a háború alatt minisztériumi beosztást kapott.

Az ő vendégszeretete meg a figyelem, amiben részesítette őket, szintén értékesnek számított. A tetejébe Mischa számára szokatlanul újnak is, jóllehet cseppet sem kedve ellen valónak, hogy érdekektől mentes és ösztönös szimpátián alapuló barátságot kössön egy házaspárral. Még akkor is, ha Lenát régről ismerte. Tagadhatatlanul megváltozott az évek során, bár legkedvesebb tulajdonságait makacsul őrizte. Ezért lehetett neki az az érzése, mintha nem telt volna el annyi év, amióta utoljára találkoztak.

kilátás. A térrel nagyszerűen gazdálkodó tervezést egyedül a berendezés múlta felül. A Rue de Rennes szigorával ellentétben itt a szellősebb, a kényelem szempontjait jobban szolgáló bútorozás kapott főszerepet. A kellemes, világos színek egyben meg is határozták a ház hangulatát és felszabadult, bohém varázst szórtak rá.

- Boldog vagyok – suttogta a hold megvilágította szoba sötétjébe Lathea aznap este. Kinyitották az ablakokat, hogy az éjszaka zenéjét jobban hallhassák.
- Jól érzed majd magadat itt?
- Máris szeretem ezt a házat... kérlek, Mischa, ne add el.
- Ne adjam el?
- Ne! Itt végre tényleg szabadon élhetnénk, akárcsak Lena.
- Ha ennyire szeretnéd, ma belle.
- Igen, ennyire.

Kialakítani az új életüket és annak hétköznapjait, meglepően könnyű feladatnak bizonyult. Olyasminek, ami megtalálta a maga útját és számottevő erőfeszítések, vagy kompromisszumok nélkül ment végbe. Mischát ez a fajta könnyedség azért lepte meg, mert a Párizsban fogcsikorgatva sem lelt béke és belső nyugalom itt egyszeriben lerohanta őket. Emellett Lena és a férje hathatós segítséget nyújtottak a beilleszkedésükhöz. Elsősorban az asszony, aki sok időt töltött velük és a társaságában minden akadály jelentéktelenebb színezetet öltött. A Morges-ban leélt évek során mindent felfedezett és megtanult, amit csak érdemes. A helyi szokásokat, a vásárlási lehetőségeket, ismerte a legfontosabb embereket, akik a ház körüli munkáknál kisegítettek, és így tovább. Kiépítette a maga kapcsolatrendszerét, így mindenhova gond nélküli bebocsáttatást nyert.

kacagott fel. – Még én is kibírom benne egy-két órát
tengeribetegség nélkül. Igazán kényelmes építmény és
biztosan nektek is különleges élmény lenne a partot a
vízről látni.

- Köszönjük a meghívást, élni fogunk vele.

- Helyes. Nos – Léna elővette a kulcsokat a zsebéből.

–, magatokra hagylak, hogy kedvetekre
felfedezhessétek a házat. Itt van az összes kulcs,
Mischa. Kitakarítottam és felhúztam az ágyneműt. A
konyhában akad ennivaló, de holnap tisztességesen
feltöltjük a kamrát. Nem mondtad, pontosan mikor
jöttök, én pedig nem akartam előre túl sok ételt
vásárolni.

- Ezt is köszönjük.

- Ugyan már – Lena egyenesen Latheára mosolygott.

– Van Morges-ban egy nagyon kedves kis piactér,
ahol a legjobb kenyeret árulják, a zöldség is mindig
friss, hetente négyszer pedig halpiacot tartanak.
Feltétlenül meg kell néznie, Lathea. Egyik nap
elviszem, ha van kedve hozzá.

Lathea nagyon hálás volt az ajánlatért. – Boldogan
elmegyek!

- Nagyszerű, akkor rám már semmi szükség. Holnap
délelőtt benézek, hogy minden rendben van-e.

Lena élettel teli lénye megkönnyítette a beköltözést.
Már régen elment, kocsijának zaja is elhalt, ám
szorgos kezének a nyoma a ház összes szegletében
tetten érhetően megmutatkozott. Végigjárták a
helyiségeket, melyek szellősnek és világosnak
bizonyultak. A földszinten három a Rue de Rennes
szalonjait idéző terem terpeszkedett, ezek egymásba
nyíltak és mindegyikbe méretes ablakokon keresztül
zúdult be a fény. A konyha meg az étkező hasonlóan
nagyra sikerült, noha mindkettőben terebélyes
parasztbútorok töltötték fel a teret. Az emeleten négy
hálószoba kapott helyet, illetve egy írószoba, melynek
ablakából egészen a Mont Blanc-ig nyílt a tökéletes

szép teremtés volt. Némely vonásában Galinára emlékeztetett, elsősorban hibátlan bőre és a csillogó hajzat, amit feketéllő kontyba tekert a feje búbján. Zöld szemeiben meghatározhatatlan életöröm csillogott, amit kizárólag kiegyensúlyozott emberek tekintetében lehet felfedezni. Az évek múlásával kissé ugyan kikerekedett, de remekül állt neki, csinosan, mégis hétköznapian és célszerűen öltözködött. Egész lénye elégedettséget tükrözött.

- Ó, te világ csavargója! Épségben és egyben vagy? Mennyire örülök!

- Hát, még én! – nevetett Mischa, és ő is ugyanazzal a leplezetlen kíváncsisággal mérte végig az asszonyt, mint az őt.

- Őszülsz, grófom – kacagott Lena. –, ami nem csoda azok után, amiken keresztül mehettél. Majd mindent elmesélsz, ugye? Addig nem is engedlek el.

- Bőven lesz időnk rá.

Lena kérdőn felvonta a szemöldökét. – Bőven?

- Igen, mivel maradunk egy darabig.

Lena Latheára mosolygott. – Isten hozta, Lathea, ha szólíthatom így. Engem Lenának hívnak.

- Nagyon örülök. Ez a ház egyszerűen káprázatos.

- Egy kis remekmű, egyetért? Ha ugyanolyan boldog lesz itt, mint én voltam, hálát adok az úrnak. Szereti a növényeket? Látom, már felfedezte a kis kertészetünket.

- Igen, és ha megengedi, hogy csatlakozzam…

Lena felnevetett. – Éppen fordítva. Én csatlakozom önhöz. Egy ideje sajnos nem jut elég időm ezekre a szegényekre, amióta a városból járogatok fel hébe-hóba.

- Hogy van Monsieur Lembert? – tudakolta Mischa.

- Ó, Christian nagyszerűen van. Pár napra Zürichbe kellett utaznia, de utána feltétlenül el kell jönnötök hozzánk. Christian szeretné, ha együtt kimennénk a tóra. Vett egy új jachtot – Lena önmagán mulatva

Felesleges kérdés volt, ennek ellenére Lathea megválaszolta. – Máris imádom.

- Hát, akkor érdemes beljebb merészkedni.

Mischa kézen fogta és ahelyett, hogy bevezette volna a kapun, elindult az épület sarka felé. Sűrű gyepbe fúródott a lábuk, ahogy a parkon átvágtak a bal szárny irányába. A nyárestében szimatolva érezni lehetett a fű meg a növények által kilehelt hamisítatlan, vidéki levegőt. Dúsan telt oxigénnel, hogy az ember szinte színesnek képzelte, ha becsukta a szemét. Elhaladtak a földszinti szobák előtt bámészkodó teraszok mellett, hogy a tömböt megkerülve a hátsó udvarba érkezzenek. Amolyan L alakú térség volt, a falak szerencsésen megvédték a tó felől érkező szelektől, vagy a kéretlen látogatók kíváncsiskodásától. A közepén kecses úszómedence kapott helyet, ami elég méretesnek látszott ahhoz, hogy úszni is lehessen benne, nem csak lubickolni. A másik oldalon kisebb télikert bújt meg enyhén emelkedő tetővel és zöld növények gazdag tenyészetével az üvegtáblák mögött. Lathea nem tudott ellenállni neki. Határozott léptekkel szelte át az udvart, majd Mischával a sarkában betoppant a kitárt ajtón. Az építmény és berendezése elárulta, hogy nem dísznek készült. A gondosan tisztított, sorban felakasztott szerszámok jelezték, hogy valaki gondját viseli a palántáknak, virágoknak és törpefáknak. A felállított asztalokon nem sok, de számos növény élvezte a kiváló klímát. A színes, cserepes növények mellett egyéb érdekességek is megbújtak a sorban, ám mielőtt Lathea alaposabban szemrevételezhette volna őket, Mischa megfogta a könyökét.

- Itt van Lena, gyere, chérie, bemutatlak.

Lena a kertre nyíló ajtón keresztül érkezett, egyenesen a házból. Méltóságteljes léptekkel indult feléjük, ám az utolsó métereket jószerével futva tette meg, hogy aztán Mischát szorosan a karjába zárja. Kifejezetten felfelé, jó darabon emberi kéznek nyomát sem lehetett látni. A tó szintje fölé emelkedve azonban a kilátás keltette bódulat elemi erővel csapott le a nézelődőre. A végtelenségig nyúló víztükör, a fehér vitorlákkal és a partján összezsugorodó Morges-zsal, rabul ejtette a tekintetet.

– Hogy ez milyen káprázatos!

Tagadhatatlanul az volt. A táj érintetlen, dúsan zöldellő és egyedül az övéké. A kocsi motorjának zúgása volt az egyetlen hang, mely a csendéletszerű, kimerevített képet mozgásban tartotta. Egy utolsó kanyar mögött váratlanul bukkant fel az épület. Lathea izgatott várakozással figyelte, ahogy a lankák védelmében meghúzódva, önmagát kéretve, fokozatosan tárult a szemük elé. Első pillantásra nem tűnt feltűnően nagynak, ám annál szebbnek a hatalmas, tóra néző ablakokkal, piros cserepes tetővel, tetszetős homlokzattal. A pasztell színezés páratlan eleganciát kölcsönzött neki, akárcsak a kovácsoltvas kerítés, az ugyanis szolidan, mégis tiszteletet parancsolóan védte az út felől. Mivel a kapu nyitva várta őket, Mischa megállás nélkül behajtott a kavicsos felhajtóra, mely gondozott gyepet és néhány díszfát kerülgetve a főbejáratig vezetett.

– Lena vár ránk.

Ahogy a kocsiból Mischa kisegítette, Lathea csodálattal fordult körbe. A ház az első pillantásra a szívébe lopta magát, ezt hiába is tagadta volna. Noha kifinomult ízlést sugallt, megvolt benne az a fajta otthonosság, ami bántóan hiányzott a Rue de Rennes falai közül. Talán a színek tették, vagy a környezet, esetleg az a nyitottság, amit a hatalmas tér, az épület mindenre kitárulkozó ablakai és az emeleti erkély tettek lehetővé. Ám akármi is volt, őt rögvest meghódította.

– Hogy tetszik?

jóval a háború előtt történt, apám tanácsait követve
soha nem helyeztem át az érdekeltségeimet Párizsba.
Svájc kellemesen semleges hely, az ember tudja, mire
számítson. Na, itt botlottam bele Lenába.
Megdöbbentett, hogy itt találom, miközben abban a
hitben éltem, hogy Amerikában van.
- És felkaroltad?
- Nem szeretem ezt a szót – hümmögött Mischa. –
Különösen, ha egy barátról van szó. Az öreg Matei
nagyon kevés kis évjáradékot hagyott rá, az 1929-es
válság alatt ugyanis majdnem az egész vagyona
elúszott és a végén annak is örülhetett, amit meg
tudott menteni. Véletlenül futottunk össze Lenával és
én felajánlottam, hogy lakjon az üres házban.
Szüksége volt egy fedélre a feje fölé, nekem meg jól
jött, hogy a ház nem gazdátlan. Idővel az is kiderült,
hogy rátermetten gondját viseli a háztartásnak meg a
kertnek. Mintha abban a kisvárosban megtalálta volna
a helyét. A háború alatt férjhez ment egy helyi
férfihoz, akinek szállodája van a parton, úgyhogy
révbe ért. Lehet, hogy okosabb, ha ismered ezt a
történetet, mielőtt odaérünk. De…
- Fettisovnak nem kell hallania róla, ugye?
Mischa bólintott. – Értelmetlenség lenne feltépni a
múlt sebeit. Főleg, ha azóta mindenki megtalálta, amit
keresett.
- Örülök, hogy elmondtad.
- Észre se veszed és megszereted Lenát. Lenyűgöző
ember.

Bár az utat Párizsból több lépésben tették meg,
jócskán el is fáradtak, a Morges-ba való megérkezés
feletti izgalom elfújta a fásultságot. A nap legszebb
szakában, éppen a nyári naplemente előtti órák
valamelyikében tértek le a városba vezető útról, hogy
az MG nekilendüljön a domboldalban kígyózó
aszfaltcsíknak. A csapás a zöldben rejtőzve vezetett

szép napon felpakolta a lányát és elzavarta Amerikába.

- Fettisov mit szólt ehhez?
- Mit szólhatott volna? Mire észbe kapott, Lena már a tengeren hajózott New York felé. Habár Matei nem tudott a házasságról, gyanakodhatott, hogy a lánya mit forgathatja a fejében, mert évekig nem térhetett vissza Párizsba. Egészen addig, mígnem az öreget egy súlyos szélütés le nem döntötte a lábáról. Ennek köszönhetően Lena kiszabadult amerikai ketrecéből és hazajött.
- De?

Mischa tett egy nehezen értelmezhető kézmozdulatot.

– Mindig ez a 'de', nem igaz?
- Minden történetben akad egy.
- Sajnos. Arra tért vissza, hogy az apja haldoklik, Fetya pedig beleszeretett La Petit-be. Nem számítottak ugyan egy párnak, de látható volt, hogy ez csak idő kérdése. Lena pedig harc helyett feláldozta azt, amije volt, a házasságát. Matei halála után érkezett meg Fetyához a válási okirat. Soha többé nem találkoztak.
- És te honnan tudsz erről?

Mischa belekóstolt a hideg sörbe. – Ó, az egészről csak annyit hallottam, hogy az esküvőt követően Lena szőrén-szálán eltűnt Amerika irányába, amit Fetya nagyon megsínylett. De mivel évekig nem jött egyetlen jel sem, amit magyarázatként értelmezhetett volna, mondhatni, kénytelen-kelletlen új életet kezdett.
- Galinával.
- Nos, ők ketten mindig közel álltak egymáshoz, hol együtt, hol külön voltak. Csakhogy időközben a kisasszonynak felvitte az isten a dolgát és Fetya nehezen tűrte az allűrjeit. Annak idején, amikor Morges-ban megvettem a házat, rövid időre Genfbe utaztam, hogy az anyagi ügyeimet rendezzem. Bár ez

Mischa habozott a válasszal és a haját hátragereblyézve töprengett azon, mit feleljen. – Lehet, hogy már el kellett volna mondanom, de ez túl cifra történet ahhoz, hogy csak úgy belevágjak. A tetejébe nem az én titkom, ezért nem szívesen beszélek róla. A ház ugyanis nem üres, egy asszony lakik... azaz lakott benne. Úgy hívják, Lena Fettisov.

- Fettisov? – ismételte Lathea. – Csak nem Fettisov rokona?

- Nem egészen. A felesége... pontosabban a volt felesége.

- Nem is tudtam, hogy volt már nős.

Mischa a fejét ingatta. – Fetya meg azt nem tudja, hogy Lena Morges-ban van az én házamban.

- Ezt nem értem.

- Nem is csodálom, ez a dolog kacifántosabb része. Lena tehetős, polgári családból származik. Az édesapja híres ékszerész volt Péterváron és meglehetősen jól jövedelmező üzletet vezetett Párizsban is. Ne kérdezd, hogy csinálta, de szó, ami szó, sikeresen kimentette a vagyonát Oroszországból és mire mi megérkeztünk Dániából, ő már egy, a régi pompával rendelkező üzletet vitt. Lena, az egyetlen lánya lévén, szigorú és célirányos nevelést kapott. Az öreg Matei arra számított, hogy olyan házasságba tereli, ami ebben az új világban is kellő biztonságot ad neki. No, meg jól jött volna, ha a veje idővel továbbviszi a boltját.

- Ebben semmi kivetnivalót nem látok.

- Én sem. Ámde Lena beleszeretett Fetyába. Sokszor találkoztak az orosz klubban, és ahogy telt-múlt az idő, az egyetlen mód arra, hogy együtt lehessenek, a házasság maradt – Mischa kedvetlenül mosolygott. – Teljesen megkergültek és azt hitték, megismételhetik Romeo és Julia történetét... legalábbis az elejét. Első lépésként titokban összeházasodtak. Eleinte bevált, de aztán az öreg Matei megsejthetett valamit, mert egy

Nyár lévén Nyonban jókora felfordulásba csöppentek, ennek ellenére az egyik étterem teraszán olyan aszalt kaptak, melynek kilátását a tóra és a túlparton emelkedő hegyekre semmi nem zavarta. A rendelés leadása után Mischa távcsövet kért a pincértől. Hogy nem ő lehetett az első ezzel a kéréssel, azt beszédesen bizonyította a pincér készséges mosolya.

- A túlsó part Franciaország, és ha arra nézel, láthatod a Mont Blanc-t.

Valamivel később, a távcsövön keresztül méregetve a hihetetlen látványt, Lathea álmélkodva megjegyezte:

– Olyan, mintha itt lenne karnyújtásnyira.

- Mert rendkívül tiszta az idő.

- Milyen kellemes kis városka ez.

- Arról híres, hogy túrákat szerveznek a La Dole-ra, ami mellett eljöttünk, ha emlékszel. A hegycsúcs ezerhatszáz méternél is magasabb.

- Festői vidék.

- Van néhány érdekesség a környéken. Ha továbbmegyünk Rolle felé, ott lesz Prangins vára. Pompás építmény, nem is különösebben régi, legfeljebb 18. századi. Egy kis földnyelven áll, betüremkedve a tóba.

- Ha ilyen különleges, biztosan egy gazdag család tulajdona lehetett.

- Pontosan nem ismerem a történetét, az azonban biztos, hogy Napóleon bátyja, akit a spanyol trónra ültetett, a bukása után itt húzta meg magát.

- És Morges? Odamegyünk, ugye?

Mischa helyeselt. – Morges manapság egyre népszerűbb üdülőhely. A háború előtt sok brit és orosz járt ide, még németek is. Különben a ház úgy öt-hat kilométerre fekszik a várostól, fenn a domboldalon. Békés és onnan az egész tóvidéket belátni.

- Nem félsz, hogy valaki betör, ha ilyen sokáig feléje se nézel?

46.

- Tulajdonképpen hova megyünk? – kérdezte Lathea
hosszú kilométerek után.
A búcsú Párizstól nehezebbnek bizonyult, mint
várták. Akármennyire is örömmel töltötte el őket,
hogy kiszabadulnak onnan, ahol annyi sorscsapás
zúdult rájuk, nekivágni az ismeretlennek mégsem
ment felhőtlenül. Búcsút venni Fettisovtól meg
Galinától, a háztól és attól az élettől, amit, ha nem is
szerettek, hamar megszoktak, könnyeket csalt a
szemükbe. Ismét elválni a két bohémtól, akik nevetést
és örömöt loptak a mindennapokba, hasonlóan
szívfájdítóra sikerült. Mindenesetre rendíthetetlen
elszántsággal becsomagoltak és a nyári
kirándulásokra mindennél kényelmesebb MG-vel
nekivágtak Svájcnak. Először Dijon felé tartottak,
onnan pedig a Jura hegyvonulatait keresztbe-kasba
szelő kis utakon tekeregve bukkantak ki a határnál.
Alig néhány kilométerre terült el Svájc és, átkelve a
határon, nem kellett sok, hogy Nyonnál megpillantsák
a Genfi-tó partját. Július volt, a nap meleg fényében
fürösztötte a hegyeket. A tiszta, kék égbolt védőleplet
vont a táj fölé, mintha ezzel is óvni akarná a nyár
törékeny szépségét. Errefelé semmi nem emlékeztetett
a háborúra és arra, amit a határ túloldalán látni, vagy
legfőképpen érezni lehetett. A nyomasztó, a
félelemtől, illetve a közelmúlt borzalmaitól bénult
hangulatot minden megtett kilométerrel messzebb
hagyták maguk mögött, ami nem várt
szabadságérzettel ajándékozta meg őket.
- Morges már itt van a közelben, de előtte harapjunk
valamit – javasolta Mischa.
- Remek ötlet, nagyon megéheztem.

ennek a megmosolyogtató tákolmánynak? Nem csapsz be, ezért utoljára kérdezem, hová utazol és miért?

- Nem árulhatom el, az viszont biztos, hogy amikor hazatérek, meg fog érteni.

Az öreg kétkedéstől táncoló szemöldökkel méregette.

– No, és az mikor lesz?

- Pontosan még nem tudom, bár aligha több egy hónapnál.

- Egy hónap? Úgy legyen, senki ne állítsa, hogy kötekedő, vén szamár vagyok – ekkor az öreg felemelte a reggeli lapot és a pereme fölött dünnyögte, hogy: – Ne felejts el beköszönni, mielőtt felszállsz a vonatra.

Csakhogy az egy hónapból évek lettek, és mire a szibériai sztyeppéken keresztül hatalmas gyalogutat megtéve Iránból hazajutottak, a ház ura meghalt. A személyzet gyakorlatilag kicserélődött, ezért egyetlen hírnök sem maradt, aki elmondja, pontosan mi történt.

– Úristen! Mit lehet kezdeni ennyi emberrel? –
sopánkodott Emerico, mire Mischa kinevette.
- Bízza rám ezt az egészet. Egyedül arra legyen
gondja, hogy a megbeszélt napon és órában a
tiszteletes előtt álljon.

És így is lett. Mischa intézkedett, amiből se Mr. Eyre,
se Laurie nem érzékelt semmit, a ceremónia és
lakodalom mégis tökéletesre sikerült. Marazion
apraja-nagyja megjelent, hogy Rustynak és
Emericónak gratuláljanak. Laurie boldogan, a lelke
mélyén megkönnyebbülten figyelte a mulatságot,
melynek fénypontját az ifjú pár indulása jelentette St.
Ivesba. Már nagyon várta vissza őket és azt
tervezgette, miként lehetne a bungalót Lathea
távozása után kényelmessé tenni az ifjú házasok
számára. Kifejezetten romantikus építmény volt,
ugyanakkor felújításra szorult. Bár a feladatot egy
igazán szakértő építészre, Emericóra kívánta bízni, az
előzetes lépéseket örömmel magára vállalta.

Azon morfondírozott, mihez fogjon vacsoráig az
üres házban, amikor Rozsda ugatása zavarta szét az
álmosító csendet. Éppen csak visszafordult a
konyhából, kezében még ott lötyögtetett egy pohár
szódavizet, a terasz felőli ajtón máris erélyesen
kopogtak.
- Tessék?

A hívásra Nick Cowan lépett be. Laurie
balsejtelemmel méregette. Majd egy esztendeje járt
errefelé utoljára, hogy azzal a szégyenteljes jelenettel,
majd másnap a gyerekrablással, a múlt minden szívet
melengető emlékét és barátságát sárba tiporja.
Merthogy ő Corey erőszakos elhurcolását kizárólag
gyerekrablásként tudta értelmezni, önkényes és
erőszakos lépésként, ami Nick bosszúja volt Latheán.
Mögötte azonban valaki más is érkezett. A
jellegzetesen vörös hajzatból és az arcvonásokból nem
volt nehéz kitalálni, ki lehet. Botjára nehezedve

botorkált a sógora mögött, az előnytelen szemüveg rejtekéből elkínzott zöld tekintet kúszott Laurie-ra.

- Jó napot, Laurie – köszönt Nick kimérten. Ő a maga részéről feszülten figyelte. – Minek köszönhetem ezt a nem várt látogatást?

- Hadd mutassam be a sógoromat, Betty férjét.

- Neve is van? Vagy ismernem kellene?

Nicket szembetűnően bosszantotta az ellenségeskedés, bár Laurie gyanította, hogy vele szemben nem meri ugyanazt a hangnemet megengedni magának, amit legutóbb Lathea kapott tőle. – Miért viselkedik így velem?

- Tudja azt nagyon jól. Tehát Mr. Frost eljött Marazionba? Mégis mi keresnivalója van itt? Legfőképpen az én házam tájékán?

Kester Frost tett két bizonytalan és ingatag lépést előre. – Bocsássa meg, amiért hívatlanul önre törtünk, uram, jómagam ismeretlenül is, de meg kellett tennem.

- Mr. Frost, csak ne szerénykedjen, nagyon jól ismerem önt. Éppenséggel jobban is, mint szeretném, ezért teljesen fölösleges a nyájaskodás.

Nick hangosan szívta a fogát. – Nem sejtettem, hogy ennyire hiányozhat magából a belátás, Laurie... bizonyos helyzetekben.

- Kérem, ne oktasson engem, Nick – fortyant fel Laurie megvető ridegséggel. Őt is megrázta, hogy az események után ennyi idővel is mennyi keserűség él benne. – A belátásról még így is többet tudok maguknál.

- Igazság szerint Latheát keressük, Mr. Doorn.

Laurie Kester Frostra lesett. – Ami azt illeti... – mire kimondta volna, hogy nem tudja, merre lehet, a vendégek háta mögött Mischa bukkant fel. Érdeklődő pillantást vetett az idegenekre. – Kérdezzék Lathea hollétéről a legilletékesebbet. Mischa, az urak a hitvesed után érdeklődnek.

- Valóban? És kikhez van szerencsém?
- Szerencséd? Meglehetős eufémizmus – dünnyögte Laurie.

Ekkor Nick, mit sem törődve az ő rosszmájúságával, a fejéhez kapott. – Maga Kupolyev?
- Én vagyok.
- Úristen, Kester, már mindent értek!
- Tulajdonképpen kicsoda maga?
- Mischa fiam – kotyogott közbe Laurie. –, Nick Cowanhez van szerencséd.

A hír hatása félreérthetetlenül kiült Mischa arcára, ám Nick mindannyiukat megelőzte. – Már minden világos. Gondolhattuk volna, hogy Latnek sose jutna eszébe elvenni Corey-t a családjától. Nyilván maga áll a háttérben, a maga emberei kerülgetnek minket!
- Miért csodálkozik annyira, Mr. Cowan? – Mischa minden átmenet nélkül felvette a gőgös arisztokrata maszkját, aki a vagyon és hatalom oltalmában nem is veszíthet ütközetet. – Ha jól sejtem, magát leszámítva a férfiak többsége szilárdan kiáll a felesége mögött, más nőkre nem is kacsintgatva.
- Mit akar ezzel?
- Ha kicsit magába száll, tudni fogja. Nem tetszik a gondolat, hogy egy nős férfi kerülgeti a feleségemet. Most pedig elő vele, mit akarnak?
- Mr. Kupolyev – kezdte Kester Frost megelőzve Nick minden valószínűség szerint dühös riposztját.
- Kupolyev gróf, ha megengedi. Jobb, ha tudja, olyan ember vagyok, akivel nem érdemes ujjat húzni.
- Ó, igen! Hiszen jó helyre szólnak az összeköttetései.
- Arra mérget vehet!
- Ettől viszont Corey még az én fiam és nem mondok le róla. Ha odáig fajulnának a dolgok, gróf úr, akár arra is hajlandó vagyok, hogy Lat múltját kiteregessem. Egy gyilkos grófné nem túl szép dolog.

Mischa tartása fenyegetővé vált attól, ahogy kis terpeszben állva keresztbe fonta a karjait maga előtt. Hangja metszően jegessé fagyott. – Ne fenyegessen engem, uram. Vagyonos ember vagyok és, amint találóan rámutatott, sokkal jobb kapcsolatokkal rendelkezem. Amúgy magára sem vet túl jó fényt, hogy amíg... hogy is hívják?... Valerie Smithey kisasszonnyal cicázik az East Enden, a kis Corey egy alkalmazott mellett ásítozik a park valamelyik padján. A nagyszüleit egy héten egyszer látja a vasárnapi ebédnél. Úgyhogy engem ne okítson a feleségemről, ha megkérhetem.

– Sok mindent nem tud a feleségéről, amit...

– Emiatt ne fájjon a feje, amire hivatkozik az nem újdonság számomra. És amennyiben sokáig fenyegetőzik, még az állása meg az egzisztenciája is oda lehet. Akkor pedig miből fizeti a cselédet, aki a szerető papa helyett untatja a kisfiút?

A gúnyos hangtól Kester Frost dühbe gurult. – Most maga fenyeget engem.

– Kvittek vagyunk, nem igaz?

Laurie figyelmeztetően Mischa felé intett, így amikor Lathea betoppant, dermedt csend fogadta. Megpillantva a látogatókat amúgy is földbe gyökerezett a lába. Tekintete Nickről Kesterre vándorolt, és a levegőben vibráló feszültséget megérezve barátságtalanul azt tudakolta: – Mi keresnivalótok van itt?

– Szia, Lat.

– Kérdeztem valamit, Kester.

– Nem mondhatnám, hogy annyi év után örülsz nekem.

– Mert nem is örülök.

Mischa és Laurie titkon összenéztek. Kester Frost nyilvánvalóan modort váltott az asszony jelenlétében, nem mutatva ki a foga fehérjét. – Én még nem felejtettem el, hogy régen barátok voltunk. Neked se kéne.

- Tettél róla, hogy ez megváltozzon, úgyhogy mit akartok itt?

Kester Frost az asszonyhoz sétált. – Meg akartam köszönni, amit a fiamért tettél.

- Igazán? Már kamatostul megköszönted, amikor Nick fogta és se szó, se beszéd magával cipelte. Ellenvetésünk sem lehetett, igaz, Laurie?

- Ahogy mondja, kedvesem!

- Igazságtalan vagy. Én nem voltam abban az állapotban, hogy utazzam, Corey viszont az egyetlen, ami megmaradt nekem Bettyből. Természetes dolog, hogy látni akartam.

- Akkor is faragatlanul viselkedtetek. Mindketten.

Kester Frost a fejét ingatta. – Az apja vagyok, jogom van hozzá, hogy velem éljen – a halk, kenetteljes hang nem gyakorolta a kívánt hatást. – Szerintem megérted ezt.

- Ugyan, Kester! Akkor is az apja voltál, amikor Betty beállított ide és leadta nálunk, akár valami nemkívánatos csomagot, hogy vesződjön vele valaki más. Akkor miért nem tiltakozott az érző, apai lelked?

- Te is jól tudod, hogy Betty kizárólag a saját feje után ment.

- Mert hagytad neki! Ha idejössz és egy köszönömmel elviszed a gyereket, az is kevés lett volna azért, hogy négy éven át kitettük érte a lelkünket, öltöztettük, babusgattuk, családot adtunk neki. De így, ilyen arcátlanul kitépni őt az egyetlen közegből, amit ismert, ez, már ne haragudj, szemernyi apai érzést sem feltételez.

Kester Frost ellenségesen kihúzta magát. – Akárhogy is vélekedsz rólam, Corey hozzám tartozik és ez így is marad. Úgy látom, ez az alak teljesen kifordított önmagadból – megvető pillantást lövellt Mischa felé.

– Legyen bárki fia, azt most megmondom, hogy nincs az a földi hatalom, ami elveheti tőlem a saját véremet. Mischa feszülten várta az asszony válaszát. Ha vihar is dúlt a lelkében, abból kívülről semmi nem látszódott. – Meglátjuk – jelentette ki élesen, holott neki korábban elárulta, hogy nem akar harcolni a gyerekért.

- Majd ha felnő, egyszer megkeresem és elmondom neki, mennyire szeretem – vallotta be Lathea, amikor erről beszélgettek.

- Csalódtam benned, Nick – fordult Lathea a másik betolakodóhoz, kiábrándult szavaihoz lemondó arckifejezés társult. – Kicsinyes vagy, bosszúálló és önző. Jellemtelenül viselkedtél velem és jellemtelenül Carlával. Örülj, ha ő képes ezt megbocsátani neked, mert én sose fogom. E percben azt is szégyellem, hogy valaha a barátomnak tekintettelek – szomorú sóhajt hallatott, sarkon fordult és méltóságteljesen kisétált az ajtón.

Amint távolodó léptei elültek, Nick szikrázó szemekkel támadt Mischára. – Maga hiányzott a legkevésbé Lat életéből, ezzel a pöffeszkedő, úri modorával, a fennhéjázásával. Hiszen már elsiratta magát, mi a pokol hozta ide vissza? Hogy még jobban megtapossa?

Mischa felvette a kesztyűt. – Szerintem elfeledkezik az igazságról, Mr. Cowan. Amikor én a nevemet ajánlottam neki, ő már egy kifosztott és csalódott nő volt, hála a maga fivérének meg a kettős játékainak.

- Hogy merészeli a fivéremet a szájára venni? Semmit nem tud...

- Ne vágjon a szavamba, ez modortalanság – Nick vörös lett a méregtől. – Bár maga ezt sose fogja megérteni, amíg ugyanúgy két nőt szédít. Ezek alapján határozottan úgy vélem, nem én szorulok önanalízisre. Most pedig hálásak lennénk, ha megfosztanának minket a társaságuktól.

A szinte parancsolóan kemény felszólítás megtette a hatását. Kester Frost egyetlen további szó nélkül megindult kifelé, Nick azonban ellenségesen meredt Mischára. – El se hiszem, Laurie – bökte ki indulatosan, az egyes szavakat a fogai közt köpve ki. –, hogy ezt a bugris alakot istenítette nekünk éveken át. Egyszerűen megvásárolt magának egy nőt!

- Elég legyen ebből az ostobaságból!

- Ugyan, hagyd már, Okker – engesztelte Mischa a ház urát, mielőtt fölényes grimasszal Nickhez fordult.

– Megtettem volna, ha szükséges, Mr. Cowan. Ám a helyzet úgy fest, hogy két olyan ponton is a fivére fölé tudok kerekedni, ami a feleségem szemében sokkal többet számít a pénznél. Megbízhatóságban és a hálószobában.

- Maga nyomorult! – Nick arca lángba borult a haragtól, és ha Mischa nem tanúsít olyan szilárd kiállást, talán meg is üti. Így azonban Kester Frost sürgetni kezdte, hogy induljanak végre.

- Ez pompás ötlet, Mr. Frost. Isten vele!

Nick Cowant gyakorlatilag a sógora cipelte ki a Parisianből. Rozsda vad ugatása jó ideig jelezte, hogy a két látogató nem tűnt el a birtokról.

- Méghogy bugris, ennek a fickónak elment a sütnivalója – dohogott Laurie a botrányos jeleneten rágódva.

Mischa akármennyire is belelovallta magát az iménti vitába, máris elfogta a nevethetnék. – Uram atyám, Okker! Ha minden férfi így viselkedik, ahányszor hoppon marad, nem irigylem a nőket.

- Ó, nem, Nick Cowant nem egyszerűen visszautasították, hanem meghagyták a 'kedves barátom' státuszban.

- Úúúúj!

- Úgy ám! Ez fáj a legcudarabbul. De, Kolja, nem kéne megkeresned az asszonykádat? Dúlhat-fúlhat magában.

Mischa a fejét rázta. – Kell neki egy kis magány. Amúgy is retteg attól, hogy el kell innen mennie, erre jön még ez is.

- Hmm, ha akarod, megígérem neki, hogy a nyár végén találkozunk Párizsban. Mit szólnál a La Rotonde-hoz? Nyolcas asztal, mint régen.

Ki tudja, miért, az emlék egészen megindította Mischát. Szelíden hátba veregette öreg tanítómesterét és figyelmeztette: – De ott legyél!

40.

Mischa és Lathea azon a napon keltek útra Marazionból, amikor a Távol-Keleten az okinawai partraszállás megindult. 1945. április 1-jét írták. Ugyanezen a napon a reggeli posta olvasása közben, előzetes bejelentés nélkül berobbant Doreen és Grant Hyland-Flake.

- Quentin él! – harsogta Grant már a teraszra felkapaszkodva, ragyogó vigyorával valósággal körberepülte a reggelizőket. Két ujja közt lobogtatva a máris agyonolvasott levelet fel-alá iramodott a székek körül.

- Azt isten szerelmére, te meghibbantál? – kapta fel a fejét Laurie. – Semmit nem értek.

Mindannyian a reggeli felett ültek, álmosan és az elválás feletti szomorú hangulatban. Emerico és Rusty előző este érkeztek meg St. Ivesból, de alig kezdtek bele a nászút történetébe, Grant szétszúzta a békés reggelt. A bejelentése ennek ellenére megérte az áldozatot. Várakozóan néztek rá, miközben Emerico leültette Doreent az asztalhoz.

- Az ördögbe, Grant, ne játssz az idegeinkkel! – mordult Laurie a barátjára. – Mindent tudni akarunk!

Grant a boldogságtól izgatottan belevágott a levél felolvasásába. – Kedves Szüleim, a Hawaii-szigetekről írok Nektek, de azt tanácsolták, ne menjek bele a részletekbe, miként kerültem ide. A cenzúra úgyis kiszedné azokat a részeket. A legfőbb bejelentenivalóm az, hogy másfél hónapja keveredtem ide, egészséges vagyok és persze élek!

- Hála az Úrnak! Ó, Grant, ez csodálatos! – könnyezte meg Lathea az idős tábornok gyermeki örömét.

Az öreg katona ellágyulva szorította meg a kezét. –
Megmondta, hogy hazajön… megígérte nekem.
- A mindenit olvasd már, Nyugalmazott!
- Ne morogj, vén ecsettörő – Grant feszült csendben
folytatta Quentin sorait. – *Errefelé teljes erővel dühöng
a háború.*

A jenkik

múlt év végétől bombázzák Japánt, közben

pedig szigetről szigetre lopódznak közelebb.

Február óta a városokat lövik, ma pedig

(március 10-e van) a hírhedt B-29-esek Tokió

ellen repültek. Egymillió ember maradt fedél

nélkül. Van egy sziget a várostól száz

kilométerre, Iwo Jima a neve. Kiváló

kiinduló pont lenne a légitámadásokhoz,

ezért a japánok is nagy becsben tartják.

Onnan riasztják az országot támadások előtt,

és egyben megpróbálják feltartóztatni a

közeledő flottát. Februárig két hónapon

keresztül lőtték a jenkik a szigetet, amit a

hírszerzés szerint úgy huszonhárom-huszonöt

ezer katona védett. 19-én aztán partra

szálltak, amikor kiderült, hogy a bombázások

teljesen eredménytelenek voltak, mivel a

japánok valóságos cement erődítménnyé

építették át a szigetet. Bevehetetlen bunkerré

a felszín alatti folyosókkal, lövészárkokkal.

Így a támadókat leszedték, mielőtt a sziklákat megmászhatták volna. Itt azt mesélik, négy napig folyt az öldöklés, mert a japánok szokás szerint az utolsó szál emberig védték magukat. A partra kecmergők harmadát lepuffantották, négyezer a halott és tizenötezer a sebesült. Mindez azt bizonyítja, hogy otthon előbb lesz béke, mint itt. Egyelőre Hawaii-on rostokolok, de amint olyan a helyzet, elindítanak egy rakomány embert haza. Sajnos azt senki nem tudja, ez mikor lesz. De élek és néhány nem halálos sebesüléstől eltekintve megúsztam a kalandot. Azt hiszem, apa, mégiscsak megmaradok az eredeti szakmámnál. Sokat gondolok Rátok és szeretlek Titeket. Csók : Quentin

Egy végtelen percre mindannyian mozdulatlanná dermedtek. Nehéz volt ehhez bármit hozzáfűzni. Doreen visszafogott zokogása törte meg a bénultságot. – El se tudom, hinni. Éveken át ez a bizonytalanság, semmilyen hír nem jött – dadogta. – És most ez? Vajon mikor jöhet végre haza?

A megrendültség gyorsan átfordult reménykedésbe, majd tervezgetésbe. Doreen és Grant csillogó szemmel, évek terhe alól felszabadultan arról tanakodtak, a fiúk ennyi idő alatt mi mindent élhetett át, hogy végül mégis optimistán és hatalmas lelkierővel képes levelet küldeni haza.

Lathea szívesen emlékezett arra a hosszú beszélgetésre, amit a marazioni bál után Quentinnel folytattak. Élvezetes, fordulatos társalgást találtak egymás társaságában, melynek még most is fel tudta eleveníteni barátságos hangulatát. Az volt az első nagy lépés számára, hogy beilleszkedjen új környezetébe. Quentin ismeretlenül is tárt karokkal fogadta, kedves volt, szellemes és egyenes.

A hajó korlátjának dőlve figyelte, ahogy a komp egyre távolodik a parttól. Weymouth-ból futottak ki, ám a kikötőből mostanra semmi nem látszott. A partvonal gyorsan zsugorodott. A látvány szorongással töltötte el, noha ezt az érzést a reggeli indulás, illetve Quentin levele feletti zaklatott gondolatai valamelyest háttérbe szorították. Legalábbis ez ideig. Most viszont egyedül a látóhatárra száműzött szülőföldje kötötte le minden figyelmét. Félt és bizonytalanság lett úrrá rajta. Mintha önként mondott volna le valamiről, ami pedig mindennél többet jelentett számára. Szeretett volna erőt meríteni abból, ahogy Mischa minden kétséget kizáróan kiállt mellette, mégsem sikerült. Képletesen utazni egészen más volt, csukott szemmel feküdni a fűben, és gondolatban bejárni a földtekét, miközben mégsem tett egyetlen lépést sem. Akkor nem tűnt el Anglia a horizonton és ő nem tartott Cherbourg, illetve az ismeretlen jövő felé egy álságos szerepben, ami nem illett hozzá.

- Elábrándoztál – hallotta a tenger zúgása felett, majd ahogy Mischa megállt mögötte, a két karjával kétfelől a korlátra támaszkodott.

- Eltűnt.

Nem látta, de érezte, hogy Mischa is az elhagyott partok felé tekint. – Megígértem neked, hogy

visszajövünk, és ezt be is tartom. Ó, egyetlenem, azt az érzést kelted bennem, mintha elraboltalak volna.
- Ne ítélj el engem – kérte Lathea szembefordulva vele. – Te - nagyvilági ember vagy, gyerekkorodtól együtt utazgattál az édesapáddal. Arra neveltek, hogy magabiztosan tájékozódj a világban, nyelveket beszélsz, megvan a kiállásod és a vagyonod ahhoz, hogy senki ne merjen szembeszállni veled. Számodra nem jelent semmit keresztül-kasul utazni a világot, mindenhol otthon érzed magadat. De én más vagyok. Huszonnyolc éves koromig mindössze kétszer hagytam el Londont. Egyszer az apám elvitt minket nyaralni a tengerpartra, utána meg Erwinnel lementünk Bexhillbe. A legnagyobb utazás, amit valaha tettem, Laurie-hoz vezetett, úgyhogy ne is csodálkozz, mert félek. A helyemben te is így éreznél.
- Ez egészen biztos, Thea. Csak kérlek, figyelj egy kicsit rám – Mischa hangja bár szelíden szólt, egyben kellő komolysággal is. – Ha a mérleg egyik serpenyőjébe beledobom a származásomat, azt a vagyont, utazásokat és luxust, amiben részem volt, azt hiszem, te még így is boldogabb vagy. Igen, boldogabb az álmaiddal, a tartható elveiddel meg a hiteddel, amit soha nem adsz fel, és mert legalább magadnak nem kell hazudnod. Néha bizony szeretnék a helyedben lenni… de nem vagyok – elhallgatott egy percre, noha le sem vette a szemét róla. – Te megengedheted magadnak az őszinteséget, hogy saját magad légy. Ellenben én egy színházban élek, ahonnan nincs kiszállás. Az én világomban többnyire képmutatás van, hazugságok meg hazug szerepek. Jutalmul aztán ott a gazdagság, a nőknek a drágakövek, a férfiaknak a mulatságok, szeretők, vadászatok és pezsgő, amíg bele nem fulladunk az egészbe – nagy sóhaj. – Elhiszed, ha azt mondom, gyűlölöm ezt az egész cirkuszt? El? – Lathea nem tudta mit mondjon, ezért hallgatott. – Nem lehetsz

félig komédiás, ha egyszer már ott állsz a színpadon. Az egész rohadt életedet tönkreteszi a kötéltánc. Én megpróbáltam kitörni, igyekeztem egy szeletet a saját nyomorult életemből megmenteni magamnak, de elbuktam. Hiába is jártam fel a Montparnasse különceihez, valójában soha nem tartoztam közéjük. Amikor elmentem Oroszországba, a saját baklövéseim ébresztettek rá, hogy széllel szemben nem lehet sokáig vitorlázni. A társadalom viszont, amiben élek, nem tűri a ballépéseket, tehát hurcolom őket magammal, hogy mindig emlékeztessenek a kudarcaimra.

A feltámadó szél meglebbentette Lathea kabátját, ám hiába csapkodott körülöttük, észre se vették.

- Te legalább elmondhatod magadról, hogy Tivy Rogers személyében megtaláltad az igaz szerelmet – folytatta Mischa. – Egy férfit, aki maradéktalanul viszonozta az érzéseidet, és bár meghalt, gazdagabbá tett téged. A te lelkedben továbbél. Emlékszel a nevetésére, a szemére, a közös percekre, ahogy szavalt neked. Ó, ha tudnád, Thea, ez mekkora kincs! Bezzeg én sose voltam ennyire szerencsés, illetve egyszer, veled. A bál utáni éjszakán. Életemben először voltam olyan nővel, akit se a vagyonom, se a címeres kispárna nem érdekelt. Engem akart és meg is kapott, testestül-lelkestül. Azután meg az a pokoli, értelmetlen vita! Szabályosan Párizsig menekültem és elhitettem magammal, hogy gyűlölsz engem.

- Mégis feleségül vettél.

- Mert én szerettelek és mert attól féltem, ha nem lépek, a háború után már bottal üthetem a nyomodat. Hazatérve mégis azt hallottam Jean-Micheltől, hogy nem tartod vele a kapcsolatot. Chantal nem csinált belőle titkot, hogy be akarja pótolni, amit a jegyességünk alatt elmulasztott, én meg nem álltam ellen. Azt gondoltam, ha te el tudtál felejteni, nekem is sikerülhet. De nem elég, hogy Chantal ágyában

sutba dobtam az elveimet, alig értem haza, ott várt a
leveled azzal az üzenettel: Legyen vitorlád a becsület
és hűség, s meglásd: hajód a jó kikötőbe ér. A fenébe
is, még a láncot is felvetted, én meg eközben
gyűlölhettem magamat a gyengeségemért.

- Milyen választ adhatnék most?

- Semmit nem kell mondanod, mindössze hidd el
nekem, hogy én lennék a legutolsó, aki megbántana.
Lehetsz te cselédlány, én meg gőgös önkényúr, mit
számít, ha szeretlek? Igen, jártam már mindenfelé és
nagyon sok a pénzem, de most szeretném neked is
megmutatni ezeket a csodákat, veled visszatérni
ugyanazokra a helyekre és élvezni egy kicsit az életet.
Semmi okod az érzéseimben kételkedni. Ahogy te
Tivy Rogerst szeretted, én ugyanúgy szeretlek téged,
és ha elfogadsz, nem lesznek hazugságok, más nők
vagy áskálódás. Csak az számít, ami neked és nekem
jó. Amennyiben ez Anglia lenne, visszajövünk.

- Hogy tudsz ilyen józan lenni?

- Boldog vagyok, amiért idáig eljutottunk. Egyébként
tőled tanultam, ma belle.

Latheának egy régi emlék zakatolt a fejében. –
Amikor Tivy előkerült és hirtelen ott állt előttem, az
első nap elmondtam neki mindent Erwinről és rólad.

- No, és mit szólt hozzá?

- Átölelt.

Mischa halványan elmosolyodott. – Mert
szeretett, Thea drágám. Valamit azonban meg kell
értened. Abban a halastóban, ahol én élek, cápák
úszkálnak. Nem vagyok gazember, se született gonosz
szellem, de ha nem akarom, hogy elevenen
felfaljanak, az ő játékszabályaik szerint kell
játszanom.

- Ezt most miért mondod?

- Mert akármennyire is szeretnénk, nem térhetünk ki a
lavina útjából. Ne tévesszen meg, ha társaságban
egészen másnak fogsz látni. Ez önvédelem, hogy

megtarthassuk a saját életünket magunknak. Ettől azonban még ugyanúgy szeretlek és ragaszkodom hozzád. Kegyetlenül hangozhat, de ezzel igyekszem megóvni téged a legádázabbaktól. És ugyanez magyarázza, miért van nagy szükségem egy olyan feleségre, aki nem részese ezeknek a játékoknak. Éppen ellenkezőleg, aki az otthonom bezárt ajtaja mögött képes velem egy sallangoktól és képmutatástól mentes, valódi életet felépíteni.

Lathea gépiesen bólintott. Haja kiszabadulva a kontyából vadul repkedett a szélben. Az áprilisi nap már bőven túljutott a delelőjén, ők pedig maguk mögé száműzve Angliát tartottak Cherbourgba, ahol lassan egy éve az invázió partot ért és kivívta a győzelmet.

- Menjünk le egy kávéra – javasolta Mischa átkarolva a derekát, így ballagtak végig a fedélzeten.

- Mikor érünk oda?

- Még úgy két-két és fél óra. Claude Chiari elénk jön a kikötőbe és elfuvaroz minket Jean-Michel házáig. Szerencsére nem Cherbourgban kötünk ki, hanem a félsziget tövénél. St. Malótól jóval rövidebb az út.

- Hosszú nap lesz.

- Viszont a végén istenien kényelmes ágyban alhatunk – kacsintott Mischa kitárva a nehéz ajtót, hogy a meredek lépcsőn leereszkedjenek a fedélközbe.

Mialatt a vöröses alkonyatban a hajó a cherbourgi félsziget tövéhez ért, ott álltak a fedélzeten. Langyos áprilisi este volt ugyan, a tengeri szélben Lathea mégis örömmel vette, hogy a férfi szorosan mögötte áll, és ahogy két karjával a korlátra támaszkodott őt meleg kalickába zárta. Odabújt hozzá, hogy a hátát melegítse, mire az, ebből az egyetlen mozdulatból is értve, átkarolta a derekát. Már látni lehetett St. Malót. A városból legelébb egy hatalmas szikla szúrt szemet, tetején a középkori várral, mely elriasztó szörnyetegként őrizte a folyó torkolatát. Négy vaskos, zömök tornyával jellegzetes lovagvár benyomását keltette, egyben félelmetes hatást gyakorolt az érkezőkre. Mischa felszólítás nélkül mesélni kezdett, mintha Lathea néma óhajának engedelmeskedne.

- St. Malo vérbeli hajós város, igaz, nagy történelmi hagyományai vannak a kalózkodásnak is. A normann korban alapították és attól kezdve fordulatos a múltja. A 12. századtól itt lakott a püspök, úgyhogy az egyház meg a korona harca állandó napirenden maradt. A St. Vincent templomot érdemes megnézni, Jean-Michel szerint csodával határos módon maradt épen.

- Szép?

- Inkább rendkívül érdekes. Számtalan stílus keveredik benne, ami errefelé nem is ritka.

- És az a vár?

- Ötszáz éve Bretagne hercege építtette a lányának, Annának. Igazi kis remekmű.

Lathea a látóhatáron még egy hasonló jelenséget fedezett fel, ami ugyancsak magasan a táj fölé emelkedett. – És az? Mintha egy kis félsziget lenne.

- Igen, Saint Sevran. Az a citadella. A 18. századból származik, de 42. és 44. között a németek valóságos erődítményt kovácsoltak belőle. Ott pedig látod azt a hármas tornyot?

Lathea a kinyújtott kar irányát követve forgatta a fejét. – A félsziget végén?

- Úgy hívják, Solidor. A 14. században épült és a Rance egész torkolatvidékét ellenőrzi.

- Rance?

Mischa balra mutatott. – A folyó.

- Nagyon jól ismered ezt a várost, ugye?

- Igen, végül is itt húztam le azt a néhány évet.

- Ó! Itt van az a ház, amiről beszéltél?

Mischa somolygott a szigorúan nyírt körszakáll oltalmában. – Igen. St. Malo nagyon szép, ódon kis hely, az óváros telis-tele girbegörbe utcákkal. Jean-

Michel mesélte, hogy a hitleristákat két hét után sikerült kifüstölni, márpedig a bombázás nem tett jót a városnak.

- Sok német volt itt?

- Nyolc vagy kilencezer, főleg a várban és a citadellában.

A hajókürt éles hangja betöltötte a békés estét. Beletelt még további húsz percbe, mire a testes vizijármű elérte a kikötő belső tartományát és nehézkes manőverezést követően az egyik móló közelébe sodródott. Újabb hosszadalmas helyezkedés árán sikerült betolatnia a viseletes állapotban levő építményhez. A fedélzetről egyre kevesebbet lehetett látni, ahogy a lenyugvó nap fénye mélyvörösbe fordult, majd a városon túl fokozatosan keskeny csíkká zsugorodott. A matrózok izgatott hangja, a hajó ütközése a mólóval visszavonhatatlanul jelezték, hogy megérkeztek. Mischa nem mozdult, ezért Lathea lopva feléje pillantott. – Mehetünk, chérie? – kérdezte várakozóan. Egyértelműen az ő döntésére várt.

- Igen, vágjunk bele.

Bár a saját fülében is szorongással csengtek ezek a szavak, Mischa nem tette szóvá. Némi habozást követően a tarkójához emelte a kezét és eltávolította a kontyába fúrt csatot, a szőke fürtök ettől engedelmesen leomlottak. – Így sokkal jobban tetszik, ez nem is kell oda – rejtette a zsebébe a feleslegessé tett tárgyat.

- Divatjamúlt.

Már-már kötekedő mosoly felelt. – Ezt a bolondságot nők találhatták ki. Na, menjünk!

Az utolsók közt hagyták el a fedélzetet. Nem keltek át sokan a csatornán, a bizonytalan, háborús körülmények nemigen vonzották az embereket Franciaországba, vagy a kontinensre. Jóllehet az előbbi már vagy három hónapja felszabadult a fasiszta elnyomás alól, a szétlőtt ország így sem tűnt csábító úticélnak azok számára, akik távol tarthatták tőle magukat. A német tengeralattjárók hírhedtsége ugyanúgy jelentékeny szerepet játszott, hiszen az atlanti térséget éppen a csatornán keresztül érték el a legegyszerűbben. Aki tehette, Párizs felé az ismét üzembe helyezett légiközlekedést részesítette előnyben. Az immár utolsó napjait élő Luftwaffe jelentette veszélytől nem kellett tartani, megmaradt erőiket lekötötte Németország védelme.

A gyorsan szétszéledő utasok között ők is partra jutottak. Az egyik matróz csábos mosollyal ajándékozta meg Latheát, ahogy a pallóról a móló biztos talajára segítette. – Soyez le bienvenu en France, Madame.

- Csak annyit mondott, hogy Isten hozott Franciaországban – fordított neki Mischa. – Lehet, hogy ez már az új frizurád hatása? – ő azonban válasz helyett elmosolyodott.

- Hahó, világjárók!

A feléjük siető Claude Chiari alakja fokozatosan tűnt elő a leszálló este alkotta háttérből. Fura szerzet volt, nem éppen magas, robosztus mellkassal megáldva, ami egyszerre keltett félelmet és tekintélyt. A törzséhez képest lábai vékonykának tetszettek. Noha senki nem nevezte volna nők álma férfinak, jelentős népszerűségnek örvendett a szebbik nem körében. Mischa szemrevételezve őt kénytelen-kelletlen megállapította, hogy a német megszállás megpróbáltatásai erősen rajta felejtették a nyomukat. Bár két év után ismét bot nélkül járt, a németek foganatosította kihallgatás során eltört bal lábára örökre sántítani fog. Erősen kopaszodott és egykor brutálisan összevert arcán két maradandó vágás emlékeztetett a múltra. Amikor odaérve hozzájuk boldogan felnevetett, tökéletes műremeknek tűnt a kivert fogak helyébe illesztett műfogsor.

Mischa minden felesleges bevezető nélkül szeretettel megölelte, jóllehet a háború előtt ezt nemigen merte volna. Ám a nehéz évek együtt átélt megpróbáltatásai, az üldöztetés, a rettegés a haláltól meg az árulóktól, örökre átírta a viszonyukat. Egyszerre voltak barátok, cinkosok, bajtársak, apa és fia.

- Mennyire hiányoztál – lapogatta meg Claude a hátát, mielőtt Latheára sandított. – Tehát ez a tündér a te Theád?

- Igen. Drágám, bemutatom neked Claude Chiarit.

Claude szertartásos hódolattal csókolt kezet. – Ha tudná, kedvesem, milyen nagyon vártuk magát.

- Igazán köszönöm, uram – felelte Lathea megkönnyebbülten az angol üdvözlés hallatán.

- Olivia is velem tartott volna, csakhogy Brigitte néhány napja gyengélkedik és nem akarta magára hagyni.

- Ugye, nem hagyományt törünk és a menyasszony dobja be a törölközőt?

Claude baráti fenyegetéssel meglengette a kezét. – Ne is mondj ilyet! Na, ez minden csomagotok?

- Majd Párizsban bevásárolunk.

- No, igen – kapta fel a vendéglátó a táskákat. – Lehetett itt megszállás, aki a tűz közelében volt, ugyanúgy istenverte kaviárt zabált és selyembugyit húzott a szeretőire.

Mischa a kirohanás tompítása érdekében az asszonyra kacsintott, majd a kezét nyújtva neki elindultak a mólón.

- Időközben érdeklődött utánad Darcy Favre. És tegnap Fettisov barátod is telefonált – újságolta Claude. – Megígértem a nevedben, hogy jelentkezel, amint megérkeztek.

- Van már telefon Jean-Michel kuckójában?

- Igen, úgy egy hónapja az egész környéken rendbe tették a vezetékeket. Meglátjátok, Oliviának gondja volt mindenre. Ragyog a kis fészek, feltöltöttük a kamrát és a helyi cimboráidnak köszönhetően benzin is jutott Jean-Michel kocsijába.

- Hálás vagyok, Claude.

A férfi legyintett, majd egy fekete járműnél megállva kinyitotta a csomagtartót, hogy belezsúfolja a csomagjukat. – Akkor irány Morlaix, bizonyára elfáradtatok.

Két nap telt el, mire Darcy Favre beállított Jean-Michel nyaralójába. Egy éve váltak el Cherbourgban. Akkor Darcy még a helyi ellenállás katonája volt, ennek megfelelően borostás és elhanyagolt, kinyúlt pulóverben és kitérdelt nadrágban aludt, élt meg harcolt.

- A mindenségit! Ezt nevezem átalakulásnak! – kiáltott fel Mischa elképedve az elegáns, vidéki orvos láttán.

Merthogy Favre orvos volt, méghozzá nem is akármilyen. Annak idején ő is ebben a minőségében ismerte meg. A németek által ejtett sebek rémálmából Favre egyik barátjának pincéjében lábadozott.

- Megmentem magát – fogadkozott Sergi Poiré, a hitetlenkedő pillantásra azt is hozzáfűzve: – Végtére is orvos vagyok, nyugodtan hitelt adhat a szavamnak.

És így lett. Sokáig tartott ugyan, de Mischa lassacskán kilábalt a súlyos hasi és végtag sérülésekből. Éjszakánként ki-kimerészkedett a házból, hogy fokozatosan edzve magát sétáljon egyet-egyet. Egy nap Sergi váratlanul beállított egy idegennel. Első ránézésre déli ember benyomását keltette a koromfekete hajzattal és kreol bőrrel. Egyedül lehetetlenül világos szeme cáfolt rá a mediterrán külsőre.

- Michel, ez itt a barátom, Darcy Favre. Mondandója van a maga számára.

És Darcy beszélt. Nyíltan, egyenesen, hadvezérek hősies, díszektől vagy sallangoktól mentes határozottságával. Ő ugyan már korábban hallott róla, hogy De Gaulle felhívására rohamtempóban megalakult a helyi ellenállás számos apró sejtje, azt is kitalálta, hogy házigazdája és orvosa sem az ágyában alszik éjszakánként, hanem nyakig benne van a szervezkedésben, beszélni ugyanakkor soha nem beszélek erről. Joggal gyanakodott arra, hogy mindenki biztonsága érdekében ez alighanem így is marad. Tévedett, erről Darcy Favre gondoskodott. – Nem sok lehetősége maradt, Kupolyev. Egy jó angyal megmentette ugyan az életét, de ettől talán még nagyobb pácba került, mintha ott marad a mezőn vérbe fagyva. Ellenőriztettem a papírjait. Semmi kétség, maga a világ szemében halott. A tetejébe nem akármilyen halott, hanem nemesember és egyben tiszt, ugyebár?

- Számít ez valamit?

Darcy fanyalgott. – Egy hulla esetében legfeljebb jobban fest a lábujjára akasztott cédulán, de félre a tréfával. Nem mehet vissza Párizsba és élheti tovább az életét, mintha semmi se történt volna. A németeknek azonnal szemet szúrna. Annyi időt se engednének magának, míg a bőröndjét kicsomagolja. Nekünk ellenben minden eszes és tetterős emberre szükségünk van.

- Nekünk?

Így kezdődött. Mischa követte Favre-t Bretagneba, ahol hamarosan az események sűrűjében találta magát. Gyors kiképzést kapott abból, hogyan lehet mások otthonába feltűnés nélkül besurranni, aknát telepíteni, telefonvonalat lehallgatni és megannyi más aljas trükköt. Beköltözött St. Malo bordélyházába és attól kezdve az élete szorosan összefonódott az ellenállással. Egyik akció követte a másikat, ami összekovácsolta a kis különítményt. Darcy Favre igazi hős és barát volt, a titkok meg az együtt átéltek még annál is többé tették számára.

- Nem akartam azonnal rátok törni – merészkedett be Darcy a nappaliba. A kandallóban barátságos tűz lobogott, mert Cornwall melege után mindketten fáztak.

- Ugyan, jöhettél volna. Iszol valamit?

- Kösz, egy pohárral.

- Bor?

- Jöhet.

Mischa töltött két adagot a nyitott vörösborból. Amíg tett-vett Darcy szólalt meg. – Mit csináltok amúgy? Bár ezt nászutasoktól ostobaság megkérdezni.

- Túl sokat képzelsz rólam – derült fel Mischa. – Ne feledd, hogy már mióta nős vagyok.

- Igaz, épp csak nem volt módod ráunni a dologra.

- Jól van, megadom magam. A környéken bóklásztunk, bementünk a faluba. Latheát lebilincseli a vidék.

Darcy a felkínált helyre telepedve keresztbe tette a lábait. – Csak vigyázzatok! Mindenfelé német aknák meg lövedékek hevernek gazdátlanul. Múlt héten két kamaszt tépett szét valami Brest környékén.

- Rendben, figyelünk, hova lépünk. És hoztál nekem valami hírt?

- Elégedett leszel.

- Ki vele!

- Chantal Chaubert jelenleg már nem Avignonban él, a férje évekkel ezelőtt meghalt. Mi tettük hidegre a gyanús ügyletei miatt. Rohadt spicli volt, aki lepaktált a hitlerista bagázzsal. Szépen megszedte magát abból, hogy feldobta a helyi zsidókat.

- Nem ő volt az egyetlen.

- Úúúh! Rühellem az ilyen férgeket. Állítólag csúnyán szétloccsantották a fejét, öngyilkosság kizárva.

Mischa lenyelt egy korty bort. – Az ilyen szarháziak nem ölik meg magukat.

- De nem ám! Pedig megkönnyítenék a dolgunkat.
- És mi van a nővel?
- Tehetős özvegy – gúnyos vigyor. –, víg özvegy.
Viszonya volt egy némettel, majd egy
élelmiszerkereskedővel, de a fiúk azt mondják, bőven
akadhat ott más is.
- Egy ribanc lett, vagy mi?
  Darcy fintorgott. – Ahogy mondod.
- Mesélj a gyerekről.
- Fiú, kétéves forma. Vagy még annyi se. Nehéz
közelebbit kiszaglászni, mivel mindkettő eltűnt
Avignonból.
  Mischa összevont szemöldökkel, torkában
dobogó szívvel méricskélte a barátját. – Biztos ez?
Úgy értem, a fiú. A mindenségit, Darcy, tudod,
milyen fontos ez nekem!
- Tudom, de hidd el, a gyerek nem lehet a tiéd. Ami
viszont felettébb érdekes, hogy semmilyen
nyilvántartásban nem bukkantunk a nyomára. Se
keresztelő, semmi.
- Ha nem az enyém, az egész nem érdekel.
- Nem a tied, a nyakamat rá.
- Jól van.
Darcy felhajtva a bor maradékát félretette a poharát. –
Megkönnyebbültél?
- Az nem kifejezés! Ide hallgass, Darcy, ha
visszatérek Párizsba, még szükségem lehet a
segítségedre.
- Maradjunk kapcsolatban. A háborúnak, legalábbis a
határokon belül, vége, mégse ámítsuk magunkat. Nem
voltál itthon, tehát jobb, ha figyelmeztetlek: tele
vagyunk bujkáló németekkel meg olaszokkal. Más
országrészbe menekülnek, ahol nem ismerik a
fizimiskájukat, és igyekeznek meglapulni. Márpedig
nem a volt sorkatonák okozzák a fejtörést, hanem a
sráfosok meg a megpucolt diplomaták. Remekül
beszélnek franciául, dörzsöltek és bosszúállók.

Párizsban még az árnyékodra is vigyázz, sose lehet tudni.

Az emelet felől kopogó léptek közeledtek. Megreccsentek a lépcső deszkái és hamarosan felbukkant az asszony. Fekete nadrágot és kasmír pulóvert viselt, mindkét darabot karácsonykor vásárolták Londonban. Mischa büszkén nyújtotta feléje a kezét és egyben kihasználta az alkalmat, hogy elgyönyörködjön benne. Latheán tökéletesen állt a magasan szabott derékkal készült nadrág, a pulóver kiemelte nőies formáit. Ám a csodálat mellett az is eszébe villant, milyen régen nem érinthette meg.

- Gyere, ma belle, bemutatom neked Darcy Favre-t – mondta olaszul, mire a vendég is csatlakozott hozzá.

- Nagyon röstellem, asszonyom, de nem beszélek angolul.

- Én pedig hadilábon állok az olasszal – mosolygott Lathea.

- Lathea az egyik barátunktól kezdett tanulni – magyarázta Mischa. – Amint lehet, elmegyünk Itáliába és gyorsan belejön.

Darcy egyetértően bólintott. – Elfelejtetted megemlíteni, hogy az angol lányok ilyen lehengerlően szépek és kívánatosak.

A nyílt bókba Lathea belepirult. Angliában aligha szokás egy percnyi ismeretség után így bókolni. Mischa bátorítóan átkarolva a vállát a barátjára nevetett. – Nem mind. Lathea különben is félig lengyel vér, márpedig köztudott, hogy a szláv nők milyen varázslatosak.

- Ó, ezek a hencegéseid! Most azonban megyek. Örültem a találkozásnak, asszonyom, Michel igazán a szerencse fia.

- Jöjjön el máskor is.

- Köszönöm a kedvességét, ám nem szívesen zavarnám meg a nászútjukat.

Mischa kikísérte Darcyt a hűvös éjszakába. A viaduktot benépesítő ősrengeteg sejtelmesen susogott a feltámadó esti szélben.

- Brrr, a te kis feleséged két lábon járó kísértés – ballagott Darcy az ütött-kopott motorbiciklihez. – Most már cseppet sem csodálkozom, hogy ilyen elszántan vissza akartad kapni.

- Tudod jól, hogy valójában soha nem volt az enyém.

- Én csak azt tudom, hogy pokoli régen voltam nővel. És ez, pajtás, ez igazságtalanság! – ezzel nyeregbe pattant és gyors búcsú után felbőgetve a motort elszáguldott.

Mischa egykedvűen nézett utána, mígnem a vaksötétben a kis, piros lámpa utolsó foltja is eltűnt. Körös-körül az erdő zúgott, mintha misztikus történetet akarna mesélni. Megborzongott a hűvösben. Összedörgölte a két tenyerét, mielőtt sarkon fordulva visszasétált a befűtött ház védelmébe.

- Nem rakhatnánk még fát a tűzre? – vetette fel Lathea a gondolataiban olvasva.

- Dehogynem! Van bőven. Ha fázol, miért nem iszol egy kis sherryt? Önthetek neked? – simogatta meg az asszony arcát, ahogy a kandalló felé elsétált mellette.

- Igen, köszönöm.

- Rendben, máris.

Kiválasztott két fahasábot a gondosan felpakolt halomból és beépítve őket a lankadó tűzfészekbe felszította a lángokat. Aztán töltött egy pohár italt az asszonynak. – Egészségedre.

- Te nem iszol? – Mischa a fejét ingatta. – Na, és megtudtál valamit a kisbabáról?

- Nem az én kisfiam.

- Nem?

- Ahhoz túl fiatal.

- Értem. Ennek örülnöd kéne.

- Nehéz dolog ez – Mischa elmerengve fonta össze a karjait maga előtt, ahogy a széles szófa faragott karfájára ereszkedett. – Nem is tudom. Valahogy beleéltem magam a dologba. Ugyanakkor inkább úgy szeretném nevelni a gyermekemet, ahogy a szüleim engem. Szeretetteljes szigorral, az első perctől odaadóan, gondoskodva. Chantal viszont erre alkalmatlan lenne. Legalábbis az új Chantal.

- Mostanra talán elrontotta volna a kicsit.

- Igen, én is ettől tartok. Vagy ami még borzasztóbb, eszközül használná velem szemben. Kérsz még egyet? – figyelt fel Lathea üres poharára.

- Nem, elég volt.

Mischában ekkor tudatosult, hogy az asszony úgy áll előtte, mintha mondani készülne valamit. Valamilyen oknál fogva mégsem tette. A csend körbeölelte őket, amíg egymásra szegezett tekintettel várták a következő pillanatot. Az idő, szusszanásnyi pihenőt engedve nekik, megállt. A kandallóban halkan ropogott az egyik hasáb, ahogy a lángok körülnyaldosták. Szeretett volna valami üzenetfélét kiolvasni Lathea tekintetéből, de amit végül is sikerült, attól elakadt a lélegzete. Először gyáván visszakozott volna, nehogy túl nagy kockázatot vállaljon, ám a keze önálló életre kelve végigsimított a combján. A vékony anyag takarásában érezte, hogy a lábában megfeszülnek az izmok. Pillantásával egyetlen másodpercre se engedve el széttárta a térdeit és Lathea élve az alkalommal közelebb húzódott hozzá. Ajkuk azonnal egymásra talált és benne magasra csapott a vágy lángja. Kigombolta Lathea nadrágjának derékrészét, hogy megérinthesse a bőrét. Csókot szórt a köldökére, majd a nyelvével cirógatta tovább. Az asszony enyhe remegése, mint válasz, boldoggá tette.

- Túlzottan is elhanyagoltál – súgta Lathea, ahogy ő a szófára fektette.

- Többé nem fordul elő – ígérte gyorsan.

Félrehajította a fekete nadrágot, hogy élvezettel cirógassa meg a formás lábakat. Lathea közben sietve kibújtatta az ingéből és meleg ujjai bátran végigszaladtak a mellkasán. Majd lejjebb a csípője felé.

- Lassan, Thea – könyörgött. – Megőrjítesz. És olyan régen volt.

Lathea arca váratlanul elfelhősödött. – Köszönöm, mert megvártál.

Beszéd helyett forró csókkal zárta le a száját. Magába szívta testének virágillatát, hajának édes ízét. Soha nem találkozott mással, akinek egyetlen csókja képes lett volna ennyire felkorbácsolni az érzékeit. A pulóver alá kéredzkedve óvatosan kitapintotta a gömbölyű melleket, mire Lathea kéjesen felsóhajtott. Olyan könnyű volt őt boldoggá tenni. Kiéhezett a gyengédségre, a behódoló szerelemre. Hamarosan már meztelenül feküdtek a kanapén, egymást elhalmozva csókjaikkal, felfedezve mindazt, amit az idő elhalványított a múltból. Azután Lathea fölébe kerekedett. – Hiányoztál – súgta már-már szerelmesen. Olyan természetességgel fogadta magába, ahogy Mischa azt a legszebb álmaiban elképzelte. Elbűvölve a pillanat varázsától, lassan, kivárva ringatta magukat a vágyak hullámán. Az asszony előrehajolt, hogy ismét megcsókolja. Ő pedig ezt kihasználva élvezettel túrt bele hosszú, selymes hajába, ami betakarta őket. – Azt hiszem, szeretlek, Mischa.

A legváratlanabb pillanatban elhangzó vallomásról nem tudta, mit gondoljon. Kíváncsi ujjait összefonódó testük közé csempészte, hogy párját még nagyobb gyönyörhöz jutassa.

- Mischa…
- Ne bújj vissza a csigaházadba – kérte Latheát a hátára fordítva.

Most már ő vette át az irányítást és minden mozdulattal közelebb csalta magukat a legcsodálatosabb élményhez, amit valaha átéltek. Lathea gátlástalanul megemelte a csípőjét, hogy ebből a sürgető vágyból annyit fogadjon el, amennyit csak tud. Mischa az utolsó csepp erejéig kitartva vitte magával, mígnem a boldogság vonata elsüvöltött mellettük. Elégedetten hevertek egy szoros ölelésben, miközben ő élvezettel gyönyörködött a nőben, aki élete értelmét jelentette. – Még mindig szeretsz? – a kérdés hallatán Lathea kacagni kezdett.

- Talán még jobban.

- Ne téveszd össze a szexet a szerelemmel, mon amour.

Lathea karja ismét köréje fonódott, egyik lábát átvetette az övén, és komolyan azt mondta: – Félsz tőlem, hogy milyennek látlak itthon, ugye?

Az, ahogyan ráérzett az egyik legbensőbb félelmére, megijesztette Mischát. Most már, ennyi hónap sorsközössége fényében, nem mondhatta, hogy idegenek lennének egymás számára. A kételyekről ennek dacára elővigyázatosan hallgatott. Megtartotta magának. – Talán, mert soha nem árultad el, valójában mit tartasz felőlem, mégis mindig ott ült a szemedben.

- Egyszer azt mondtad, jobb emberismerőnek hittél, most én is ezt mondhatnám.

Mischa kinyújtotta a karját a szőke fej alatt. – Ezt olybá vehetem, hogy már nem tartasz rongy alaknak?

- Máskülönben Laurie-nál maradtam volna.

Nehéz volt ezt a társalgást folytatni, túl kényes területre tévedtek. Ő már így is úgy érezte, hogy kiszolgáltatta magát az asszonynak. Végtére is mindent elmesélt az érzelmeiről, az életéről, az oroszországi borzalmakról. Ez a nyíltság akárhogy is, de a sebezhetőség érzését oltotta belé. Nem mintha attól tartott volna, Lathea visszaélne mindazzal, amit megtudott, inkább csak olyasféle újdonság volt ez, amihez nem szokott hozzá. Különben tartozott is neki ennyivel, miután ő gyakorlatilag nyitott könyvként olvasott az életéből, neki is adnia kellett valamit cserébe.

Lathea hihetetlen érzékkel értette meg, miféle zaklatott gondolatok villannak át az agyán, és hosszú, nyomasztóvá váló hallgatást tört meg, amikor elmerengve megszólalt: – Azt hiszem, két arcod van, Mischa, és ez a két arc rettenetesen különböző. Az egyik, amiről a hajón meséltél. Zord, kíméletlen, de rettenetesen előkelő és céltudatos. A másik pedig, amilyen Marazionban voltál. Kedves, egyszerű, megértő és türelmes. Szerencsés vagyok, mert mindkettőt ismerem.

– Ez vajon valóban szerencse?

– Igen, ebben biztos vagyok. Amikor úgy döntöttem, próbáljunk együtt szerencsét, számoltam azzal, hátha Franciaországban viszontlátom azt a fölényes, rideg alakot, aki megismertem.

– Mégis elszántad magadat erre az útra?

– Igen, mert te is itt vagy. Ez a Mischa.

Ahogy felkönyökölt és igéző tekintetével őt figyelte, ösztönösen megérezte, hogy valami fontos következik. Ugyanakkor a hosszú hónapok sóvárgását betetőző szeretkezés, meg az asszony csábító meztelensége inkább arra késztették, hogy szelíden fűzve őt megérintse. Lathea azonban lágyan eltolta a kezét. – Számomra Doverban változott meg minden.

– Nem biztos, hogy értelek, ma belle.

– Amikor hagytad, hogy megöleljelek és megvigasztaljalak.

– Szükségem is volt rá.

– Igen, szükséged volt rá. Csakhogy a férfiak túl büszkék ahhoz, hogy más előtt kimutassák a kétségbeesésüket, vagy, ne adj' isten, elfogadják a vigasztaló kezet. Akkor döbbentem rá, hogy talán meghalni mész vissza Párizsba és előtte… a félelmeink közepette már nem titkoltad el, hogy többet jelenthetek számodra, mint a többi nő, akivel viszonyod van. Ettől a kifejezéstől Mischát elfogta a rosszullét. – Egyet higgy el nekem, Thea. Soha nem voltak viszonyaim és mellesleg Doverban már régen a feleségem voltál.

- Szándékosan kitérsz a szavaim elől. Hiszen tudod, mire gondolok.

- Ó, igen! És azt is sejtem, miért nem akartál Párizsba elkísérni. Ám megnyugtathatlak, hogy az angol mondást idézve: nem rejtegetek csontvázakat a szekrényemben. Egyetlen nőt se találsz itt, aki igaz lelkére állíthatná, hogy bármi köze lenne hozzám. Lathea váratlanul elnevette magát. Csengő hangja bejárta a házat. – Kihoztalak a sodrodból.

- Akkor most rajtam a sor – magához húzta az asszonyt és keze ismét útra kelt a testén. Játékosan megharapdálta a fülét, majd a nyakába csókolt. – Mit szólnál, ha a hálószobát is kipróbálnánk?

- Csodás lenne.

Jean-Michel esküvője nem volt éppen a legmegfelelőbb alkalom arra, hogy bemutassa Latheát Olivia Chiarinak, illetve hogy a Chiarik jobban megismerhessék. Túlzottan is sok vendég nyüzsgött körülöttük, meg aztán ez a nap amúgy is az ifjú páré kellett legyen. A szertartást Landerneau katolikus templomában tartották, ahol az összes padsor megtelt. A pap, ahogy ilyen alkalmakkor szokás, a házasság szentségéről prédikált és hosszasan idézett a Biblia tanításaiból. Ők ketten a templom hátsó traktusában, a sor szélén ülve hallgatták a beszédet. Egyikük sem lévén katolikus visszahúzódó megfigyelők maradtak, jóllehet Lathea a franciából sem értett semmit. Mischát meg különben sem érdekelte a szenteskedő szöveg arról, hogy a házasulandók isten kedvére tesznek. Egy gyönyörű nő mellett ülve különben is távol álltak tőle a templomba illő gondolatok. Megunva a bő lére eresztett monológot megszorította az asszony kezét, és amint az feléje pillantott, kiszökött vele a napsütéses áprilisba. Landerneau úszott a tavaszban. A háború rémségeinek bizonyos velejáróitól eltekintve a város ragyogott a tiszta fényben. A bejárattól odébb vonulva Mischa csókot lopott Lathea szájára.

- Mi történt? Azt hittem, figyeled a papot – kérdezte az asszony.

- Keleti ortodox vagyok, mon chére, abból is a lusta fajta.

- Jean-Michel meg fog sértődni.

- Észre se veszi.

Erre meg is volt az oka. Mischa önkéntelenül is párhuzamot vont Brigitte törékeny alkata, kamaszosan fiatalnak tűnő szépsége és Stéfanie közt. Bár a nagyvilági nő eleganciája és szemet gyönyörködtető toalettjei annak idején jó szolgálatot tettek Jean-Michelnek, az asszony máskülönben viszont érzéketlennek és számítónak bizonyult. A jól megtervezett és pontosan eljátszott szereplések alkalmával csodálatot keltő hűvössége otthon pokollá tette vele az életet. Jean-Michel házában a hőmérséklet állandóan fagypont alatt maradt és a négy fal között ők ketten messze nem látszottak annak a boldog párnak, mint a nyilvánosság előtt. Stéfanie számára az emberi megnyilvánulások olyan formája, mint öröm vagy könnyek teljes mértékben megtagadott kifejezési eszközök voltak, helyette csak a haragot, a kritikát és az elégedetlenséget ismerte. Mischa egyedül a régi, semmilyen viszály vagy nehézség által meg nem rendíthető barátságának köszönhette, hogy Jean-Michel bepillantást engedett az életébe. Előtte nem komédiázott, vagy tettette, hogy elégedett és révbe jutott ember.

- Néha már azért is hálás lennék, ha egy-két porcelánt hozzám vágna – tört ki a barátja egy ízben, de ilyesmire hiába várt. – Akkor én is kiborulhatnék, és esküszöm, hogy jó modorra tanítanám.

Természetesen mindemellett Stéfanie-nak számos elévülhetetlen erénye akadt, noha az a fajta melegség, amit Mischa rögvest felfedezett a második Madame Chiariban, hiányzott belőle. Brigitte jóval fiatalabb volt Jean-Michelnél, főleg lelki tisztaságában, emellett ott lobogott benne az a tűz, ami egy érzőszívű nőhöz hozzá tartozik. Amúgy felettébb csinos is volt. Vékonyka, nem túl nyúlánk, ám arányos és nőies. Az esküvői ruha ravasz szabása sokatmondóan sejtette, milyen kellemes jelenség bújik meg a takarásában. A ragyogó szürke szemek ékei lehettek volna az arcának, de igazán ellenállhatatlanná az őket árnyékoló hosszú szempillák tették. Mosolygós arcát hullámos, ében haj keretezte, mely éles napfénynél kékes árnyalatot vetett. Jóformán délies jelenség benyomását keltette bájos szelídséggel és józansággal megáldva, ami Mischát saját hitvesére emlékeztette.

- Valószínűleg öregszem, mert az utóbbi hetekben megszállottként hittem, hogy ennek a frigynek meg kell lennie – közölte Jean-Michel a városházán lezajlott formális ünnepség után. – Néha az az érzésem, többé egyetlen napot se bírnék ki abban az üres lakásban.

- Készséggel elhiszem.

Jean-Michel a háziak felé sandított, ahol Latheát Claude tartotta szóval. – Meg kell hagyni, a te kis grófnéd egészen kivirult.

- Félek, hogy ez nem jelent túl sokat. A hálószobában a kezdetektől megértettük egymást. Ám attól kezdve, ahogy elhagyjuk a házadat, nem lesz fáklyásmenet.

A beszélgetés vacsora után folytatódott. Addigra Jean-Michel térdig táncolta a lábát és kötelességszerűen minden nőt megpörgetett, aki az ellenkezőjén megsértődhetett volna. Mischa Oliviára bízva Latheát a kertben felállított asztalok egyikénél bukkant rá. Magányosan iszogatott. – Mint akin átvágtatott a valóság, cimbora – lapogatta meg a hátát, majd egy hirtelenjében odahúzott székre telepedett. – Pocsékul festesz, hallod-e!

Jean-Michel kedvetlenül elhúzva a száját unottan félretolta a kiürült poharat. Az inggallérja félrecsúszva, rendetlenül lógott, ernyedt testtartása elárulta, hogy többet ivott a kelleténél. – Még soha nem történt velem ilyesmi – panaszolta akadozó nyelvvel, noha nem az alkohol beszélt belőle. – Az éjjel az előző esküvővel álmodtam meg a nászéjszakával. Uram atyám! Ma reggel úgy éreztem magam, mint akit felnégyeltek.

Mischa legszívesebben nevetett volna a grimaszokon, de nem mert. – Az ital csúnyán megtréfálja a férfiakat, Jean-Michel, ne üsd ki magadat.

Apró biccentés, majd kitartó hallgatás. – Mi a véleményed róla?

- Mármint Madame Chiariról? Bűbájos.

- Bennem Latheát idézi, az ördögbe!, ebben a két nőben megvan az a romlatlan naivitás, ami belőlünk régen kiveszett. Emlékezni se emlékszünk rá. Mintha belenéznék egy hegyi tó kristálytiszta vízébe és pontosan azt kapom, amit látok. Mondhatom, szar érzés!

Mischa némi hősiességgel komoly képet vágott. Közben a mondás járt a fejében, hogy a részegek mindig őszinték. – Ugyan miért? Végre kaptál egy nőt, aki nem áltat semmivel, nem helyesel neked, holott a pokolba kíván, és nem bújik az ágyadba számításból.

- Ja, igen! És amikor azt mondja, elege lett belőlem, az úgy is lesz. Ó, hogy az ördögbe koptathattuk el magunkat ennyire? Az álmainkat, miközben mások tiszták tudtak maradni?

Erre a keserű eszmefuttatásra, ha létezett is válasz, Mischa nem ismerte. Helyette megszorította Jean-Michel vállát. – Miért nem mosod fel magadat? Ma még szükséged lesz a józanságodra. Brigitte szemlátomást nem hasonlít a megboldogult első számúra, ne okozz neki csalódást.

Eleinte úgy tűnt, a rábeszélésnek nem lesz foganatja, ám Jean-Michel, ha kelletlenül is, végül megmozdult. Fásultan felegyenesedve levetett zakója után nyúlt. – Furcsa mód eleinte tetszett Stéfanie-ban, hogy olyan hideg és távolságtartó. Kemény és hajthatatlan. Csakhogy hamarosan kiderült, hogy nem megjátssza magát, hanem valóban olyan – élveteg vigyorral hozzáfűzte: – És ne feledjük, hogy minden bálvány ledönthető.

Hogy ez az utolsó megjegyzés mire utalt, Mischa nem firtatta. A házig saját gondolataikba temetkezve tették meg az utat. A kertben szétszéledő vendégseregben szerencsére keveseknek szúrt szemet a kissé ittas és szokatlanul rossz formáját mutató vőlegény, ezért észrevétlenül surranhattak be a házba. Már a küszöbön megtalálta őket Claude baritonja. – Ó, itt van a két kóbor!

Hátrafordultak ugyan, de a földszinti főhelyiség keltette látványtól Jean-Michel elkínzottan felnyögött. Brigitte ugyanis nem volt sehol. – Mi lenne, ha tartanád a frontot? – lesett Mischára. – Én felmegyek.

Meg se várva a beleegyezést felballagott az emeletre. A szülei háza nem volt éppen hatalmas, mégis tágas és legfőképpen elegáns. Az L alakú épület rövidebbik szárnya már messze esett a mulatságtól. A néhol kitárt ablakokon mindössze távoli moraj hatolt be, ami akár egy másik bolygóról is érkezhetett volna. A sétától kezdett valamelyest magára találni. Végigbandukolt a szőnyeggel leterített fapadlón, a forduló után mégis megtorpant. Tanácstalanul méregette az utolsó ajtót, melyen túl immár a felesége birodalma terült el. Biztosra vette, hogy csalódást okozott neki. Szinte az összes ígéretét megszegte, amit csak tett, és ez végeredményben az egész napot beárnyékolta. A terv szerint szerdán meg kellett volna érkeznie, ehelyett ma délelőtt futott be. Ráadásul ő hozta magával a Párizsban gondosan megvarrt és becsomagolt mennyasszonyi ruhát, amivel mindenkit feltartott az előkészületekben. Brigitte ugyan egyetlen szóval sem panaszkodott, ám a szemében ott égett a néma szemrehányás. Sőt, talán a kétely is, hátha el sem jön és megfutamodik. Az arany karikagyűrűket a rohanásban Párizsban felejtette, ezért jobb híján a szülei ujjáról lehúzott kettővel esküdtek meg. Az egész olyan arcul csapása volt az eseménynek, amit a lány aligha érdemelt. Ennek tetejébe pedig az éjszakai rémálom, meg az azt követően feltámadó emlékek a hangulatát is megmérgezték. Az átélt csapások egy új élet küszöbén külön-külön is megsemmisítő hatással bírtak volna, de így halmozottan felértek egy sorscsapással.

Jóllehet a történések nyomában kullogott, rajta nem múlott semmi. Mégis gyötörte a lelkiismeret, hogy ugyan még el sem kezdődött a házassága, Brigitte-et máris sikerült megbántania. Ezért leküzdve a habozást bekopogott a szobába. Várt egy percet és, mivel nem kapott se bíztatást, se elutasítást, benyitott. Először nem vette észre az asszonyt. Betéve az ajtót megint a nevén szólította és akkor végre felbukkant a fürdőszoba irányából. Már nem a fehér kosztümöt viselte, haját kontyba rendezte és láthatóan az útra készülődve barna nadrágba és blúzba bújt.

- Eltűntél, kedvesem.

- Te tűntél el – felelte Brigitte az ágy végére fektetett bőröndbe fektetve még egy kardigánt.

- Ennél rosszabb napom azóta nem volt, hogy az iskolában a fülem miatt kigúnyoltak.

Brigitte lesajnálóan nézett vissza rá. Megjátszott hanyagsággal megvonta a vállát és a fiókos szekrényhez sétált, hogy folytassa a csomagolást.

- Ne haragudj rám, Brig. Óriásit tévedsz, ha azt hiszed, szándékosan rontottam el mindent.

- Ó, nem!

- Nem? Ennek örülök.

Brigitte felegyenesedett a bőrönd mellett. – Sokkal inkább azt gondolom, hogy el se akartál venni. Csakhogy presztízsveszteség nélkül már nem lehetett visszakozni.

- Úristen, dehogy!

- Ugyan, Jean-Michel, miért nem vagy őszinte? A hazugság, azt hiszed, kevésbé fáj? Éppen ellenkezőleg, vérig sértesz vele.

Jean-Michel jóformán odaugrott hozzá, amikor elfordult volna. Türelmetlenül kivárta, míg ráemelte a tekintetét, melyből mélységes fájdalmat vélt kiolvasni. – Csak részben van igazad... kis részben.

- Ne játssz velem!

- Nem akartalak elvenni, mert gyűlölöm az esküvőket... mégis arra vágytam, hogy velem maradj.

- Mi bajod az esküvőkkel? Vagy arról van szó, hogy jobban szereted a kötetlen viszonyokat? Akkor más nőt...

- Nem, nem erről van szó! Megláttalak és ennyi elég is volt. De melletted, Brig, megöregedtem... úgy értem, lélekben. Eszembe juttatod, hogy még soha nem éreztem így senki iránt és ezért félek tőled. Attól a ragaszkodástól, amit felébresztettél bennem. Az emlékek tönkretették az éjszakámat meg ezt a napot is, holott csak annyit szerettem volna, hogy nevess és örülj ennek az egésznek. Sajnálom.

Örökkévalóság telt el, mire Brigitte közelebb húzódott és Jean-Michel nyaka köré fonta a karját. – Hogy lehetnék boldog, miközben te ilyen nyomorultul szenvedsz valamitől?

- Szeretlek.

Brigitte visszacsókolta, sőt, akkor sem tiltakozott, amikor végiggombolta a blúzát. Az anyagot könnyedén lesodorta a válláról, így az susogva a szőnyegre vitorlázott. A melltartó pántja után nyúlva végigdőlt az asszonnyal az ágyon. Szerelmes odaadással simogatta, amíg az ostrom győzedelmeskedett. Brigitte elégedetten felnyögött.

- Olyan gyönyörű vagy – fejtette le róla Jean-Michel a szoknyát, majd a harisnyát is lesöpörte a lábszáráról. Nem volt nehéz elcsábítani, legtöbbször kapható volt egy-egy érzéki csatára. Persze Jean-Michel áldotta a saját szerencséjét, amiért más férfiaknak előtte nem állt módjában elrontani vagy megfélemlíteni őt.

- Miért gyűlölöd az esküvőket? És miért akartad ezt alkohollal elleplezni? – súgta az asszony két csók között.

Nem volt kifogása ellene, ahogy Jean-Michel most már ruhátlanul a lábai közé fészkelte magát. Elveszve a viszonzott szenvedélyben ingerelte őt tovább, hogy az egyesülés mindkettejüknek ugyanazt a gyönyört hozhassa.

- Az emlékek miatt.

- Stéfanie?

- Igen. Iszonyatos volt. Érints meg, Brig. Add a kezed.

Jean-Michel végigcsúsztatta a finomcsontú kezet a hasán, és bár Brigitte szívesen teljesítette a kívánságát, nem hagyott fel a faggatózással. – Az esküvő volt iszonyatos?

- A nászéjszaka. Ó, nehogy abbahagyd!

- Mi történt a nászéjszakán?

- Azt mondta... azt mondta...

- Mit?

Jean-Michel a szerelemtől meleg tekintetbe nézett és beletúrva az ében fürtök rengetegébe ügyesen megtámaszkodott a párnán. Az asszony megkapaszkodott a felkarjában, combjaival átölelte őt.

- Mit mondott, Jean-Michel?
- Kicsoda? Ó, Brig, kérlek...
- Stéfanie megbántott téged?

Jean-Michel élvezettel siklott az asszony hívogató ölébe. A boldogsággal együtt szaladt ki a száján a lelkét megmérgező emlék. – Azt mondta, hogy... megerőszakoltam.

Brigitte megcsókolta és bár nem lehetett számára gyönyörteli a tempó, beléje kapaszkodva olyan kielégüléshez juttatta, ami puszta lemondásból született. Összeomolva és a valóságról megfeledkezve Jean-Michel a mellére hullott. Szívet tépő sírás szakadt ki belőle, akár egy gyerekből a legnagyobb bánat idején. Brigitte felajánlott ölelésébe temetkezve elrejtette ugyan az arcát, de beleremegve a fájdalomba, azt többé el nem leplezhette.

Mischát Claude küldte fel az emeletre. Az ifjú házasoknak gyanúsan régen nyoma veszett és bár a mulatozók zöme azt hihette, a remek hangulat közepette fel sem figyeltek a távozásukra, a család pontosan tudta, hogy még a házban tartózkodnak.

- Jean-Michel rettegett ettől a naptól, nyilván ezért emelgette a poharat olyan sűrűn – vélekedett Claude félrevonva őt. – Mi lenne, ha felmennél, nehogy máris tengelyt akasszon azzal a kislánnyal?
- Nem akarod inkább te elintézni?
- Egy barát alkalmasabb az ilyesmire, mint egy öreg apa.

Mischa erősen vonakodott bárki ügyeibe kéretlenül beleavatkozni, ugyanakkor Jean-Michel nem volt akárki. Nem egyszerűen a barátja, hanem az énje egyik fele, az élete elválaszthatatlan része, és akinek olyan sokat köszönhetett. Az ajtó előtt mégis megtorpant. Vajon az elmúlt évtizedek köteléke felhatalmazza arra, hogy berontson egy egészen friss házasságba? Ám mielőtt kiforrt volna benne az erkölcsi igazolás, odabentről különös hangokat vélt kiszűrődni, melyek igazán semmire sem emlékeztették. Röviddel azután zavaróan üres csend támadt.

Nagy elhatározással megütögette az ajtót. Nem kapott választ. Az ismétlést tehát megtoldotta egy pár szóval. – Jean-Michel, Mischa vagyok. Mi történt veletek? – eltelt néhány másodperc, mire ráeszmélt, hogy Brigitte hangját valójában a háta mögül hallja, egy másik szobából. Valami nem volt rendben.
- Michel!

A kétségbeesést nem lehetett félreértelmezni, ezért habozás nélkül benyitott a szemközti szobába, ám a lába mindjárt a küszöbön a földbe gyökerezett. A barátja a szétdúlt ágy közepén hevert a hasán, élettelenül, feje a párnába fúródva. Mozdulatlanságában gyakorlatilag maga alá temette a feleségét. Az előzmények felől nem lehetett kétség, mindketten anyaszült meztelenül feküdtek az ágyneműn. A látvány azt sugallta, hogy az aktus épp csak befejeződött, a levegőben nehéz szagok lebegtek.
- Te jó ég! Elnézést!

Már menekült volna, csakhogy Brigitte elkínzottan a nevén szólítgatta és, mit sem törődve saját meztelenségével, mintha marasztalta volna. Ekkor döbbent rá, hogy esetlenségével szabadulni próbál Jean-Michel súlya alól, de hiába vergődik. Gyorsan betette az ajtót és közelebb sietett. A fülét megütötte egy szokatlan, szürcsölő hang. Jean-Michel se nem látva, se nem hallva bénultan elnyúlt, életnek semmi jelét nem mutatta.

- Megfullad – suttogta Brigitte a könnyeivel küszködve. – Mi lehet vele? Mischa rég megfeledkezve arról, hogy alkalmatlan betolakodója ennek a kínos jelenetnek, az ágy szivacsára térdelve leemelte a mozdulatlan testet az asszonyról. – Mi történt? – fordította Jean-Michelt a hátára.

- Szeretkeztünk, aztán...

A barátja felakadt szemekkel, riasztóan habzó szájjal feküdt előtte. – Kapjon fel valamit és a kertben keresse meg Theo Kozlovot – kérte az asszonyt. – Ismeri? Menjen csak, nem nézek oda!

Brigitte nem kérette magát. Kipattant az ágyból és a földön heverő ruhákból magára kapkodta a sajátját. – Hogy néz ki?

- Szóljon Latheának, ő majd segít. De hagyja ki ebből Claude-ot meg Oliviát.

Az asszony elszaladt. Mielőtt végiggondolhatta volna, mihez kezdjen, Jean-Michel összerándult és öklendezni kezdett. Zavarodott, élettelen tekintete valahogy mégis megtalálta őt és a rémisztő üresség helyett lassan valami kis élet költözött belé. Vagy csak ő szerette volna ezt hinni? – Gyere, pajtás, nehogy összehányd az egész szobát.

Az viszont képtelen volt segíteni magán, úgyhogy komoly nehézségek árán fel kellett nyalábolnia az ágyról a tehetetlenségtől merev testet. Bal karját a hóna alá fonva kivonszolta a fürdőszobába. Ám arra sem maradt ideje, hogy felhajtsa az ülőkét, vagy félreugorjon, mert Jean-Michel lehányta őt is meg maga körül mindent. Lenyomta, hogy térdeljen a toalett kagylója elé, ettől kezdve már csak arra volt gondja, hogy a fejét megtartsa. A hörgő öklendezés nem akart abbamaradni.

- Mischa! – a hívás nyomában többen is érkeztek.

- Az asszonyokat küld ki! Theo, ne jöjjenek ide!

- A folyosón várnak – rohant be Theo Kozlov lélekszakadva. – Uram isten, mi van itt? – nézett körbe, majd a meztelenül térdepelő Jean-Michelhez lépett. Egész testében remegett, a bőre hideg lett és verejtékes.
- Kevés híján megfulladt az ágyban. Felakadt a szeme és nem volt magánál.
- Mit ivott?
- Kóstolgatott ezt-azt, nem tudom, Theo. Attól tartok, össze-vissza mindent.

Miután Jean-Michel mindent kiadott magából, annyira elhagyta az ereje, hogy jóformán a padlóra csuklott. Közös erőfeszítéssel lemosták róla a kellemetlen szagú masszát, hogy visszavihessék a szobába. Kozlov gyakorlott mozdulatokkal vizsgálta meg.
- Egyelőre feltételezés, de valószínűleg bevett valamit. Hozzá jön még az idegesség, az alkohol, a vacsora és az egész együtt jobb, mint egy vegyi kotyvalék.

Mischa Jean-Michelre rántotta a takarót. Időközben öntudatlan, mélységes álomba zuhant. – És ez a roham? Rémisztő volt, Theo. Mint az epilepszia, csak elmaradt a rángás, helyette jött ez az öklendezés... elképesztően merev lett, szinte transzba esett, Brigitte odébb se tudta gurítani.
- A tünetek igen változóak lehetnek, de ha felébred, legalább megtudjuk, mi mindent töltött magába.

Kitárták a szoba ablakát, mielőtt magára hagyták a beteget. A két asszony, várakozásra ítélve, tehetetlenül toporgott az ajtó túloldalán. Noha közös nyelvet nem találtak egy beszélgetéshez, arckifejezésük ugyanazt sugallta.
- Kedves Brigitte, kérjen egy kis segítséget, aki feltakarít a fürdőszobában – javasolta Theo a maga nyugodt, higgadt hangján.
- Mi van vele?

- Bocsássatok meg – vezette odébb az asszonyt, hogy bizalmas szót váltson vele.

Mischa kihasználva a pillanat adta lehetőségét Latheához fordult. – Ne aggódj, ma belle, minden rendben lesz.

- Az egészből semmit nem értek, de Brigitte annyira riadtnak látszik.

- Jean-Michel rosszul lett az alkoholtól, szerencsére azonban megmarad – átkarolta az asszony derekát és behúzta a szemközti szobába. – Csukd be, kérlek.

Lathea engedelmeskedett, ő pedig haladéktalanul letépte magáról a lehányt fehér inget, ami borzalmasan bűzölgött. Habozás nélkül bemenekült a fürdőszobába, hogy megmosakodjon.

- Kinek a lakrésze ez?

- Jean-Michelé. Kukkants be a szekrényébe, hátha találsz nekem egy tiszta inget.

A zubogó víz felett ugyan nem hallotta odabentről a neszezést, de Lathea hamarosan ott állt az oldalán a váltás inggel. Miközben ő megtörölközött, azt mondta: – Megértem, ha itt akarsz maradni éjszakára.

- Szó sincs róla, semmi értelme nem lenne. Theo úgyis itt szállt meg, majd rajta tartja a szemét.

- De látom rajtad, hogy ideges vagy emiatt.

Mischa bánatosan felsóhajtott. – A szegény ördög pokolian félt.

- Nem értem, miért kéne egy esküvőtől félni. Végtére is szerelemből keltek egybe. Ő különben sem félős fajta.

- Nem, tényleg nem – a magára erőltetett félmosoly mégis hamar eltűnt Mischa arcáról. – Valójában a nászéjszakától félt. Tudom, mi jár a fejedben, chérie, de ez kivételesen most nem olyan férfidolog, vagy férfi hiúság kérdése.

- Hanem?

- Amikor elvette Stéfanie-t, a nászéjszaka után az a nő sírva mesélte, hogy Jean-Michel brutális erőszakkal tette a feleségévé. Még a rendőrségen is feljelentette. Lathea elborzadt. – Ez igaz?

- Igen, Thea, ez így volt. A rendőrség megmosolyogta a nevetséges vádakat, Jean-Michelt mégis a földbe döngölte a hazudozás. Érdekházasság volt, szépen meghatározott feltételek mentén, amit az a nő az első adandó alkalommal ocsmányul felrúgott. Jean-Michel helyében én másnap elváltam volna, ő mégsem tette – Mischa megvonta a vállát, miközben végiggombolta az inget. – Hogy miért döntött így, nem tudom. Akkor sem értettem.

- Szörnyű történet.

- És igazságtalan. Ezért nem szabad elítélnünk a mai gyengeségét – vélekedett Mischa megsimogatva Lathea arcát. – Mindenkinek megvannak a maga sebezhető pontjai. Nekünk viszont ideje elindulnunk, nem gondolod?

A lépcsőn lefelé baktatva megszorította Lathea kezét. Egész nap büszkeséggel figyelte, és örült a helytállásának. Sajnálatos módon a társaság nagyobbik része nem beszélt angolul, így Lathea elsősorban a háziakkal, Theóval és annak angol hitvesével tudott társalogni. Egy alkalommal azonban hallotta, hogy Darcy Favre-val olaszul beszélgetett és el kellett ismerni, hogy Emerico Doorn nagyon sikeres munkát végzett vele.

- Mi ez a nagy jövés-menés? – villantotta Olivia a legszebb mosolyát feléjük. A fia esküvőjének napján varázslatosan szépnek és fiatalnak látszott.

Mischa cinkosan kacsintott felé. – Jean-Michel az eredeti terveket átírva szeretné a ma estét még itt tölteni.

Claude úgy festett, mint aki kételkedik a kijelentés szavahihetőségében, ennek dacára a feleségével örült. – Fantasztikus!

- Hálásak vagyunk a meghívásért és a szép napért – búcsúzkodott Mischa.

- Ugyan, kedvesem – tiltakozott a háziasszony a maga lebilincselő mosolyával. – Nem lett volna ugyanolyan, ha nem jöttök. Beleszerettünk a feleségedbe, Mischa, elragadó teremtés.

- Ebben tökéletesen egyetértünk – karolta magához Mischa az asszonyt.

- Zavarba hoz, Madame Chiari.

Olivia Latheára nevetett. – Ne legyünk már ilyen szertartásosak. Ha a keresztnevemen szólít, megtakaríthatom magamnak a grófnézást – ennél örömtelibbet aligha mondhatott volna Latheának.

- Ha netán Párizsba jönnétek, feltétlenül találkoznunk kell – csókolt kezet Mischa az asszonynak és kezet adott Claude-nak. – Mi holnapután indulunk, tehát Jean-Michel házát lezárom.

- Rendben, rajta lesz a szemünk. A fiúnak egyelőre úgyse lesz rá szüksége. Pár napon belül vissza kell térnie Londonba, még nászútra se jut idejük.

- Ez most sajnos nem olyan világ.

- Nem bizony! Bon voyage!

Ezzel kisétáltak az estébe, melyet ezer csillag ragyogott be már a május ígéretével.

Ahogy keresztülsétáltak a vasúti pályaudvar épületén és a párizsi vonat számára kiírt peronra tartottak, örömmel vették tudomásul, hogy időben érkeztek. A szerelvény mellett kevesen téblábolltak, néhányan már az ablakokból integettek kifelé azoknak, akik búcsúztatták őket. Amúgy minden békésen nyugodt volt. Túlságosan is nyugodt a fővárosi járat indulásához képest. Mischa a két szerény bőrönddel a kezében átlesett az asszony válla felett a jegyekre. – Mi a kocsi jelzése, ma belle?

- Ez az.

- Igen, B kocsi. Úgy látom, az első osztály lesz legelöl.

Könnyedén kikerültek egy népesebb társaságot, akik a békés búcsúzás helyett heves perlekedésbe kezdtek.

- Odanézz, Mischa! Az nem Jean-Michel? Az oszlopnál.

Mischa előrenézett és a betonon szétfolyó napfényben valóban a barátját vélte felismerni. Zsebre vágott kezekkel álldogált. Elegáns, vajszínű öltönyében rendíthetetlen diplomata arcát mutatta, jól fésülten és hűvös higgadtságával visszatérve a tőle megszokott külsőségekhez.

- Ez aztán a búcsúbizottság – nevettek egymásra. – Látom, megmaradtál, cimbora.

Jean-Michel fásultan bólintott. – Meg. Jó napot, Lathea. Hogy telt a nászút? A múltkor meg sem tudtam kérdezni.

- Feledhetetlenül, a háza igazán varázslatos, köszönet érte.

Jean-Michel szomorú mosollyal biccentett, majd ugyanazzal a lemondó, már-már szégyenkező arckifejezéssel Mischára sandított. – Legutóbb elbúcsúzni se volt alkalmam – bökte ki. – Nem voltam abban az állapotban.

Mischa belelátott a gondolataiba. Nyilvánvalóan nem emlékezett arra a rémálmot idéző fél órára, amikor vészesen közel került a halálhoz, és ez megóvta a dupla fájdalomtól. Elég volt neki, hogy leszámoljon a múlt nemkívánatos kísértetével.

- Örülök, hogy összeszedted magadat – veregette vállon.

- Egy héttel elhalasztottuk a visszautat. Még nem vagyok a régi – torokköszörülés. – Theo elmesélte… Mischa, hálával tartozom és egy hatalmas bocsánatkéréssel.

Mielőtt Jean-Michel feszengése elronthatta volna a hangulatot, Mischa vidáman megjegyezte: – Azt hiszem, a jelenet Robbie-ra emlékeztetett, amikor a diplomaosztás éjjelén beborította az egész Notre Dame teret – szemtelen kötekedéssel barátian belebokszolt tréfája alanyába. Jean-Michel végre elnevette magát.

- Azaz végre versenyre kelhetek vele?

- No, versenyről még nem beszélnék.

A háttérben füttyszó harsant és a kalauz lépett hozzájuk.

- Ideje felvinned a csomagokat, Mischa – állapította meg Jean-Michel. Hosszasan nézett a két bőrönddel elsiető hát után, mielőtt élve az alkalommal, hogy magukra maradtak, az asszonyhoz fordult. – Mindenképpen el akartam búcsúzni – mondta bevezető nélkül. – és megköszönni, hogy a kedvemért eljött Cornwallból. Átérzem, ez milyen nehéz döntés lehetett.

- Hogy összességében okos döntés volt-e, idővel kiderül, de boldogan jöttem erre a csodálatos ünnepségre.

A mértéktartó és felettébb józan kijelentéssel Jean-Michel csak egyetérteni tudott. – Elfogad tőlem egy tanácsot, Lathea? – terelte a szót másfelé.

- Természetesen, mi lenne az?

- Arra kérném, legyen körültekintő Galinával kapcsolatban.

Lathea láthatóan nem tudta mire vélni ezt a tanácsot. – Nem biztos, hogy értem.

- Nehéz ezt néhány szóban elmesélni, de Galina egy egoista, önző és kíméletlen nő. Hozzászokott ahhoz, hogy Mischa élete körülötte forog, és másból se áll, minthogy őt kihúzza az ostobaságai okozta zűrökből. Márpedig évek óta nem találkoztak, ezért nem lepne meg, ha mindent elkövetne, hogy ezt az osztatlan figyelmet visszaszerezze magának.

Hogy az előrevetített konfliktus mennyire kényelmetlenül érintette Latheát, az arcára volt írva. – Meg akar ijeszteni?

- Isten őrizz! Dehogy! Ámbár az elmúlt években átéltek után talán joggal tarthatom magam a barátjának, nem?

- De igen, nagyon is.

- Ez esetben felesleges azt bizonygatnom, hogy nem akarok rosszat magának. Bárcsak ismerné ezeket a minden hájjal megkent párizsi nőket, akik pontosan tudják, hogyan intrikáljanak vagy érvényesítsék az akaratukat, kerül, amibe kerül. Galina világéletében mesterien manipulálta Mischát, úgyhogy Fettisov a maga szövetségese. Megbízhat benne, ő a kulcs Galina megszelídítéséhez. Legyen ravasz, próbálja meg rávenni Mischát, hogy távolítsa el a házból. Amíg ott van, örökös zavart kelthet az életükben és a házasságukban.

- Nem kedveli őt – ez nem kérdés volt.

- Ez így nem igaz. Galina tagadhatatlanul ritka tehetség és óriási művész, de ettől még született bajkeverő. A legnagyobb hibája az, hogy összekeveri a színházat a való élettel. Ez pedig már nem egyszer komoly fejfájást szült. Nem szívesen mondom, de a férfiakat rendszerint rabul ejti egy szép nő bája, és mire a jelleméről valami kiderül, már késő.

- Miről pusmogtok? – toppant közéjük Mischa vidáman, Latheába karolva.

- Felhergeltem a gyönyörű párodat, hogy követelje a házad átbútorozását. Már elmenne mauzóleumnak, szürke bagolyvár! – füllentette Jean-Michel meghökkentő magabiztossággal. – Olyan ház, ahol eddig kizárólag férfiak éltek.

Mischa fenntartások nélkül vette a szavait. – Tulajdonképpen igazad van. Kissé komor Laurie hóbortos színei után, aggodalomra mégsincs ok. Az asszonyok majd kézbe veszik a dolgot.

- Asszonyok? Hát, háremet szerződtettél?

Mischa derűsen felnevetett. – Galinára céloztam.

Jean-Michel jelentőségteljesen Latheára nézett, ám ugyanabban a pillanatban két sürgető füttyszó szólította az utasokat a vonatra.

- Minden jót – Jean-Michel teljesen rendhagyó módon megölelte az asszonyt, akit bár meglepett ezzel, viszonozta az ölelést. Azután kezet adott a barátjának.

– Ne keveredj bajba és hívjál.

Felszálltak hát a vonatra és mire a kabinjukban elhelyezkedtek, a mozdony készen állt az indulásra. Az erőteljes, sípoló hangok önmagukért beszéltek. Mischa leeresztette az ablakot, hogy még egy utolsó szót válthassanak Jean-Michellel, ám a szerelvény hamarosan mozgásba lendült és komótos tempóban kigördült a peron mellől. A váltók dzsungelén keresztül lassan elhaladt mellettük a Brest feliratú jelzés és a hosszú jármű kecses ívben Párizs felé zakatolt tovább.

41.

A hatszáz kilométer Párizsig maratoni és minden fizikai kényelem dacára fárasztó volt. Nyolc órát ülni akkor sem felemelő élmény, ha volt bőven mit nézni, vagy min töprengeni menetközben. Abban a három órában, amit Lathea átaludt, Mischát egészen maga alá temette a hazatérés keserédes boldogsága. Ez az érzés a hajón is vele volt, bár azóta azt gondolta, megszabadult tőle. Párizs azonban mást jelentett, mint Bretagne. Minden egyes maguk mögött hagyott kilométerrel izgatottabb lett. Azt találgatta, vajon a város megváltozott-e, vagy csak ő lett másvalakivé a távollét éveiben? Émelygett a gondolatra, mi minden történt azóta, hogy 1940 telén bevonult a hadseregbe és csak öt, lélekölő esztendő után tér haza. Egyre közeledve az otthonához abban is biztos lett, hogy egy egészen új életet kell felépítenie, aminek mibenlétéről egyelőre vajmi kevéske fogalmat tudott alkotni.

A bretagne-i járat a Montparnasse pályaudvaron tette le őket, éppen a Rue de Rennes végén, negyedórányi sétára végcéljuktól. A pályaudvaron kívül Párizs mintha semmit se változott volna. Nyüzsgő, élénk hétköznapját hajszolta, és ezzel az ismerős arcával rögvest át is hidalta a távollét okozta szakadékot múlt és jelen között. Körbenézve minden a réginek tűnt. Az épületekben és utakban nem esett látható kár, a tülekedő kocsik egymást üldözték, nők és férfiak ráérősen andalogtak a tavaszban. Párizsban Mischa ezt az évszakot szerette a legjobban. Rügyező, majd zöldbe boruló fákkal, a parkokba ültetett virágokkal és a pompás építményeken szétterülő játékos napsugarakkal.

- Mehetünk gyalog? Alig tíz perc séta.

Lathea lelkesen helyeselt. Hosszú órák tétlensége után alig várta, hogy kiszabaduljon a fülke fogságából. Átkeltek a pályaudvar előtti parkolón, majd a téren és hamarosan a Rue de Rennes aszfaltját taposták.

- Nem sokat láttál a városból, de ígérem, bepótoljuk – bíztatta Mischa
- Mikor?
- -Már holnap. Most három óra lesz... megebédelünk, azután elszaladok a papírjaimmal a minisztériumba. Hátha sikerül minél előbb érvényes okmányokhoz jutnom. Nem bánod, ha egy rövid időre magadra hagylak?
- Nem.
- Ha gondolod, addig kalandozhatsz egy kicsit a környéken.
- Nélküled?

Mischa elszégyellte magát. – Bárcsak veled tarthatnék. Attól félek, a Parisian és Marazion után bezárva érzed majd magad itt.
- Merre érdemes elindulni?
- Erre jobbra van a Luxembourg Kert, Párizs legvarázslatosabb parkja. Miután megérkeztünk Oroszországból, rengeteget bolyongtam benne, neked is tetszeni fog.
- Hogy jutok oda?
- Hmm, talán a Rue de Vaugirard a legjobb, habár bármelyik utcát is választod, egyenesen nekimész a parknak.

Lekanyarodtak a Rue de Rennes-ről és a sarkot megkerülve abban az aprócska zsákutcában találták magukat, melyben a Kupolyev-ház számított a legékesebb rezidenciának. A kívülről feltűnőnek nem nevezhető épület mintha szürkébb és megviseltebb lett volna, mint Mischa emlékeiben élt. Ám az édesapja által kialakított, félhold alakú kocsifelhajtó fái már virágba borultak és rózsaszínű szirmaikkal romantikusan körbehintették a macskakövet. A kandeláberek kovácsoltvas burái gyakorlatilag elrejtőztek a dús lombokban, hogy szabad szemmel alig lehetett őket észrevenni.

– Megérkeztünk, mon amour – engedte előre az asszonyt a pár lépcsőfokon, ám mielőtt csengethettek volna, feltárult a díszes ajtó, hogy mögüle Fettisov vigyorgó képe bukkanjon elő.

– Na, végre! – kiáltott fel túláradó örömmel és szertartásosan kezet csókolt Latheának. – Isten az égben, mintha ezer éve jártam volna Stepney-ben! És maga még mindig milyen gyönyörű!

Lathea önkéntelenül is felkacagott az elragadtatástól, amit a férfi arca tükrözött. – Köszönöm, Fettisov.

– Jöjjön csak beljebb!

Amikor az ajtó bezárult mögöttük, a két férfi türelmetlenül összeölelkezett. Percekig tartott, hogy az örömtől magukhoz térjenek. Egymás hátát lapogatták, összenevettek, megütögették a másikat, majd hitetlenkedve ismét egymásra vigyorogtak. Megindító találkozás volt, egyikőjük se tagadhatta volna.

– Megőszültél, Fetya!

– Te meg harcos izmokat növesztettél. Egek, még sose voltam boldogabb, mint ma, hogy megint itthon vagy – Mischa elfogadta a csontokat ropogtató sokadik ölelést. Akárcsak a barátja, ő is a könnyeivel küszködött. – Jól utaztatok?

– Igen, bár átkozottul hosszúnak éreztem.

Fettisov lesegítette Lathea kabátját és felakasztotta. – Ha tudná, mennyire örülök. Ideje volt, hogy meglátogasson minket. Párizs az a város, amit mindenképpen látnia kell.

– Nem véletlenül van itt. Ígértem egy sétát a Bal Parton, ugye, ma chére?

– Helyes, az ígéreteket be kell tartani – vélte Fettisov.

A hátuk mögül kopogó cipősarkak zenéje tört át a hallon. A félköríves márványlépcsőre pillantva a közeledő Galinát vették észre. Prima balerinához méltó belépőt talált ki magának mindenkinek megadva a lehetőséget, hogy megcsodálja. Igézően szűk szoknyája a térde fölött ért véget, hogy páratlanul formás lábai kivillanhassanak alóla, rózsaszín blúza úgy simult a mellére, az már-már botrányszámba ment. A magamutogató öltözködés nem, de a hosszú, feketére festett lobonc egészen újként hatott Mischa számára. Ösztönösen arra gondolt, hogy ez a frizura, illetve hajszín, a különben sem halvérű boszorkányt valóságos vadmacskává változtatja. Jól állt neki, nagyon is.

- Na, mi van, La Petit? – kérdezte, amikor Galina megtorpant az utolsó lépcsőfokok egyikén. – Odanőttél?

Aztán kecsesen, akár egy párduc, Galina legyűrte az utolsó métert is. – Mischa, végre!

- Abban bíztam, egy kicsit jobban örülsz majd nekem.

Pedig Galina nagyon örült. Szeméből kibuggyantak a megindultság könnyei, ahogy a nyakába csimpaszkodva szorosan magához ölelte. – Méghogy nem örülök, te kalandor! Hol jártál ilyen sokáig?

- Dolgom akadt Angliában. Most viszont itt vagyok, és, amint látod, kutya bajom.

- Kisírtuk miattad a szemünket.

- Hagyd már! Ne itasd az egereket – Mischa elengedte az apró teremtést és megfordult. – Gyere, ismerkedjetek meg. Thea drágám, ez a kobold itt Galina Pashminova, a balett koronázatlan királynője és az én szekatúra kuzinom. La Petit, ő Lathea, a feleségem.

- Soyez le bienvenu, Lathea. Isten hozta nálunk. Vagy szólítsam grófnénak?

- Azt semmiképpen.

Mischa oldalba bökte. – Ne légy ostoba, La Petit, micsoda ötlet.

- Csak tréfáltam.

- No, persze, nem volt túl sikeres tréfa. Fetya, felmegyünk öt percre, utána haraphatnánk valamit? Még ma délután be akarok menni a Hadügybe. Beszéltem Maurice Blier titkárságával, állítólag délután az irodájában lesz.

- Jól van, máris tálalunk. A csomagokat hagyjátok, felviszem őket később.

Mischa Lathea keze után nyúlt. – Gyere, ma belle.

Embertelenül hosszú, szinte kibírhatatlan nap volt. Az órákig tartó sorbanállásért, akadozó ügyintézésért, a kötekedő kérdésekért és gyanakvó pillantásokért még az is kevés vigaszt jelentett, hogy Michel Kupolyev a bürokrácia lassan őrlő malmai szerint is jó eséllyel támadt fel.

- Uram, értse meg, hogy biztosra kell mennünk – mentegetőzött az egyszálbélű, pápaszemes hivatalnok, akire végső dühében tehetetlenül ráreccsent. – Nem mindennap jelenik meg nálunk egy halott katona és követeli az iratait.

- Tényleg? Én csak ezen a folyosón ötöt látok!

- Ám egyik se mondja magát arisztokratának, készül felvenni nemesi rangot és próbál beülni egy akár tetemes vagyonba. Tudnunk kell, nem halt-e meg az...

- Nézzen rám, jóember, maga szerint halottnak látszom? Itt vannak a régi papírjaim, nem úgy véli, hogy hasonlítok önmagamra?

- Akkor is furcsállom, hogy négy évet várt.

- Hát, ez nem lehet igaz! Hallja-e, elment a sütnivalója? Nem vette észre, hogy időközben háború volt? Álltam volna a németek elé, hogy kivégezzenek?

- Elég legyen már, mi folyik itt, Viarp?

Maurice Blier felbukkanása volt a legteljesebb csoda, ami törhetett. Addigra Mischa kezdte elveszíteni a maradék hidegvérét és minden józan belátását. – Maurice, téged a jó isten küldött – adott kezet a még mindig szálfaegyenes tartással járó-kelő Blier-nek. – Ez a tökkelütött azt akarja elhitetni velem, hogy meghaltam.

- Mischa! Egek ura! – és ettől kezdve Blier kézbe vette a dolgokat.

- Uram – tiltakozott a beosztottja. –, én csak a munkámat végzem.

- Rendben van, Monsieur Viarp. Én magam kezeskedem a gróf úrért, hiszen régi ismerősök vagyunk. Semmi kétség a személyazonossága felől. Kérem, töltse ki a nyomtatványt, hadd kapjon minél gyorsabban új dokumentumokat.

Maurice Blier hathatós közbelépésének az lett az eredménye, hogy nem utasíthatta vissza a vacsorameghívást. – El se hinnéd, mennyi a csaló, aki rosszban sántikálva hamis okiratokkal állít be hozzánk – mesélte Maurice az étterem felé a taxiban.

- Engem cseppet se érdekel. A saját életemet akarom visszakapni. Sértések vagy gyanúsítgatások nélkül.

- Kis türelem és elintézem neked.

Az este észrevétlenül elszaladt. Maurice tele volt érdekfeszítő hírekkel és mire mindketten a saját történetük végére értek, benne jártak az éjszakában. A hivatali kocsi vitte haza Mischát a Montparnasse tövébe, de már így is tizenegy felé járt. Fettisov régi szokásához híven a földszinti dohányzó szalonban egy könyvet böngészve várta, amúgy kísérteties csend honolt a házban.

- Ez aztán hosszúra nyúlt – nézett fel a könyvből, ahogy ő megállt a szélesre tárt ajtóban.

- Mondhatnám, hogy rémálomba illő.

- Legalább sikerrel jártál?

- Úgy fest. Thea?

- Galinyka kilenc után kísérte fel, nagyon elfáradt. Délután elment sétálni és csak vacsorára került elő. Mischa bólintott. – Jól van, reggel találkozunk. Jó éjt.

A meggyújtott kalapos lámpa fényénél rég elfeledett otthonossággal talált rá a félhomályba vesző lépcsőfokokra. Legyűrte a hazatérés felemelő érzése, amiről az elmúlt években gyakran hitte, hogy soha nem adatik már meg neki. Szerencsére tévedett és ezért áldotta a jó sorsát. Vakon is rálelt volna a szobáját őrző kétszárnyas ajtó aranyréz gombjára. A faajtó mögött a ház legdíszesebb hálószobája bújt meg, ahol az Oroszországból való hazatérés óta lakott. Csakhogy az igyekezet, hogy a lehető legkisebb zajjal lépjen be, teljességgel feleslegesnek bizonyult, mert a szoba üresen ásítozott. Az érintetlen ágyneműből azt is kitalálta, hogy itt hiába keresi a feleségét.

- Az ördögbe!

Átment a szemközti vendégszobába, azt is üresen tátongott. Azután a sajátjával szomszédos lakosztályba tartott. Jóformán bezúdult az ajtón, hogy odabent megpillantsa az asszonyt. Elárvultan, felhúzott térdeire hajolva kucorgott az ágy sarkában, akár egy kicsapott gyerek. Fehér hálóinge valósággal világított a sötétben, ahogy összehúzta magát. Halk szipogásából egyértelműen kihallotta, hogy sírhatott.

- Hogy kerülsz ide, ma belle? – sietett oda hozzá. – Ez nem a mi szobánk.

Lathea lopva megtörölte a szemét, ő pedig magyarázatra se várva a karjaiba kapta és nekitolvata a két szobát elválasztó ajtónak, átsétált vele a szomszédba.

- Szeretlek, drágám, úgyhogy mellettem a helyed, ugye? Ne sírj, kérlek.

Az asszonyt egy percre az ágyra állította, amíg kapkodva megszabadult az öltönyétől. Lathea izgatottan segédkezett neki.

- Erre nem lesz szükséged – ragadta meg a finom anyagú hálóing alját és áthúzta a szőke fejen. – Galina száműzött innen? – omlott az asszonnyal a párnákra.

- Szeretlek, Mischa. Párizsban is – simogatta meg Lathea a sebhelyet az arcán, majd ugyanott csókkal ajándékozta meg.

- Boldogan elhiszem.

Édes meglepetés volt számára, ahogy ráérősen, sok-sok érzelemmel szeretgették egymást. Ezekben az ölelésekben több volt a játék és több a szerelem, mint a szenvedély. Lathea szeméből újra kibuggyant két kövér könnycsepp és ő úgy szorította magához, mintha mentőövet kínálna neki. – Minek szólnak a könnyeid?

Rövid habozás előzte meg a választ. – Az unokatestvéred szétválaszt minket.

- Odáig nem juthatunk el.

- Ravaszabb nálam és...

- És?

- Lenéz engem.

Mischát felkavarták ezek a szavak. A tetejébe igazolták legrosszabb balsejtelmeit. A távol töltött idő szokatlan bölcsességgel gazdagította, hiszen végtelenül sok üres órája maradt elmúlt dolgokon merengeni. Saját tervein és persze az ismerősein. Legkeserűbb felfedezése éppen Galinát érintette. Utólag visszatekintve maga se tudta megmagyarázni, mi vette rá, hogy annyi sértést és rafinált ármányt lenyeljen tőle. Habár akkoriban is tudta, miféle cselszövésbe akarják belevinni, éppen csak tenni nem tett semmit, hogy kimaradhasson. Ehhez a rejtélyhez valószínűleg saját kényelme és békéjének védelme is hozzájárult. Ritka kivételektől eltekintve egyszerűbb volt a dolgokat Galinára hagyni, mint szembeszállni vele. Igen ám, de már nemcsak róla volt szó. Olyasféle védelmezői ösztön kelt életre benne, ami nem ismert se rokoni köteléket, se méltányosságot.

A mély csendben Lathea váratlanul elnevette magát, holott Mischa még érezte a könnyeit a vállán.

– Néha hihetetlen, régen mennyire féltem tőled. Amikor bejöttél Mr. Brock üzletébe és ő elárulta, hogy Latheának hívnak. Emlékszel, mit válaszoltál?

– Nem. Mondtam egyáltalán valamit?

– Igen, hogy lengyel név. Brrr, úgy hangzott, akár egy halálos ítélet.

– Megdöbbentem.

– Bizonyára mindenfelé akad szláv, ahol megfordultál.

– Ez igaz, de kevés idézi bennem rögvest az édesanyámat és viseli az ő egyik keresztnevét. Igaz, anyám sose használta.

– Ezt még sose mesélted.

A sötéthez hozzászokva Mischa észrevette, hogy az asszony a nyakában függő medállal játszik. – És azt sem mondtam el, hogy ezt a láncot Firenzében vásároltam. Elegendő volt meglátnom az aranyművesnél és beleszerettem. Elhatároztam, hogy odaadom annak a nőnek, akit a legjobban szeretek, és aki megosztja velem az életemet.

– Romantikus lélek vagy.

– Akkoriban Chantalnak udvaroltam, de magam se tudom, miért, valami mindig visszatartott attól, hogy odaajándékozzam neki. Okosan tettem, hogy vártam rád.

Ahogy Mischa változtatott a testhelyzetén, óvatosan megérintette a medált. – Thea drágám, szeretném, ha nemcsak a karikagyűrűt, de a zafírt is viselnéd. Meg van még?

– Csak nem gondoltad, hogy valaha is eladom?

– Akármire is számítottam, örülök, amiért nem tetted. Mielőtt meggyanúsítanál, hogy át akarlak formálni, tiltakozom – Lathea sértődés nélkül, majdhogynem vidáman nézett rá. – Mégis arra kérlek, vegyünk neked egy komplett ruhatárat, ami a rangodhoz illik, ékszereket, és szükséged lesz egy állandó fodrászra is.

Feltehetően jó néhány estélyre kapunk meghívást, ahova kell néhány vadító ruha. És még valami... – kicsit habozott.

- Mi lenne az?

- Mit gondolsz, lenne kedved egy kicsit megtanulni ezt a nyelvet? Az olaszt is folytathatnád. Nem beszélve a zongorázásról. Szeretem hallgatni, amikor játszol.

- Ennyi mindent?

- Meg fogsz lepődni, milyen sok időd marad minderre. Fogadhatnánk segítséget, mi szólsz?

- Szívesen venném.

- De, Thea – fúrta a tekintetét az asszonyéba. –, mindezt ne miattam tedd meg, hanem magadért. Én úgy szeretlek, ahogy vagy. Tudod, ugye?

Lathea bólintott. Keze végigvándorolt Mischa lapockáján, majd le a derekára. Onnan pedig felkavaró lassúsággal a combjára. – Nem akarom, hogy szégyenkezned kelljen miattam.

- Én büszke vagyok rád, ma chére. És senki véleménye nem kell ahhoz, hogy tökéletes legyen az örömöm, mert velem vagy. Csókolj meg, olyan észbontóan csókolsz.

Lathea teljesítette a kívánságát. Mischa minden porcikájával érezte őt, látta a szemével, megölelte a szívével. Nem tudott betelni a csókjaival, se a látványával. Ahogy az asszony kifulladva félrefordította a fejét, ajkával végigszaladt a nyakán, ott, ahol a verőér lázasan lüktetett.

- Kezdek magamhoz térni, mi lenne, ha kárpótolnálak a magányos délutánért? – kérdezte igenre számítva.

- Rám fér egy kis kárpótlás, gróf úr.

- Én is úgy látom. Legszívesebben többé el se engednélek.

- Akkor ne engedj!

Egészen rendhagyó érzés volt a saját szobájában felébredni és a megszokott tárgyakat megpillantani maga körül. Mischa ebben az egyszerű boldogságban úszva percekig lustán hevert az ágyban, megpróbálta magába inni az ismerős látványt. Ugyanakkor azt, hogy a dolgok a régiben maradtak, ellentmondásos érzésekkel fogadta. Egyfelől örült neki, a biztonságérzetét növelte, másfelől szomorú szívvel gondolt arra, hogy időközben mégiscsak számottevően megöregedett. Igazán mostanában kezdte el a kora foglalkoztatni, most hogy ténylegesen megállapodott és a saját életét tervezgette. Ám ez idő alatt elmúlt negyven és rossz napokon minden egyes év súlyát érezte.

Félresöpörve a kétségeket finoman lefejtette a karjait az asszonyról és feltápászkodott. Még korán volt ugyan, a sok élmény és az előző nap emléke mégsem hagyták pihenni. Tíz perc múlva a pizsamanadrágra felkapott háziköntösben lesétált a földszintre. Fettisov a reggeliző asztalt terítette. Nem is annyira az asztal, de ahol helyet kapott, egészen festői részlete volt a háznak. A kör alakú, márvánnyal borított hallban, az emelkedő lépcsősor háta mögött egy olyan íves beszögellésben, ahova a télikerten keresztül télen-nyáron tengernyi fény ömlött be. A mediterrán hangulatú szeglet nehezen magyarázható menedék féle érzést keltett, úgyhogy Mischa szívesen elüldögélt a két antik kultúrát idéző szobor védte félköríves reggeliző szobában.

- Ilyen korán? Szevasz, Mischa.
- Hogy vagy?
- Remekül.
- Örülök. Kaphatok egy kávét?
- Hogyne! Hozom.

Fettisov hamar megfordult és a konyhából egy csésze kávéval tért vissza. Ínycsiklandó illatot varázsolt a helyiségbe. Mischa maga elé húzta a tálcát és tejet öntött a szinte fekete italba. – Mondd csak, Fetya, milyennek neveznéd a kapcsolatodat La Petit-vel?

Zavart csend támadt. – Ezt mégis hogy érted?

- Ahogy nyilván te is. A szeretőd? Eljegyezted? Vagy el fogod?

- Nézd, a barátom vagy, de úriember létedre hogyan kérdezhetsz tőlem ilyesmit?

Mischa ráérősen kavargatta a forró kávét. Fel se nézve folytatta: – És arra vajon őszintén felelsz, mit mondtál La Petit-nek Theáról?

- Miért, mit kellett volna mondanom? Meglehetősen furcsának talállak ma reggel.

- Jól van, pontosabb leszek. Elmesélted neki, hogyan ismerkedtünk meg? Mondtál valamit Stepney-ről vagy arról a szerencsétlen ügyről az apjával?

- Egy szót se. Magától értetődően kíváncsiskodott, ugyanakkor én a magam részéről meghagytam neked a döntést, mibe avatod be.

- Rendben. Azt hiszem, bőséggel elegendő tudnia, hogy Thea polgári családból származik.

- Nekem jó. Eddig is szerettem kívül maradni a Galinykával folytatott háborúskodásaidból és ez ezentúl is így lesz.

Mischa megértően biccentett, némi szünet után mégis élesen nézett a barátjára. – Tehát? Még nem válaszoltál a kérdésemre.

- Nem is fogok ilyen tapintatlanságra felelni. Egyébként, ha lennének is bizonyos szándékaim, Galinyka továbbra is férjezett.

- Ezzel meg is adtad a választ, amire vágytam. Hallgass ide, Fetya, mától minden megváltozik ebben a házban, ami La Petit-nek nem fog tetszeni. Emiatt te könnyen két tűz közé kerülhetsz, miután nem lehetsz lojális egyszerre mindkettőnkhöz. Ne mondd, hogy nem figyelmeztettelek.

Fettisov rosszalló pillantását hangsúlyozandó összefonta maga előtt a karjait. – Mire készülsz?

– Úgy vélem, egyértelmű. Tisztázom vele, ki az úr a háznál, például kezdve azzal, hogy tegnap ki szállásolta el a feleségemet a vendégszobában.

– Ez valami tévedés. Én magam vittem fel a bőröndjét a te lakosztályodba.

– És vacsora után ugyanoda fel is kísérted?

– Nem én, hanem Ga...

Fettisov árulkodóan félbehagyta a mondatot. Mischa szótlanul viszonozta a pillantását. – Igen, én is valami ilyesmire gyanakodtam. Felvitte az emeletre, hogy vendéglátóként udvarias legyen, csak éppen száműzte a vendégszobába, ahol még gondosan meg is ágyazott neki. La Petit ponto...

Ám a mondat vége előtt váratlanul berobbant az érintett. – Jó reggelt – szembetűnően felszabadultnak látszott. Csábosan lábujjhegyre állt és a morcos Fettisov képére cuppantott egy puszit. – Mi van velem? A nevemet hallottam. Milyen jó téged megint itthon látni – Mischa ugyan elfogadta a lelkes ölelést, de fenntartásokkal vette tudomásul. Érdeklődve leste Galina legapróbb mozdulatát is. Ez a reggeli jókedv és kirobbanó energia nem illett hozzá. Az ő kifinomult művészlelke tizenegy előtt nemigen szokott ébredezni. – Hogy aludtál végre a saját fészkedben?

Mischa élvetegen kacsintott. – Szerencsére nem kellett végigaludnom az éjszakát.

– Ó – Galina felvonta a szemöldökét. – Ez aztán a bejelentés. Mondd, mi közünk nekünk ehhez?

– Álszent vagy, La Petit, de legalább így alkalom nyílik rá, hogy elmagyarázd, hogyan került Thea este a vendégszobába? Fetyának ugyanis halvány fogalma sincs róla.

– A te hibád, gróf úr. Miért nem szóltál előre, mi a teendő?

- Nem fogsz belőlem hülyét csinálni.

Galina kacér magakelletéssel ült le az asztalhoz és lélegzetelállító lábait keresztbe vetette, hogy a térde fölött a szoknya hasítéka némi bepillantást is engedett.

– Mi tagadás, sejthettem volna, hogy végül egy ilyen nőt fogsz hazahozni.

Mischát kezdte izgatni, mire megy ki a játék, és hogyan jön ki Galina az egészből, ezért ártatlan képpel megkérdezte: – Milyen nőt?

- Hát, ilyen... tartalmasat – a mozdulat, amivel a mellére és a derekára mutatott, félreérthetetlen volt.

- Te most féltékeny vagy? – pukkadt ki Mischából egy jóízű hahota. – De megértelek, ami azt illeti, Lathea valóban férfiszemnek való, izgalmas látvány, ugye, Fetya?

- Gyönyörű – helyeselt Fettisov.

Ez nem tetszett Galinának. – És egyszerű, akár fű a réten.

Mischa úgy játszott a kuzinjával, mint macska az egérrel. Kezdte élvezni a szócsatát. – Ha belegondolok, ezt szeretem benne a leginkább. Nem képmutató, magakellető vagy fölényesen és feleslegesen titokzatoskodó.

- Nem méltó hozzád. Tulajdonképpen hol szedted össze?

- Egy igen patinás szállodában.

Galina duzzogva összefűzte az ujjait az asztal lapján. – Elképzelni se tudom, miként csöppenhetett oda.

- Ha jobban tudnál angolul, kideríthetted volna. Ez azonban most mellékes szempont. Elvárom tőled, hogy megadd a neki kijáró tiszteletet – erélyesen felemelt jobbjával elfojtotta a készülő tiltakozást. –, akármit is tartasz felőle. Ennek a háznak ő az úrnője, és bármit megtehet, amit akar. Átrendezheti, átbútorozhatja, lebonthatja, engem nem érdekel.

Galina gúnyosan kacagott. – Ugyan, Mischa, ne légy már nevetséges! Még a menüt se tudja megbeszélni a szakácsnővel.

- Na, és? Akkor keresek egy olyat, aki beszél angolul.

- Szerintem meg okosabb lenne, ha a hálószobában maradna.

- Közönséges ötlet, Galinyka.

Mischa hidegvérrel leintette Fettisov felháborodását. – Ide hallgass, La Petit! Nem szállok veled vitába minden egyes alkalommal, ha a házasságom vagy az ízlésem miatt kezdesz fanyalogni.

- Ízlés? A vak is láthatja, hogy az édesanyádat kerested ebben a nőben, ahogy annyi másban is. Pedig ez a nő csak külsőben hasonlít rá, máskülönben...

- Nem előkelő származású és nem járatos a társaságban, igen, tisztában vagyok vele. Ennek ellenére olyan ember, aki sokat jelent nekem. Más szóval, ha egy fedél alatt óhajtasz maradni velünk, sürgősen változtass a hozzáállásodon – ezzel Mischa felállt és nem is hallgatva az esetleges ellenvetésekre távozni készült. – Fetya, készítesz nekünk reggelit? Odafent ennénk meg... nyugalomban.

Már az ajtóban járt, amikor Galina utána szólt. – Az ágyban? Igazán romantikus, bár cseppet sem polgári színvonal.

Mischa megfordult. – Tégy lakatot a szádra, mielőtt kipenderítelek az utcára, művésznő – ezzel kivonult.

Párizsban bolyongva Mischa mintha visszatalált volna rég elfeledett, kalandvágyó énjéhez. Térkép, vagy egyéb segítség nélkül nekiindulni a városnak és itt-ott beosonva a legzegzugosabb utcákba anélkül, hogy sejteni lehetne, hol bukkannak ki, ez bizony felébresztette benne a felfedezőt. Ezenfelül olyasvalakivel andalogni, akit minden érdekel és ugyanúgy képes értékelni az apró örömöket, ennél szebbet elképzelni se tudott.

Jóformán arra se emlékezett, mikor járt utoljára a Szt. Lajos szigeten. Ezúttal elmentek a híres jezsuita stílusú templomba, végigjárták a főutca híres épületeit, a rakparton körbesétálták a szigetet. Elvitte Latheát a Quai d'Orleans-on emelkedő 17. századi palotába, ahol lengyel könyvtár működött. A neves Adam Mickiewicz emlékgyűjteményben eredeti Goethe, Chopin, George Sand és Victor Hugo kéziratokra leltek. Kelet felé fordulva a Quai de Bourbon házai közül az egyiknél megtorpantak.

- Cecile Renault apjának itt volt a kocsmája – magyarázta Mischa belesve a rácsos kapun. – Ő volt az a lány, aki a forradalom alatt meg akarta gyilkolni Robespiere-t, és amikor kivégezték, az egész családja odamasírozott a nyaktiló alá.

Kirándulásuk elkerülhetetlenül a Cité-n folytatódott, ahol Lathea ellenállhatatlanul beleszeretett Párizs legfőbb ékkövébe, a Notre Dame-ba. Keresztbe-kasba bejárták, minden zegzugát felfedezték, történelmét és szépségét megcsodálták. Még az északi torony háromszáznyolcvanhét lépcsőfokát is megmászták, amit a pénzéhes templomgondnok engedélyezett nekik. Odafent káprázatos kilátás várt rájuk. Teljes szépségében láthatták a Cité-t, ahogyan a folyó lágyan körbeöleli.

Mischa bal felé mutatott. – Az ott Genovéva dombja, majd a Latin Negyed, ott a Pantheon meg az Invalidusok kupolája. Nézz csak jobbra, ott a Louvre.

- Gyönyörű. És a park ott?

- A Tuileriák kertje, az a Concorde tér, ott pedig az Eiffel torony.

Lathea felsóhajtott. – Milyen fenséges!

- Nélküled mégsem ér semmit – ahogy az asszony pillantása az övére talált, odahajolt hozzá egy röpke csókra.

- Ó, Mischa, hol folytassuk? Nézd csak, mit csinálnak azok az emberek?

A rakpart felé lesett. – Hagyományos virágpiac. Elmehetnénk még a Conciergerie-be.

- Az micsoda?

- Az élő történelem, mon amour. A fogda.

Lathea hitetlenkedve felkacagott. – Micsoda? A fogda?

- Úgy ám! Rangos vendégek szálltak meg benne, így Madame Récamier vagy Marie-Antoniette, Robespiere. Van néhány egészen rendkívüli tornya. Egy Szép Fülöp korából, a három kerek torony Caesar, Pénz és Szt. Lajos névre hallgatnak.

- Vajon beengednek minket?

- Hmm, olyat még nem láttam, hogy egy kapuőr ne vágyott volna külön keresetre. Pénz beszél...

- Képes vagy lefizetni azokat a szegény embereket? – Lathea felháborodása természetesen nem volt szívből jövő.

- Miért is ne? Talán haljanak éhen a kicsinyeik? Vedd úgy, hogy adakozunk.

Nap, mint nap lelkesen vetették bele magukat az újabb kalandokba, hogy meg se álljanak, amíg a lábuk bírja. Mischát már az is boldoggá tette, hogy kézen fogva sétálgathattak, önfeledten nevettek, ha volt min, megetették a galambokat a Cité-n, a Szajna bal partjára átsandítva a rakparton csókolóztak. Mintha álmodott volna.

- Mire gondolsz? – faggatta az asszony a mellvédre támaszkova és a komótosan hömpölygő folyót bámulva.

- Számos dologra.

Lathea a karjai közé bújva odasimult hozzá. – Meséld el.

- Hát, arra, mi mindent veszítettem eddig. Nevetségesen hangozhat, de akármennyire szeretem Párizst, nem jelentett annyit, mint a te szemüvegeden át nézve. Szeretek veled kóborolni, valahogy minden színesebb. Tetszik ez az új élet.

- Miféle új élet? Itt éltél annyi csoda közt és észre se vetted?

- Mint most, úgy nem. Te még soha nem éreztél hasonlót? Ott van valami az orrod előtt, a hétköznapjaidban, aztán egy szép napon hirtelen egészen más értelmet kap? – Mischa felnevetett. – Ejha! Elpirultál, ma belle! Tehát mi az a történet?

- Ó, nem.

- De, de, ki vele. Hol történt?

- Londonban, a Regent's Parkban.

- Kivel? Mikor? Furdal a kíváncsiság.

- Tivyvel záróra után bemásztunk a kerítésen. Meg akartuk ismételni azt a legelső estét, amikor egymásba szerettünk és a tó túlpartján az előkelőségeknek szólt a zene, mi meg a fűben táncoltunk.

- És sikerült?

- Nem egészen.

- Nem táncoltatok?

- Csak keveset – Lathea zavartan félrenézett. – Utána pedig Tivy elvitték és nem tért vissza.

Mischa lágyan megölelte. – Sajnálom, szerelmem. Tivy Rogers remek fickó lehetett.

Az együtt töltött időben az volt a legszebb, hogy azt semmilyen külső ráhatás nem csorbította. A szerelmes éjszakákat követően alaposan megreggeliztek, és teli hassal nekivágtak a napnak. Anélkül bolyongtak erre-arra, hogy az órájukra néztek volna. Az idő el is veszítette a jelentőségét. Ha megéheztek, betértek az első útba eső kis vendéglőbe. Megpihentek és még arra is jutott idő, hogy egy-egy elegáns üzletben megfordulva Lathea új ruhatárába vegyenek ezt-azt. Remek mulatság volt, Mischa titkos élvezetet lelt abban, hogy a szalonok öltözőfülkéiben várakozva elgyönyörködhetett az asszony mesébe illő átalakulásaiban.

- A grófnéra jóformán az összes darabunk tökéletesen illik – áradozott az egyik buzgó eladókisasszony. És igaza volt. Latheának nem akadtak gondjai a méreteivel. Az évek némelyest formáltak az alakján, harminc felett és a marazioni kemény, munkás évek után sokkal egészségesebbnek látszott. Korábban is karcsú volt, mostanra mégis élettel telibb, frissebb nő látszatát keltette. Mintha nemcsak testiekben, de lélekben is maga mögé utasította volna a Stepney-ben elszenvedett veréseket meg nyomorúságot. És Tivy Rogers szerelme tagadhatatlanul elérte, hogy megbékéljen önmagával.

- Nem hagyom magam átgyúrni, ez mégsem jelenti, hogy ne szeretnék tetszeni neked – ismerte be Lathea egy vadítóan érzéki ruhát visszautasítva.

Újabb és újabb vagyonokat hagytak ott, bár Mischát fikarcnyit se érdekelte a pénz. Különben is, minden sou megérte, hiszen a felesége egyszeriben átváltozott azzá a nővé, akivel a Connaught báltermében valamikor régen táncolhatott. A fényűzés dacára megtartotta a rojtos szegélyű fürdőköpenyt meg a régi darabokat, ezek ott sorakoztak a szekrényben a modern, divatos holmik között. Lathea szerette őket és érzelmileg ragaszkodott hozzájuk. Néha az utcákon járva-kelve, vagy beülve egy-egy kávéházba az asszony odasúgta neki: – Valami csálén áll?

Holott a feléje villantott tekintetek a hódolat jelei voltak. – Gyönyörű vagy, édesem – mondta ilyenkor és az őzike szemek úgy tudtak örülni, mint kamaszlányok az első bóknak.

A ház a város szívében megbújva is megtartotta magának sajátos különcségét, hogy apró oázisként rejtőzzön el a forgatag elől. A félreeső kis zsákutca, ahová a főbejárat nyílt, ezt lehetővé is tette. Ugyanúgy a téglalap alakú hátsó udvar, amit bár négy oldalról falak védtek, hangulatos menedékül szolgált. Mintha az ember itt kiszakadt volna Párizs zsibongó őrületéből. A kert egy másik világot testesített meg, valamiféle nem várt varázslatot bezárva a kőrengeteg börtönébe. Amióta Mischa az eszét tudta, ápolt gyep és két terebélyes fa uralta, számára mégis a csobogó szökőkút jelentette a legfőbb vonzerőt. Pétervárt lopta vissza az emlékezetébe, ahol a cári udvarban tucatjával látott efféléket.

Átvágva a gyepen teleszívta a tüdejét a kora májusi levegő zamatával. Lathea a napra állított nyugágyon elnyújtózva arcát a fény felé fordította. Így észrevétlenül odasurranhatott hozzá és lesből csókot csent a szájáról. – Mon amour, akár egy tavaszi tündér.

Odahúzott egy széket a közelébe és levetett zakójával a térdén helyet foglalt. Lathea udvariaskodás nélkül szólalt meg: – Merre jártál az éjszaka? – a szúrós tekintet önmagáért beszélt.

- Ne haragudj, nagyon későn értem haza. Elmentem Grafithoz, aki megkapta a levelet Marazionból, hogy Okker júniusban hosszabb kiruccanásra érkezik. Az öreg meg akarta ünnepelni a hírt és kicsit elázott. Nem volt szívem magára hagyni – Lathea rögvest megenyhült, noha szemmel láthatóan rossz hangulatában volt. – La Petit gonoszkodott veled? – fintor. – Mit mondott már megint az a házisárkány?

- Semmit. Úgyse veszem komolyan.

- Azt jól teszed. Ha elveti a sulykot, kidobom a házból. Nézd csak, ez neked jött.

A fehér borítékon valóban Lathea neve állt. Bár a Lathea Kupolyev meglehetősen szokatlanul, már-már idegenül csengett. – Carla küldte.

- Nick Cowan felesége?

- Igen – a homlokráncolás önmagáért beszélt. – Milyen titokzatos. Vajon miért használja a leánykori nevét, látod? És hogy egyáltalán ír…

- Miért nem téped fel? Biztosan jó oka volt írni neked.

Lathea engedelmeskedett. A borítékból rózsaszín levélpapír került elő, melyen apró gyöngybetűkkel íródott sorok zsúfolódtak össze. Mischa rosszat sejtve szótlanul bűvölte az asszony ajkait, amint hangosan olvasni kezdett. *– Drága Lat, mekkora ostobaság volt részemről elhanyagolni ezt a nagyszerű és értékes barátságot, amit mi ketten megtaláltunk. Hagytam, hogy Nick eszeveszett haragoskodása eltávolítson tőled és Laurie-tól. Bíztam benne, hogy ha megteszem, amit vár tőlem, az helyrebillentheti a házasságunkat, de ma már látom, hogy felesleges áldozatot vállaltam. Félre ne érts, sosem okoltalak téged...*

Lathea bizonytalanul felnézett és menten elpirult a nyílt, mindentudó tekintettől, ami minden rezdülését szemmel tartotta. – Te tudsz róla? Honnan?

Mischa megvonta a vállát. – Laurie célzott rá egyszer, én meg kitaláltam. Nagyon is meg tudom érteni Nick Cowant, valószínűleg ugyanúgy beléd habarodott, mint bármely férfi, akinek szeme van. És ahogy én sem tudtalak elfelejteni, ő se.

- Kérlek, ne állíts be a végzet asszonyaként.

- Nem vagy az. Pusztán egy mélyérzésű, melegszívű nő, aki felettébb vonzó.

- Ami nem jelenti, hogy ne kéne elfogadnia a nemet.

Mischa odaült a nyugágy szélére, hogy közelebb lehessen, ha csak egy kicsivel is, de közelebb. – Megértem Cowant, hiszen én se tudom távol tartani magam tőled.

- Viszont soha nem akartál kicsikarni belőlem olyasmit, ami ellenemre lett volna.

A keserűen csengő szavak fájtak Mischának. – És ez így is marad... kérlek, olvassuk tovább.

A barna szemek ismét a levélbe mélyedtek. Átugorhatták a legkínosabb részt, mert az írás így folytatódott: *– Kootor alighanem gyorsan megnősül. Még a nyár előtt. Lehozta Valerie-t Penzance-ba, aki egy laza* *erkölcsű nő a Sohóból, és semmi érzéke a gyerekekhez. Az enyémek majdnemhogy megrettentek tőle, Corey pedig mindvégig rideg elutasítással tért ki az útjából. Annyira bezárkózott, alig hittem a szememnek. Eltűnt belőle az a kedves pajkosság és elevenség, amit úgy szerettünk. A tetejébe a sors megbünteti ezzel az anyapótlékkal! Bárcsak minden másképp alakult volna!*

Lathea az ölébe ejtve a levelet szégyenlősen elkergetett néhány árulkodó könnycseppet a szeme sarkából. Mischa adott neki időt, hogy összeszedhesse magát, mielőtt felvetette: – Ezek után ismét el kellene töprengened egy s máson, ma belle.

- Nem értem, hogy min.

- Szerintem nagyon is érted. Ha akarod Corey-t, itt az idő harcba szállni érte.

- Nem vehetem el az apjától.

Mischa türelmetlenül legyintett. – Felejtsd el ezt a külvárosi lojalitást, Thea! Nem veheted el az apjától, csak mert az apja? Ahogy a saját apádért is halálra gürcölted magadat, miközben elitta az összes pénzedet, nőket erőszakolt meg és ártatlanokat rabolt ki? Csak mert az apád volt, őt is a védelmedbe veszed?

- Az apám…

- Hagyd ezt, kérlek! Nem érdekelnek a részletek, legszívesebben elfelejteném az egészet. Azt, hogy mit művelt veled. Kester Frost se különb, és ne hidd, hogy jobb apa válik belőle a sajátodnál, ha már most egy olcsó nőcskét ültet a családi fészekbe, aki előrébb való a szemében a fiánál.

Feszült csend. – Mit tudsz te arról a nőről?

- Nyomoztattam utána és kiderült pár dolog. Ez a Valerie egy lotyó, nem több és nem is kevesebb annál. Kester Frost pedig gyenge jellemről tesz tanúbizonyságot, amikor egy ilyennel összeáll. Ha ráadásul még el is veszi… már ne haragudj, de egyetlen magára valamit adó férfi se köt házasságot fizetett nőkkel.

A bejelentés tagadhatatlanul megviselte az asszonyt. Elsápadt és a levegőt is sűrűbben szedte. Nem volt nehéz kitalálni, hogy a gyerek hányatott sorsán túl nyilván a barátnője is eszébe juthatott, akinek a jelek szerint igazán méltatlan utódja akadt Kester Frost oldalán. És hogy ez járt a fejében, hamarosan a szavai is igazolták. – Betty minden ügyeskedése és kotnyelessége dacára tisztességes lány volt, szerető családból származott.

- Frost pedig nyilván szerette. Ugyanakkor meghalt, és a fickónak most láthatóan egy kevésbé jól nevelt nőre van szüksége. Vagy, ki tudja, bármilyen nő megteszi a magány ellen.

- Ne légy ilyen kegyetlen.

Mischa megsimogatta az arcát. – Nem hunyhatod be a szemed, ahányszor olyasmi kerül a látókörödbe, ami nem tetszik.

- Ez a valóság nem nekem való, Mischa.

- Hagyd, hogy segítsek. Ölelj meg, kérlek – Lathea odahajolt hozzá és egy végtelen percre átkarolta a nyakát. – Én a helyedben harcolnék azért a kisfiúért, Thea. Mi sokkal több szeretetet adhatnánk neki.

- Mi?

- Nem bízol bennem?

- Tényleg ezt akarod? Egy idegen gyerek...

- Akinek az apja lehetnék. Elismerem, régen nem vágytam gyerekekre, a körülmények viszont megváltoztak. Nőkre se vágytam, rólad mégse mondanék le.

- Miért vennél magadhoz egy idegen gyereket, holott neked magadnak is lehetnének saját fiaid?

- Még lehetnek nekem is, drágám, most azonban nincsenek. Viszont ott sínylődik egy kis legény, akin sok-sok szeretettel segíteni tudnánk. És aki számára te vagy az egyetlen anya, akibe belekapaszkodhat.

Egy röpke villanás erejéig mintha az asszony szemében felcsillant volna a remény, ám ugyanolyan gyorsasággal ki is hunyt. Karcsú ujjaival megérintette Mischa csuklóját. – A vér szerinti apja ellen nem lenne esélyünk.

- Legalább hagyd, hogy megpróbáljam.
- Mit akarsz tenni?
- Számos lehetőség adódhat. Ismerek néhány befolyásos embert, és ne feledkezzünk meg erről a jól csengő nemesi címről se, ami sokakat lenyűgöz. Kellő nyomatékot adhat az ügyünknek. Ma femme, mondj igent és én mindent elkövetek, hogy Corey velünk lehessen.

Lathea habozott. Elmélyülten meredve maga elé simogatta Mischa kezét. – Nem fogsz érte meggyűlölni?

- Amiért más fiát kell felnevelnem? – Mischa a fejét ingatta. – Az apám is megtette ugyanezt Fetya kedvéért. Szeretni fogom és jó apja leszek. Tehát?

Lathea beadva a derekát bólintott, mire ő végigsimított a hátán, ahogy magához vonta. Felkavarta a döntés, amit meghoztak, de legalább ennyire kedvére is volt. Bonyolult és sok vonatkozásában még tisztázatlan kapcsolatukat méltatta, amiért fel merték vállalni ezt a közös terhet. Egyikük sem szerette volna, ha olyasmit kényszerít a másikra, amit az nem akar. Ez az ügy ugyanakkor közös célt adott nekik. Mischa évek óta első ízben érezte, hogy kész mások boldogságáért felelősséget vállalni. Egy asszonyért meg egy gyermekért, akit önként fogadna a szívébe és a házába. Furcsa módon Corey régóta nem tűnt idegennek, legalábbis Laurie színes történetei után nem. Ismerte rövid életének fordulatait, a szokásait, és ha csak a távolból, de kezdte megkedvelni. Mellesleg el tudta képzelni, milyen nyomokat hagyhatott benne, ahogyan durván elszakították az egyetlen anyától, akit valaha ismert.

Ő maga ugyan jóval idősebben veszítette el az édesanyját, ám még akkor is jóvátehetetlen igazságtalanságként élte meg.

- Halleluja!

A virgonc kurjantásra Mischa vonakodva bontakozott ki a kényeztető ölelésből és félig megfordulva a ház szélesre tárt üvegajtaja felé lesett, melyen át ki lehetett jutni a kertbe. A zöld gyepen Leslie Frimsey közeledett. Cingár lábain energikus lendülettel szaladt, arcán ott ragyogott az elmaradhatatlan amerikai vigyor, hogy a felvillanó fehér fogak meg a csillogó szemek az egész világgal elhitessék, minden a legnagyobb rendben van. – Micky! Ez nem lehet igaz! – az amerikai váratlanul megszorongatta. Egyszer, majd kétszer, vállon is lapogatta. – Uram, atyám! Honnan a csudából kerültél elő ilyen hirtelen?

Mischa derűsen hahotázott a szemrehányás és öröm ennyire vegyes megnyilvánulásán. – Mi az, hogy hirtelen?

- A pokolba, ne szórakozz velem! Négy éve veszett nyomod és töröltek az élők sorából. Erre tegnap megpillantok egy ismerős alakot az l'Étoile táján. Na, mondom, ez a pasas szakasztott az én Micky barátom. Ma meg a küszöbödön belebotlok a DeMoss Ruhaszalon kihordójába, aki teherautónyi dobozt pakol oszlopba a hallban. És mit gondolsz, kinek hozták? Contessa Kupolyevának! Ezek után ne is csodálkozzak?

Mischa kedélyesen ránevetett. – Ha már itt tartunk…

- Hol?

- Természetesen a nőknél!

- Ja, persze! Ki hallott már ilyet, hogy te a nyílt utcán ölelkezve andalogj egy nőnemű lénnyel?

- Nem is akármilyen nőnemű lénnyel – Mischa Lathea felé nyújtotta a kezét és talpra segítette. A továbbiakban már angolul folytatta: – Miért is nem választjuk ezt a nyelvet, Leslie? Bemutatom neked a contessát. Lánynevén Lathea Trashburn.

Az amerikai elkerekedett szemmel fordult az asszonyhoz. A tengerentúliakra jellemző mustrával legeltette rajta a pillantását, majd elismerően füttyentve kezet csókolt neki. Ez már a francia hatás volt rajta. Bár az eleganciát nélkülözte, a hódolat jelének szánta a gesztust. – Csak nem egy honfitársamhoz van szerencsém?

Lathea lassan visszahúzta a kezét. – Angol vagyok. Üdvözlöm.

Leslie Frimsey-t lenyűgözte az előtte álló szőke látomás, ezt nem is tagadta. – El se hiszem, hogy az én nőgyűlölő cimborám horogra akadt. Mivel ejtette őt el?

Mischa játékosan az amerikai vállára bökött. – Ez műhelytitok!

- Vagy úgy! Egek ura, ilyen gyönyörű contessát még életemben nem láttam!

Mischa átkarolta az asszony vállát. – Iszol velünk valamit?

- Le se tudnál beszélni!

A házban lelket kényeztető béke honolt. Galina és Fettisov egy napra kiruccantak valahova, Mischa pedig az állandó kiélezett helyzetek meg kötéltánc után nagyon is értékelte a háborítatlan magányt. A délelőtti sétát követően egyéb ügyeit intézte, míg Lathea a kertben pihent. Szinte idilli nap volt.

- Átkozottul örülök neked – ült le Frimsey a fenségesen bútorozott szalonban.

- Scotch?

- Jöhet.

- Neked, ma chére? – Lathea hideg szódavizet kért.

- Meséljen valamit, contessa, hol botlott bele ebbe a sztyeppei pej lóba? Legjobb tudomásom szerint borsódzott a háta a nőktől, bár most elnézve, le vagyok maradva egy s másról.

Lathea vidáman a vendégre mosolygott. – Londonban találkoztunk még a háború előtt.

- Hmm, jó rég, és az esküvő? Igazán meghívhattál volna, Micky.

- 39-ben esküdtünk, meglehetős kutyafuttában, rég volt, igaz se volt.

Az amerikai átvette az italt és áhítattal vizsgálgatva a vele szemközt ülő asszonyt, cinkos vigyorral azt mondta: – Kezdem kapiskálni, hol ütötted el a négy évet.

- Bárcsak igaza lenne, Mr. Frimsey – tiltakozott Lathea szerényen. – Mi is azt hittük, amit ön. Jean-Michel Chiari még Párizsba is visszaszökött, hogy kiderítse, mi történt Mischával.

- Ó, igen, Chiari, a diplomata barátod Londonból – Mischa bólintott, mire az amerikai minden figyelmével ismét Latheához fordult. – Emlékszem rá, együtt nyálaztuk át azt a temérdek aktát.

- Akkor megérti, milyen tragédia volt ez számunkra.

- Úúúh! Nyomorultul megcsonkolták a hadsereget. Te hogy maradtál ki, pajtás?

- Nem maradtam ki. Megsebesültem, de szerencsém volt. A németek annyira siettek Párizsba, hogy a helyieknek kellett elhantolniuk a hallottakat. Nekem is kiástak egy sírt, csakhogy belém botlott a helyi orvos és életben tartott. Hónapokig lábadoztam a pincéjében, mire felépültem.

- Semmi maradvány?

Mischa megvonta a vállát. – Olykor elviselhetetlen migrén és fáj ez vagy az, ugyanakkor semmi olyasmi, amivel ne lehetne együtt élni.

- Aha. A Michel Kupolyev nevű sírba meg valami más nyomorultat hajítottak?

- Valahogy úgy.

Rövid, a hallottak feldolgozásához szükséges szünetet követően Frimsey Latheát szólította meg. – Ha jól értem, Angliában vészelte át a legnehezebb éveket.

- Igen, Londonban és Cornwallban.
- Nem lehetett szívderítő. Londonnak nagyon kijutott.
- Lehangoló látvány. De túléltük.
- Az élet diadala a nyomorúság felett, nem igaz?
- Ez úgy hangzik, mintha vége lenne.

Frimsey széttárta a karjait. – Gyakorlatilag vége is van, Micky. Május 4-ét írunk, ruhástul a Szajnába vetem magam, ha egy hétnél tovább kell várnunk Hitler kapitulációjára.

- Miért vagy ilyen magabiztos?
- Te nem hallgatsz híreket vagy olvasod a lapokat?

Két napja felszabadult Horvátország, elesett Berlin és egy millió ember megadta magát a fronton. A britek rátették a kezüket Lübeckre, mi meg tegnap bemasíroztunk Hamburgba. Ma Montgomery, a vén zsivány, befejezettnek nyilvánította a saját hadjáratát. Részleges fegyverszünet született Északnyugat-Németország, Dánia és Hollandia területére. Egyszerűen nincs tovább, a kör bezárult. Most már jöhet az újjáépítés, ami cseppet se lesz örömteli feladat. Párizs ugyan megúszta, de azért a németek csúnya rombolást végeztek az országban.

Mischa boldogan összecsapta a két tenyerét. – Végre! Hála az úrnak – az asszonyra kacsintott.

Frimsey könnyedén témát váltott. – Szombaton bált rendez a Lengyel Nagykövetség. Kaptatok meghívót?

- Igen, tegnap jött meg. Még nem döntöttük el, megyünk-e, Lathea nem beszél franciául.

Fesztelen legyintés hessegette el ezt a kifogást. – Igen ám, de én is ott leszek! El kell jönnötök! Érdekes felvonulás ígérkezik, számtalan újonnan kinevezett diplomáciai bohóccal. Még le se fújták a meccset, a bolsevikok újraírják a mezőket, beleértve a nekik átengedett területeket is. Lengyelország, Magyarország, Románia és a Balkán. Azaz égek a kíváncsiságtól, milyen a felhozatal.

- Izgalmasan hangzik – vélekedett Lathea diplomatikusan.

- Mert izgalmas is! A nyelvtudása miatt pedig ne aggódjon, contessa. Amikor áthelyeztek Franciaországba, mindenkitől azt hallottam, semmi jóra ne számítsak, ha a franciával nem tudok megbirkózni. Csakhogy érdekes módon, aki akart tőlem valamit, végül is megszólalt angolul. Képmutató, pökhendi bagázs! – az ajtóban Leslie Frimsey már azzal búcsúzott: – Akkor szombaton, grófom. Uram atyám, de jó téged egy darabban viszontlátni!

Ezzel kisétált a kis térről és egy fekete követségi kocsiba pattanva elhajtott. Betéve a faragott ajtót, Mischa a pazar eleganciával kérkedő hall felé fordult. Az általában üres tér megtelt a szalonból leszállított ruhatár utolsó darabjaival. Elnevette magát. – Igazán eredményesek voltunk.

A megjegyzés vidámságot lopott az asszony tekintetébe is. – Kezdem látni, mi a különbség köztünk. Én inkább azon töprengek, melyik ruha tetszik jobban, te viszont gondolkodás nélkül felvásárolod mindet.

- Miért is ne? Ha egyszer olyan káprázatos vagy mindben.

- Őrültség, hidd el nekem. De azért nagyon köszönöm.

- Hadd legyek én is őrült egyszer, engedd meg nekem, kérlek. És különben is, szívesen, ma femme – tárta ki Mischa a karjait, mire az asszony tett felé néhány lépést.

Mischának Galina arckifejezése elűzhetetlenül megragadt az emlékezetében. Kivételesen nem a szavai okoztak fájdalmat, hanem az a nehezen meghatározható, lekezelő grimasz. – Tudod, La Petit, a lelkem mélyén arra számítottam, hogy ha egyszer boldog leszek és családot alapítok, képes leszel osztozni az örömömben. Ehelyett minden áldott napra jut valami, amivel Theát kínozhatod. Hol ezért, hol azért találsz kivetnivalót benne...

– Akárcsak te André-ban.

– Ne nevettesd ki magadat. André Lautrec soha nem volt több az életedben kirakati bábúnál és te magad se vetted soha semmibe. Ennek ellenére minden családi összejövetelre meghívtam és igyekeztem jó képet vágni a dologhoz. Úgy éreztem, ezt kell tennem, ha már egyszer őt választottad, bármilyen őrültségnek is tartottam. Ezzel szemben téged maradéktalanul hidegen hagynak az én érzéseim, az, hogy nem számításból nősültem. Sokadszorra is elismétlem a kedvedért: nem azért vettem el őt, hogy beengedjen a hálószobájába. Ezek nagyon rosszindulatú feltételezések és sértenek engem.

Galinát se észrevek, se egyéb nem hatotta meg. Mischa rá se ismert arra az önző, de azért a szerettei felé ragaszkodó és melegszívű teremtésre, akit valaha szeretett. Mostanra süket fülekre talált nála minden szó és nem hajlott senki álláspontjának meghallgatására. Persze azt is hihette volna, hogy Lathea személye váltotta ki ezt az ellenszenvet, bár Fettisov egyes megnyilatkozásai inkább azt sugallták, hogy egész egyszerűen ez egy új Galina.

– Néha az gondolom, a tánc az oka mindennek, illetve hogy nincs többé – vallotta be Fettisov. – A színházi intrikák helyett minket gyötör.

Ebben sok igazság lehetett. Galina bezárva érezhette magát a Rue de Rennes falai közé, ahol ennek tetejébe olyanokkal élt egy fedél alatt, akik fikarcnyit se vágytak arra a hangos életvitelre, amihez ő maga rég hozzászokott. Fettisov főként nem. Számára a kellemes este egy pohár italt, meg egy könyvet jelentett. Szívesen társalgott az asztalnál vacsora után és teljesen lekötötte, ha bárki meglepte egy-egy anekdotával, amin elmerenghetett. Galina bezzeg indult volna, hogy a városi bárokban vagy mulatókban verje el az éjszakát, flörtöljön és táncoljon. Mischa szeme láttára nap-nap után nőtt a szakadék közte és a higgadt, a maga békéjéből ki nem robbantható Fettisov közt. Ha valaha is azt gondolta, a barátja józansága és mértékletessége megzabolázhatja ezt az őrült nőt, hogy végül egy párként élhessenek, ezt a reményét ideje volt feladnia. Galinára semmilyen hatással nem volt az eltérő életfelfogás, sőt, Fettisov egyre tudatosabban kezdett eltávolodni tőle. Természetesen a kapcsolatnak az sem tett jót, hogy Galina rosszallása dacára a párja szemlátomást remekül szót értett Latheával.

- A szende kis nejed kikezd Fetyával.

Mischa szánalmasnak találta a vádat, nem is foglalkozott vele. A kitört háború legbeszédesebb jeleként Galina egyre többet maradt távol a Rue de Rennes világától. Kora este eltűnt és legtöbbször csak másnap került elő. Kihívó öltözéke láttán gyanítani lehetett, mivel tölti az éjszakákat, de egy ideje mintha Fettisovot cseppet sem érdekelte volna. Az estéket hármasban töltötték otthon, Lathea és Fettisov összeütötték a vacsorát, amit kellemes társalgás és jó bor mellett költöttek el. Így történt, hogy Galina május 7-én sem étkezett velük, amikor a Radio France világgá kürtölte a német kapitulációt.

- Hallgassuk meg a BBC-t – pattant fel Fettisov a készüléket gyakorlottan áthangolva a londoni adásra.

A helyzet egyértelmű képet mutatott, a britek az utolsó egy hét németországi eseményeiről közöltek elemző summázatot. – ...április 30-án kitűzték a szovjet

zászlót a Reichstag épületére. Alig egy órával a hatalmi
jelkép leégése és elfoglalása után Adolf Hitler meghalt.
Kettő és négy óra között a feleségével együtt
öngyilkosságot követett el, a két holttestet elégették. Ekkor
Goebbels és Bohrmann felvették a kapcsolatot az ostromló
szovjet erőkkel. A tárgyalások során Csujkov tábornok
ragaszkodott a feltétel nélküli megadáshoz. A német
csapatok jelentős része időközben megkezdte a spontán
kapitulációt, Goebbels, a náci Németország félelmetes
propagandaminisztere, május 1-én a gyermekei
meggyilkolását követően a feleségével együtt
öngyilkosságot követett el...
- Micsoda borzalom!
- Semmi jó nem várt volna rájuk, Fetya. Legalábbis
ekkora világégés után nem! Józan ésszel nem is
számíthattak kíméletre – jelentette ki Mischa
haragosan.
- ... mivel a május 1-én indított szovjet roham
felőrölte az ellenállás utolsó morzsáit is, Berlin 2-án
megadta magát. Aznap Weidling tábornok, a város
védelmi parancsnoka, az összes német katonát
megadásra szólította fel és délután háromkor a szovjet
offenzíva véget ért. Mint ismeretes, az Észak-
Olaszországban harcoló G hadseregcsoport április 29-
én aláírta a fegyverszüneti megállapodást és a
Norvégiában állomásozó német csapatok is jelezték
ebbéli szándékukat. Május 4-én az északnyugat-
németországi erők kapitulációs szerződést írtak alá,
ami a következő nap lépett életbe.
- Nem teszik le egyszerre a fegyvert.
Fettisov savanyú megjegyzése hallatán Mischa a
fejét ingatta. – Megértem. A bolsikkal nem szívesen
néznek szembe, miután négy évig sanyargatták és
irtották őket.
- Orosz virtus?
- Mondhatni.

A BBC hírolvasója rendületlenül folytatta: – *A német diplomácia mindössze annyit ért el, hogy tekintettel a nagymértékben működésképtelenné vált hírközlési rendszerre, negyvennyolc órát kaptak az összes frontvonalra, illetve harcoló egységre kiterjedő fegyverletétel foganatosítására. Dönitz tengernagy megbízásából ma nyolc óra negyvenegy perckor a német küldöttség aláírta a kapitulációs okmányt. Az egyezmény este tizenegy órakor lép életbe.*

Aznap este pezsgőt bontottak, hogy koccintsanak annak a pokoli öt évnek a lezárására, ami nemcsak emberek millióit küldte a halálba, de az életben maradottak sorsát is örökre megpecsételte. Aki ezeket a borzalmakat átélte, soha többé nem lehetett ugyanaz az ember.

- Mintha megöregedtem volna – súgta Lathea a sötétbe aznap éjjel. – A háború vége olyan távolinak tűnt, csakis a holnapokra tudtunk vagy mertünk figyelni. Most pedig visszanézek és úgy érzem, előtte nem is volt semmi. Vagyis már olyan régen történt, mintha nem is lett volna...

Ezzel mindannyian így voltak. Mischa, mivel megjárta a frontot és az ellenállásban is eltöltött egy hosszú időszakot, megízlelte a félelmet, a gyilkolást meg a kiszolgáltatottságot. Fettisov pedig átélte a náci megszállás tudathasadásos időszakát, a testi-lelki terror nyomását. Senki nem maradt érintetlen, hogy is maradhatott volna?

42.

Átmenetileg tovaűzve Galina gonosz arckifejezésének képét, Mischa benyitott a lakosztályba, amit Latheával osztott meg. Kissé átrendezték, hogy több hely jusson néhány új szekrénynek, ettől egyben barátságosabb arculatot is kapott. Már a bálra készülődve az asszony belebújt az egyik estélyi ruhába, amit nemrégiben vásároltak. A fekete ruhaköltemény úgy állt rajta, mintha egyenesen számára tervezték volna. A sejtelmesen megcsillanó ezüstös hímzés a pillantást a dekoltázshoz irányította, holott a merész slicc alól előbukkanó formás lábszárak legalább ilyen izgalmas látványt ígértek.

- Hűha – állt az asszony mögé a tükörbe lesve. – Eddig fel se tűnt, milyen érzéki ez a kis gönc.

Lathea feszengve tiltakozott. – Túl merész a kivágás és túl sok látszik a lábamból.

- Gyönyörű vagy, ma chére, hidd el. Pusztán csak nem vagy hozzászokva ehhez a stílushoz.

- Nem tudom, Mischa, talán mást kéne felvennem.

Átfonta a derekát, hogy meztelenül hagyott hátával magához húzza. – Ma megint a hercegnőm leszel és a tenyeremen foglak hordozni. Emlékszel még arra az estére? – egyetlen apró mosoly szolgált válaszul. – Én minden apró részletére emlékszem. 1939. július 22-e volt, emlékszem a ruhádra, meg ahogyan átöleltelek tánc közben. Ja, és ott volt Mountbatten meg a többi alak, akik sorban felkértek téged, a végén meg kellett kérnem Jean-Michelt, hogy üldözze el őket a közeledből. És emlékszem, milyen érzés volt megérinteni téged. Van egy meglepetésem ma estére is.

Lathea lenyűgözve a múlt életre keltett mozzanataitól meg sem kérdezte, mire gondol. Ennek ellenére Mischa a fülébe súgta. – Rengeteg eper és tejszínhab vár ránk a hűtőben – a sűrű csendben hódolattal csókolt bele az asszony nyakába. Nem volt nehéz dolga, mert a kontyba csavart szőkés-vöröses fürtök fedetlenül hagyták számára. – Ó, édesem, nincs nálam boldogabb ember.

A tükörben úgy vette észre, az asszony mosolyog. Párizs vegyes hatást tett rá. Eleinte a rengeteg látnivaló és újdonság dacára is feszülten, már-már indokolatlan félszegséggel járt-kelt ebben a számára új világban. Ám ahogyan kezdett beleszeretni a városba, ez a furcsa, hozzá nem illő állapot elmúlt. Mischa ugyanakkor ennél is jobban örült, mert mintha a gondok, a háborús könnyek, Nick Cowan árulása és Tivy Rogers elvesztése kezdtek volna a közelmúltba veszni. Lathea már nem ült órákig magába roskadva és az elveszített boldogságon rágódva, ahogyan többé őt sem szólította Tivynek szerelmeskedéseik hevében. Valami megváltozott, márpedig ettől közelebb kerültek egymáshoz. Nem esett szó a házasságuk próbaidejéről, egyszerűen csak együtt voltak, megosztották egymással a gondolataikat, reményeiket, örömüket és vágyaikat. Ha pedig Corey-t is magukhoz vehetnék, Mischa úgy sejtette, az örökre megszilárdítaná ezt a kapcsolatot.

- Ha elkészültél, ma belle, elindulhatnánk.
- Ilyen korán?

Mischa derűsen kacsintott. – Szeretnék megmutatni neked valamit útközben – ezzel az asszony félig fedetlen vállára ejtette a ruhához készült lenge bolerót és máris indultak.

Alkonyodott. A hosszabbodó napok jóvoltából nyugaton, az ég alján, még aranyló fénycsík emlékeztetett a leszállóágba került napkorongra, miközben kelet felé csíkokban vált az égbolt egyre mélyebb kékké. Párizs régi fényeiben pompázva szinte már meg is feledkezett a nyomorúságos időkről. A maga nemében páratlanul sokarcú város elpusztíthatatlan dicsőségében tündökölt, amit a szikrázó esti fények még hivalkodóbbá és fennköltebbé varázsoltak. A taxisofőr az ő kérésére jelentős kerülőt téve indult a bál helyszíne felé, a Szajna túlpartjára. Ám előtte szerette volna, ha Lathea megpillantja a város legigézőbb pontjait ebben a szürkülő, alkonyati órában, amikor a díszkivilágítás nem képes éles fénybe burkolni az épületeket.

A Boulevard des Invalides-ről a Mars mező felé kanyarodtak. A parkban korábban kimerítő sétát tettek, hogy a katonai iskolát, illetve az Eiffel tornyot meglátogassák. A kert látványa ebben a napszakban mégsem hasonlított arra, amit akkor láttak. Átkelve a folyón megkerülték a Trocadérót és az Avenue Kléberen eljutottak a l'Étoile-ra.

- Egyik nap fel kéne másznunk a tetejére – bújt Mischa közelebb Latheához, amint a tér mértani közepén feltűnt a Diadalív. – Ha jól emlékszem, kétszázhetvenkettő lépcsőfok az ára a páratlan kilátásnak.

- Lélegzetelállító.

Néhány kanyarral lehajtottak a folyópartra, hogy mintegy U betűt írva le, elhajtsanak a Concorde tér és a Tuileriák kertje mellett, a Louvre épületét megkerülve pedig a Rue de Rivolin visszatérjenek a Concorde-ra.

- Gyere, szálljunk ki.

A taxi továbbgördült, ők pedig a kivilágított tér szíve felé andalogtak.

- Ó, hiszen ez káprázatos – pörgött-forgott Lathea körbe.

- Grófné – Mischa játékosan meghajolt előtte. –, az idegenvezetésre is igényt tart?

- Megtisztel vele, uram.

- Nos, a tér minden oldala majdnem háromszáz méter hosszú – észak felé fordult. – Északon palotaszegély határolja – balra nézett. –, keleten a Tuileriák, nyugaton a Champs-Élysées és a park, délen a Szajna, illetve a túlparton a Bourbon Palota. Legfőbb ékessége a luxori obeliszk. Gyere csak! – ahogy kézen fogva az oszlop felé ballagtak, az egyiptomi emlékmű egyre nyomasztóbban tornyosult föléjük.

- Ez az az oszlop, amit Thébából hoztak el?

- Úgy van, Ramszesz fáraó templomából. 1831-ben Mohammed Ali ajándékozta Lajos Fülöpnek. Maga az oszlop i.e. 13. században készült és II. Ramszesz hőstetteit látod rajta felvésve.

Lathea különösebb buzdítás nélkül is közelebb merészkedett. – Hihetetlen. Milyen magas lehet? Szinte beleszédülsz, amikor felnézel.

- Legjobb emlékezetem szerint huszonhárom méter és négy méter a piedesztál.

Miután kigyönyörködték magukat az oszlopban, Lathea az egyik szökőkút felé vette az irányt. – Milyen elegáns, nem?

- A római Szent Péter tér szökőkútjainak utánzata. A tér szobrai az ország egy-egy városát jelképezik. A Lille-t megformáló darab mellett van a csatornahálózat egyik lejárata – bökött Mischa balra.

- A csatornarendszeré? Ez az, amiről a Nyomorultakban olvasni lehet?

Mischa szeretettel megölelte az asszonyt. – Hogy te mindenről tudsz! Minek vagyok akkor én itt?

- Ugyan!

- Mondhatjuk, hogy a regény valóságalapja. 1860-ban építették ki, a főcsatornák hossza harminckét kilométer, a közepeseké hetven, a kisebbeké vagy ezerháromszáz. Le lehet menni, bár nem túl szép látvány.

- Pedig izgalmas lehet. Menj…

- Nem, chérie! Büdös, koszos, tele van patkánnyal, hidd el, nem neked való. Egyszer Fetyával lementünk, amikor még éretlen kamaszok voltunk. Nincs az a pénz, amiért újra megtenném.

Lathea elszontyolodott, mire Mischa megfordította, hogy a figyelmét elterelendő a tér északi oldalán húzódó patinás épületekről meséljen neki. – A Crillon Szálló, ahol ma a bált rendezik és a Tengerészetügyi Minisztérium.

- Egyformák.
- Úgy van. Centiméterre, ami azt illeti.
- Honnan tudsz te ennyi elképesztő adatot, történetet és jóformán mindent ezekről a helyekről?
- Grafit művészettörténész. Ő tanított, én pedig magamba szívtam minden szavát – a téren járva-kelve egyre határozottabb formát öltött a Crillon, ahova igyekeztek.

Lathea váratlanul megtorpant. – Ne hagyj egyedül ma este, Mischa – félt, a hangja ezt el is árulta.

- Ó, drágám, semmi okod megrettenni.
- De van, felvehetek én akármilyen ruhát, egy nő nem ettől lesz úrinő, láttam már ilyet a Royal Courtban bőséggel.

Mischa szembefordult vele, ahogy megálltak a tér szélén. – Azok a nők viszont semmit nem tudnak a való életről. Ne ess pánikba. Senki nem tudja, hogy ki vagy, tehát nem is lehetnek előítéleteik. Tartsuk magunkat ahhoz, amit megbeszéltünk. Polgári családból származol és kész. Nem kell hazudnod, vagy megjátszanod magadat. Magyarázkodásra semmi szükség. Emlékszel, milyen jól mulattunk a Connaught-ban a páváskodó előkelősködőkön? Most se lesz másképp, figyeld meg – magához húzta és egy apró csók kíséretében csak annyit mondott: – Vessük magunk a mélyvízbe!

Az eredetileg magas rangú vendégek szórakoztatására és elszállásolására létrehozott Crillon Szálló zsúfolásig megtelt vendégekkel. A Lengyel Nagykövetség által ez alkalomra kibérelt pazar eleganciájú termek egymásba nyíltak. A tömegben ott nyüzsgött a párizsi politikai elit, beleértve a követségi apparátusok embereit, akiknek egy része valóban kicserélődött a háború előtti évekhez képest. A diplomáciai egyhangúságot jószerével tovaűzte, hogy a társasági és kulturális élet ismert, vagy kevéssé ismert alakjai közül is számosan megjelentek. Akadtak zenészek, színészek, balett- és festőművészek, de ugyanúgy hercegek, utazók, illetve más előkelőségek. Hamisítatlan seregszemle volt ez páratlan csillogással, fényűző magamutogatással, ami a háború éveit meghazudtolva a boldog békeidők gazdagságát idézte vissza. A káprázatos vacsoraasztalon elképesztő kínálat várta a vendégeket, és bizony nehéz idők ide vagy oda, mértéktelenül fogyott a kaviár, a lazac, folyt a pezsgő.

Mischa enyhe viszolygással figyelte, hogy az emlékeiben élő hasonló eseményekhez viszonyítva ez az este milyen képmutató és álságos. Elsősorban a lengyelek részéről, akik talán mind közül a legnagyobb megaláztatásokat és pusztítást szenvedték el. A kelet-európaiak zöme bábként viselkedett. A vacsora folyamán el-elcsípte a lengyel követ pillantásait, melyeket a közelében helyet foglaló szovjet delegáció bizonyos tagjai felé küldött. Hogy ki rángatja zsinóron, az világosabb nem is lehetett. Ráadásul úgy találta, se a lengyeleknek, se a szovjeteknek nem volt szemernyi stílusuk se. Lerítt róluk a felkapaszkodók mohósága, a csapnivaló modor, mindez pedig azt sejtette, hogy megnevezett céllal csöppentek a diplomáciába. Ezen az estén merő hiúságból gyűjtötték maguk köré Párizs hírességeit meg az arisztokráciát. Mischa számára komoly tanulság volt, jóllehet legalább ilyen egyedülálló alkalom is arra, hogy közelebbről tanulmányozhassa az oroszokat. Természetes kíváncsisággal figyelte pöffeszkedésüket, melyet szemlátomást alátámasztott a háborús dicsőség. Nem meglepő módon a szovjet hatalom új képviselői hasonló igyekezettel keresték az ő társaságát.

– Mostantól meglátja a világ, hogy a mi helyünk is a méltóságok köreiben van – fejtegette Aleksei Kirilenko, a szovjet követség egyik új munkatársa. – Nem tessékelhetnek ki minket többé.

A nagyképű megnyilatkozásra Mischa szándékosan franciául felelt. Ez nem nagyon vívta ki az orosz tetszését. – Talán ki tényleg nem dobják, uram, de maga meg az elvtársai hiába bújnak szmokingba, vagy szórják be magukat a legdrágább francia parfümmel, ettől még fikarcnyit se lesznek előkelőbbek. Egyszerű oka van, hogy itt lehetnek... a hatalmat, amit kaptak, hiba lenne összetéveszteni a kivívott megbecsüléssel.

– Ó, igen, ez a lekezelő gőg nagyon ismerős. Elhiszem, hogy az olyanok, mint maga, kifejezetten sérelmezik, hogy a saját osztályuk számára kisajátított előjogokat kénytelenek lesznek ezentúl megosztani. Legyenek ezek bármineműek, egészen a magamutogatásra szánt arany zsebórájáig bezárólag. De a mi országunkban többé a külsőségek nem lehetnek elsődlegesek.

Mischa gúnyosan elhúzta a száját. – Valóban? Akkor miért bújt ebbe a maskarába, ami az osztályöntudatának ellent kellene, hogy mondjon?

Az orosz összeszorította az ajkait. – Ami engem illet, csak annyit mondok magának, hogy örülhetünk, amiért a bajkeverők távoztak hazánkból.

– Most rám céloz, ugye? Kérem, ne tettesse magát! Pontosan olyan jól tudja, mint én, hogy a maguk nemes szándékú forradalmában egyszerűen legyilkolták azokat, akik nem futottak elég gyorsan. Én kizárólag azért élek, mert az apám túl okos és fürge volt magukhoz képest. Amúgy sem várhatja el tőlem senki, hogy tapsoljak egy olyan hatalomnak, amelyik brutálisan lemészárolta a családomat, kifosztott minket és elkergetett a szülőföldünkről.

- Elfelejti, hogy maga meg a családja más emberek verítékéből élvezhette a gazdagságot. Mi pusztán csak igazságot szolgáltattunk azzal, hogy kevesek kárára tömegek javát helyezzük előtérbe.

Mischa keserűen felnevetett. – Kérem, kíméljen meg ezektől a hamis próféciáktól. Soha nem lesz egyenlőség, se hatalmi, se vagyoni értelemben, mert maga meg más magas pozíciójú vezetők túl kapzsiak ehhez. Nézzen csak magára. Miért nem marad a kék vászonnál, ami büszkén hirdetné, hogy a munkásosztály tagja? És nézze meg, hogy az átlag orosznak az élete ma se különb, mint azelőtt. Mindössze arról van szó, hogy a régi iga helyett kaptak egy újat a nyakukba. Most pedig bocsásson meg, de odébbállok.

A vacsora alatt szerencsére Leslie Frimsey társaságában Lathea két oldalán ülhettek, így nem kellett újabb magasztos előadásokat végighallgatnia. Amúgy az amerikai is húzta a száját a szedett-vedett társaság láttán. – Már látom magam előtt a jövő sanyarú tendenciáit. Elárasztanak minket a mondvacsinált, szovjet parancsra bólogató politikai analfabéták, akiknek ezzel az emelkedett öntudattal negyven évig tart majd stílust tanulni.

Az étkezés végeztével felcsendült a zene és a vendégsereg népes tábora ellepte a parkettet. Amíg Lathea felfrissítette magát, Mischa a bálterem küszöbéről befelé kíváncsiskodott. A bécsi keringő édes dallama betöltötte a magas plafonú, freskókkal és kristálycsillárokkal ékeskedő termet, a jelenlevőket elnézve azonban a muzsika mintha kicsúfolása lett volna a háború előtt úri világnak.

- Ó, milyen kár, hogy lekéste a vacsorát, herceg! Mégis boldog vagyok, amiért megtisztel minket a jelenlétével.

Az este házigazdájának nyájaskodó üdvözlése a háta mögül ütötte meg a fülét. Felriasztotta komor gondolatainak füzéréből és megfordult, hogy kikémlelje, miféle herceget tart a nagykövet ilyen nagy becsben. Legnagyobb meghökkenésére Fettisov érkezett tagadhatatlanul hercegi külsővel. A nagykövettől ügyesen megszabadulva rögvest feléje igyekezett, noha jókora kerülővel, mintha valóban a válogatott társaság kedvéért érkezett volna.

- El se hiszem, Fetya. Mi az ördögöt keresel itt? És mi lesz a féltve őrzött inkognitóddal? – fogadta Mischa, amikor végre mellé lépett.

- Egy kissé leporoltam a régi titulust – Fettisov titokzatos pillantást vetett a bálterem szíve felé, majd feltűnés nélkül félrevonta az útból. – Az ostobák aszerint állították ki a meghívókat, hogy a nevek minél előkelőbben hangozzanak. Így kerültem én is a szórásba.

- Ne is mondd, egész este megy a rongyrázás. Ez a rengeteg felfuvalkodott kommunista lankadatlanul terjeszti az igét – panaszkodott Mischa – Csak ma többet tudtam meg Marxról, mint valaha korábban.

- Emiatt vagyok itt. Miután elindultatok, átruccantam az orosz klubba, ahol Boris Maximovba botlottam. Cseppet sem szívderítő dolgokat mesélt.

Mischa gyanakodni kezdett. Ez a titokzatosság nem illet a barátjához. – Például?

- Az egész szovjet követség új személyzetet kapott, köztük egy sajtóreferenst, akit Yevgeni Masiulis testesít meg. Na, ehhez mit szólsz, öregem?

Mischa nem szólt semmit. Nem is tudott volna, mert úgy érezte, a lélegzete is eláll. Úgy meredt

Fettisovra, mint aki álmot lát. És mielőtt a megrázkódtatásból felocsúdhatott volna, a látószögébe betolakodott egy köpcös, erősen kopaszodó, tömzsi alak, aki szélesen vigyorogva tört utat feléjük. Őt magát ugyan még soha nem látta, ám annál élénkebben emlékezett arra a vakító szépségű, gesztenyeszín kontyával királynőként tündöklő nőre az oldalán.

- Uraim! Ez valóban csodába illő! – rikkantott rájuk az idegen, hogy a nevetéstől hullámokat vert a tokája.

– Milyen kicsi a világ, nemde? Gyere, Zoljka kedvesem, mutass be minket egymásnak, ha már egyszer ilyen szerencsésen egymás mellé sodort minket az élet.

Az asszony felvillantotta perzselő mosolyát. Mischa a pillantása kereszttüzében kevés híján megfulladt.

- Személyesen még nem volt alkalmunk egymáshoz – duruzsolta Masiulis eltúlzott nyájassággal. –, de, elhiheti, már sokat hallottam ön felől, Mihail.

- Semmi nem indokolja, hogy megfeledkezzen a teljes nevemről, Masiulis. Ám ha a Kupolyev nem jön a szájára, szólítson nyugodtan gróf úrnak.

- Hűha, de harapós – nevetett az orosz rosszul leplezett sértettséggel. – És a barátjában kit tisztelhetünk?

- Zahar Fettisovot – közölte Zoljka bájosan, miközben számítóan előredőlve nagylelkű bepillantást engedett vérlázító dekoltázsába. Egyetlen nappal se látszott többnek harmincnál, így a kihívó ruhaköltemény se gerjesztett túl sok tisztességes gondolatot. Vagyis a célját elérte. – Rég nem találkoztunk.

- Miért is ne? 17-ben a cári bálon? – Fettisov jól kufárkodott színészi képességeivel és kedélyesnek látszó gesztussal megbökte Mischa könyökét. – Emlékszel még, két-két fordulót jártunk Zoljkával. Akkoriban csak kékvérekkel állt szóba.

- Én is így emlékszem.

- Rég volt – mondta az asszony a semmiből támadt fásultsággal.

Ekkor a feszült jelenet közepébe váratlanul és rossz időzítéssel visszatért Lathea. Egyenesen Mischa felé sétált, apró mosollyal az arcán, a kis csoport láttán mégis meglepődhetett. Mindenekelőtt Fettisov felbukkanásán. Mielőtt azonban Mischa oldalán megállt volna, Fettisov elkapva a derekát szerelmesen magához húzta. – Nézd csak, szívem, kikbe botlottunk – az asszonynak lehetőséget sem hagyva tiltakozásra vagy kérdésekre folytatta: – Bemutatom a hitvesemet, Latheát. Drágám, Monsieur Masiulis és a felesége. Gyerekkori ismeretség, ugye, Zoljka?

Fettisovnak úgy rémlett, a női név ismerősen cseng az asszony fülének, ebből pedig arra következtetett, hogy Mischa elmesélte a szibériai történet bizonyos részleteit. – Zoljka, milyen érdekes név.

- Nem is túl gyakori – legeltette Masiulis a szemét Latheán. – Mondhatom, barátom, igazán jó ízléssel nősült.

Nem lehetett kétséges, mire céloz. Lathea segélykérőn sandított Mischa irányába, ám az szobormerev maradt, mintha semmi közük nem lenne egymáshoz. Végül Fettisov is odanézett. – Nem tudom, hogy vagy vele, de mi megszöknénk. Elég volt a díszes társaságból ennyi – ezzel a két idegenre nézett. – Tulajdonképpen a mézesheteinket töltjük, nyilván megértik…

Masiulis harsányan felnevetett. – Ó, hát, ki ne értené!

- Én még maradok egy kicsit, Fetya. Menjetek csak, jó éjszakát, hercegné.

A gyors búcsút követően fájó szívvel fordult a távozók után. Ám nem volt sok értelme azon merengeni, bárcsak velük tarthatott volna, hiszen két fürkész szempár leste minden rezdülését. Ezért józanul szembenézett a rémálomból ébredező és felelevenedő múlttal. Zoljka csodálatos alakját méricskélve gondolatban újra átélte annak a szerelmes éjszakának minden gyönyörét. Tizennégy év távlatában is árulkodó borzongást észlelt a testében arra emlékezve, micsoda temperamentumos szeretőt talált az asszonyban. Utólag, önkínzásképpen, gyakran gondolt arra, hogy akármennyi jutalmat is kapott azért az alakításért, minden rubelért keményen megdolgozott. A tündöklő szemekbe nézve mintha ugyanarra a vad eksztázisra emlékeztek volna, mert a meggypiros ajkakról leolvadt a csalfa mosoly és megfejthetetlen egykedvűség költözött a helyébe. Mischa elfordult tőle, hogy a férjére szegezze a tekintetét.

– Nem hiszek a véletlenekben, Masiulis. Mondja, hány pártembernek dobta oda a feleségét ezért a párizsi kinevezésért?

Furcsa mód Zoljka elvörösödött, ellenben a férjét cseppet sem érdekelte a szurka. – A kielégítő eredmény feledteti a rögös utat, barátom.

– Nem vagyok a barátja. Maga a hatalomért kurválkodik, azért a gazdagságért, amit nyilvánosan és állítólagos, fennkölt elveket osztva mereven elutasít. Mellesleg nem saját kezűleg végzi a piszkos munkát, hanem csettint és a hitvese bárki előtt széttárja a lábait. Igazán büszke lehet rá, mert átkozottul jó munkát végez.

– Ne légy közönséges, Mischa! – tiltakozott Zoljka, noha egyikőjük nem méltatta figyelemre.

Masiulis kedélyesen vigyorgott. – Miket nem mond egy jó modorral kérkedő arisztokrata!

– Maga kerítő és parazita, akármilyen szavakkal is fogalmaz az ember. A követségen is ezt csinálja?

– Ha már a követségről esik szó, tudja, azóta, hogy utoljára összegabalyodtak az életfonalaink, feljebb kapaszkodtam valamelyest...

Mischa megvető pillantása megakadt Zoljkán. –
Nem fér kétség hozzá! – dörmögte.

- ...és a politikai hírszerzést bizonyára érdekelni
fogja, hogy egy államellenes bűncselekményért
Szibériába küldött fegyenc miként élheti Párizsban az
életét boldogan és látható jólétben.
- Kezdem azt hinni, nem Hitler volt az ellenség.

Masiulis arcizma se rándult. – Csak ne
érzékenykedjünk. Tudja, mi az ára a hallgatásomnak,
grófom, tehát döntse el, mit tegyen.
- Elfelejti, hol van. Ez nem Moszkva és nem a maga
szemétdombja, ahol kedve szerint kukorékolhat.
- Hmm, maga pedig arról feledkezik meg, hogy a
politikában mostanság új szelek fújdogálnak. A
Szovjetunió támogatására nagy szüksége van a
szövetségeseknek, ezért kétlem, hogy ne lehetne egy
ilyen jelentéktelen ügyben keresztülvinni az
akaratunkat. Magának viszont nem lenne ennyire
könnyű visszakullogni Szibériába, ahova tartozik,
ugyebár?
- Azt, hogy ki hova tartozik, talán ne kezdje el
boncolgatni – vágta oda Mischa élesen. Noha belülről
égette az arcátlan zsarolás felett érzett dühe, ezt
semmi pénzért nem ismerte volna el. Helyette
tolakodó pillantással végigmérte Zoljkát, aki
tántoríthatatlanul állt a férje oldalán. A vetkőztető
pillantásra még bele is karolt. – Az alkuba a nő is
beletartozik, Masiulis?
- Attól függ, mi jár a fejében.
- Valami sokkal élvezetesebb, mint a múltkor. Mit
szólsz, Zoljka? – mielőtt az asszony nyilatkozhatott
volna, ő ismét a férjhez fordult. – Igaz is, magával
tárgyalok.

Az önérzetében sértett és megalázott asszony
arcába szökött a vér.
- Látom, mély nyomokat hagyott magában az én
drágám – vigyorgott Masiulis közönségesen.

- Mi tagadás, szívesen megadom az árát az ismétlésnek. Tisztességes nők nem képesek mindarra, amire ő.

Az összecsapott tenyerek az elégedettséget szimbolizálták, miközben Zoljka ölni tudott volna a dühvel keveredő szégyentől. – Nagyon derék! És mennyit ér magának ez a kaland, grófom?

- Előbb intézze el, hogy egy teljes hétvégére az enyém lehessen. Utána társaloghatunk az árról meg arról, hogyan garantálja a szibériai túrám feledésbe merülését. Ha egyszer már egy olyan disznónak fizetek, mint maga, legalább jusson nekem is valami jó ebből az üzletből – utolsó pillantást vetett az alku tárgyára, aki bár büszke tartással állt előtte, a szemében a gyűlölet lángjai csaptak fel. – Ne is kevés. Jó éjt!

A taxiban hazáig forrt benne a tehetetlen harag. Ki se nézett a kocsi ablakán, hogy ne kelljen látnia a lebilincselő várost, aminek néhány órával korábban még teljes szívből tudott örülni. A múlt felelevenedése mindezt megrontotta és elrabolta tőle. Csakis a tizennégy évvel korábbi utazásra tudott gondolni, a moszkvai eseményekre, a Zoljkától kapott megbotránkoztató élményre, meg a másnap reggeli rémálomra, mely évekre Szibériához láncolta. Ha becsukta a szemét, jóformán a húsát szaggató ostorcsapásokat is érezte a hátán. Ösztönösen az arcát elcsúfító vágásra borította a tenyerét. Úgy hasogatott, mintha ez a dráma csak tegnap történt volna.

Haragja mit sem csillapult, míg hazaért. Átvágva a ház előtti kis téren lendületesen bemasírozott a csendbe burkolózó házba. A hall márványpadlójára sárgás fénycsík kúszott ki a szalonból, odabent Fettisov várta. A nyakkendőjét és a zakóját már félrehajította, az inge nyakát kigombolta. Amikor ő

megjelent a küszöbön, várakozóan felugrott ültéből. –
Na?

- La Petit hazajött?

- Nem.

- Láttam eljönni a Crillonból.

- Itt nincs. Na, ki vele, Mischa!

Megtörten az elegáns bőrkanapéra hullott. – A
mocsok nyíltan megzsarolt, Fetya. Képes felfújni az
ügyet és elhurcoltatni Szibériába, ha nem fizetek.

- Sejtettem – dünnyögte Fettisov. – A pokolba! Ez az
a rohadt nagy egyenlőség? Hogy szarháziak kerülnek
a bársonyszékbe és...

- Hagyd ezt! Nem visz minket előre, csak agyvérzést
kapok a méregtől.

- Igazad van. És mennyit akar?

- Az összegről nem beszéltünk. Közöltem vele, hogy
cserébe Zoljkát akarom egy hétvégére.

Fettisov szeme elkerekedett. – Te megvesztél!
Egyszer már az ágyába ügyeskedted magadat, az nem
volt elég tanulságos?

- Ne csináld már! Mindössze az időt akarom húzni –
pattant fel Mischa az emelt hangú kitörés hallatán.
Töltött magának egy adag vodkát és felhörpintette.

- Nem hiszek neked, az a nő mindig úgy vonzott, akár
a mágnes.

- Már nem! Egy életre elegem lett belőle.

- Ha te mondod! És most? Masiulis átengedi neked a
nőt, te fizetsz... de ez nem a finálé, arra mérget
vehetsz.

Mischa a tarkóját dörgölte. – Hazafelé ezen
merengtem. Nem lesz nyugtom, amíg él. Pénzsóvár
alak, akinek se gátlásai, se vesztenivalója nincsen.
Úgy ki fog facsarni, akár a citromot.

- Tehát?

- Felhívom Darcyt, hogy söpörje félre az útból.

Fettisov felszisszent. – Kockázatos. Végtére is a
követség embere.

- Szerinted mit kellene tennem? Hancúrozzak egyet Zoljkával, hogy utána azzal is zsarolni kezdjen?
- Ne légy közönséges. Mischa dühösen csapta le a poharat. – Ez egy rohadt pióca, Fetya. Sose hagy nekem nyugtot, az biztos! Rövid csend követte a szavait. – És a nő? Vele mi lesz? ...Úristen! Csak nem akarod őt is hóhérkézre adni? Mégiscsak egy nő! Együtt nőttünk fel.
- Gyűlölöm azért, amit elkövetett ellenem, ezen ne is csodálkozz. És ne hivatkozz a gyerekkorunkra, vagy rokoni szálakra... mindez őt se akadályozta meg abban, hogy a halálba küldjön. Neked nem kell magyaráznom, mit éltem át Szibériában, ezért pedig elégtételre szomjazom. A saját bosszúvágyamnak jó terepe, hogy ezúttal itthon vagyok.
- Kiráz tőled a hideg.
- Akkor öltözz fel, mert nem hátrálok meg. Vagy tudsz jobb megoldást?
Fettisov vonakodva megmozdította a fejét. – Nem.
- Én sem. Hidd el, ha nem én lépek először, elpusztítanak engem és velem együtt Theát is. Különben köszönöm, amiért kimenekítetted onnan. Óriási ötlet volt – Fettisov a poharát újratöltve hümmögött valamit. – Nem kérdezett semmit?
- Tőlem nem. Zoljka neve megkondíthatta a harangot a fejében.
- Elmondtam neki.
- Igen, kitaláltam.
- Rosszul tettem?
- Ó, nem, fordítva lett volna ostobaság. Latheát kizárólag egyenességgel tarthatod meg.
- Akkor megyek és lefekszem. Jó éjt, Fetya.

A kihalt és éjszakai nyugalomba szenderült ház hangulata illett elrontott kedvéhez. Magába fordulva baktatott felfelé a lépcsőn, hogy észrevétlenül nyisson be a kétszárnyú ajtón. Lathea azonban nem aludt, helyette törökülésben pihent a megvetett ágy közepén. Felnézett a könyvből, amint meglátta őt.

- Ébren vagy még, egyetlenem?

- Nem tudtam aludni. Idegesített, vajon mi történt.

- Rám tört a múlt – vallotta be Mischa lehajítva a frakkot az egyik kínálkozó székre, majd nekiesett az ing gombjainak.

- Ezek szerint ez az a Zoljka, akiről beszéltél?

Mischa boldogtalanul intett a fejével. – Még nem tudom, hogyan rázom le őket magamról, de nem hagyom ezt a kísértetet az életünkben kóborolni – odahajolt az asszonyhoz. – Elrontották a mi esténket, sajnálom.

- Féltelek, Mischa.

- Inkább ölelj át.

A fürdőszobából visszatérve az asszonyt ismét a könyvbe temetkezve találta. A csodálatosnak ígérkező este romokban hevert, az eltervezett romantika helyett egyre a zsarolás zakatolt a fejében. Nehezére esett megemészteni, hogy a múlt árnyai visszalopakodnak az életébe. Alattomban, hangtalanul, hogy fel sem készülhetett.

- Merev vagy, akár egy szobor – sóhajtotta Lathea részvéttel, amikor összeölelkeztek a sötétben.

Mischának jól esett a gyengédség, amivel átölelte.

- Csalódást kell, hogy okozzak neked, chérie. Ez az este…

- Ne törődj vele.

- Hogyne törődnék! Neked minden férfi csalódást okoz.

Lathea egy pillanatig elmerengett. – Amennyiben magadra gondolsz, akkor leszek igazán csalódott, ha nem vagy őszinte hozzám.

- Nem szívesen kérkedek azzal, ha legyőznek.

A lágy cirógatás az állán megértést sugallt. – Legyőztek?

- Azt még nem, ugyanakkor falhoz szorítottak.

Nem volt értelme köntörfalazni. Lathea amúgy is túl éles eszű volt, átlátott a kifogásokon. Így hát elmesélte, mi történt Fettisov gyors távozását követően. Szokatlan érzés kerítette hatalmába, mintha beszéd közben önmagától eltávolodva, külső szemlélőként hallgatta volna saját szavait. Az asszony lényének tisztaságával érzékelte önmagát és bizony undorodva tapasztalta, miféle ocsmány játszmába keveredett.

- Milyen érzés viszontlátni azt a nőt? – törte meg a megtelepedő csendet Lathea.

Mit lehet erre felelni? – Valamikor sokat jelentett nekem.

- Vagyis?

- A kamaszkori ábrándjaimat, a hitegetései által felébresztett reményeimet, hogy megtaláljam a családom. De a látása az utána következő évek poklát is mind visszahozta. Éppen azokat az emlékeket, amelyeket máig valahogy sikerült távol kergetnem magamtól.

- Szeretted őt?

Mischa a homlokára fektette az alkarját, miközben vakon a plafonra bámult. – Ma már tudom, hogy nem. Meg akartam kapni, ez olyan férfidolog. Általában szégyenletesen kevés köze van az érzelmekhez.

- És meg is kaptad. Igen magas árért.

A gúnyt nem lehetett félreérteni. – Ahogy mondod. Valójában egy született balek voltam. A húszas éveim elején akadtak futó kalandjaim, de gyorsan ráébredtem, hogy ezt nem nekem találták ki és eljegyeztem Chantalt. Zoljka volt az egyetlen alkalom, amikor logikai okoskodás, vagy mérlegelés nélkül cselekedtem, és bizony csúnyán ráfizettem – a sötétben Latheára nézett. – Nem vagyok olyan, mint Erwin Cowan.

- Nem tudom honnan…

- Honnan jutott eszembe? Talán neked nem jutott? Néha azt hiszem, bármit teszek, a szemedben menthetetlenül semmirekellő maradok.
- Ez nem igaz.
- Nem? Elismerem, a társaságban számos olyan felszínes, olcsó élvezeteknek hódoló alakot ismerek, akik szót se érdemelnek, ez viszont nem jelenti, hogy egy lennék közülük. Lathea közelebb hajolt. – Nem is lehetsz olyan, mint Erwin. Te sose okoztál nekem fájdalmat, csak egyszer, amikor eltűntél. Ne tedd meg még egyszer.
Megragadva az asszony kezét Mischa a szívére fektette. – Ha ezt akarod, olyan eszközhöz kell folyamodnom, ami se nem emberséges, se nem tetszetős. Feszült csend. – Mit akarnak tőled?
- Vagy fizetek, ahányszor pénzszűkébe kerülnek, vagy Masiulis mindent elkövet, hogy egy szép napon ismét Szibériában találjam magamat – némi szünetet hagyott, hogy az asszony megemészthesse a bejelentést. – A képlet nagyon egyszerű, vagy ők, vagy én.
- Ők, Mischa.

Az ellenállásban töltött évek és az ott gyűjtött tapasztalatok két számottevő tanulsággal szolgáltak. Mindenekelőtt az összetartás és a feladatok, egyesek szavajárásában a küldetés, álltak az első helyen. Aki ezek közül valamelyiket elhanyagolta, örökre kizárta magát a közösségből. Ennek megvolt az a racionális indoka, hogy a helyzet fonáksága miatt senki nem mert kockáztatni. Egyetlen áruló vagy kollaboráns az egész szervezet létét és tevékenyégét veszélybe sodorta. Mischa hamar rájött az ellenállás sikerének legfőbb titkára. Ez abban rejlett, hogy a szervezet tagjai annyira ártalmatlannak és civilnek tűntek, mint akik azt se tudják, hol kel a nap. A vezetők mind elfoglalt emberek voltak, akik a nyilvánosság előtt éltek, azaz a németek orra előtt, láthatóan semmit nem rejtegetve. Sergi Poiré is. Fiatal kora dacára pocakos, kopaszodó középkorú benyomását keltette. Tohonya falusi orvosnak mutatta magát, akit egyedül az édességek hoznak lázba, amúgy senki ne várja tőle, hogy a kötelező feladatain túl egyéb fárasztó nyűgöt is a nyakába vegyen. Pedig mennyire hamis kép volt ez. Sergi természetes intelligenciával és szervezőkészséggel megáldva, igazi szellemi vezérként a szervezet pókhálójának közepén tollászkodott, ahol mindig mindenről értesült. A háború alatt délután a németekkel együtt kockázott a kocsmában, majd éjszaka az emberei eltették láb alól azokat, akik túl nagy veszélyt jelentettek. Ráadásul az ínséges időkben jól jött elképesztő alkímiai tájékozottsága is. Egyszer Darcy Favre elárulta róla, hogy az egyetemen a cukor és só emberének hívták.

- Miért?

- Mert bármit képes felrobbantani vagy megmérgezni. Ha cukor és só van csak otthon, akkor is.

Sergi álságos panasszal állított be a Rue de Rennes-re.

– Lefogytam ebben a hirtelen jött békében.

Mischa szórakozottan megölelte megmentőjét. Nemcsak az életét köszönhette neki, annál jóval többet. – Ülj le, mivel kínálhatlak?

- Egy kávét elfogadok.

- Süteménnyel?

- Ne csigázz, ha nem állhatod a szavad.

- Emiatt ne aggódj.

Mischa csengetett az újonnan alkalmazott cselédnek. A lány tizenkilenc múlt és kellően középszerű volt, valószínűleg ezért is olyan szorgalmas. Ennek tetejébe bírta az angolt is.

- Mesélj valamit – bíztatta a vendéget letelepedve kedvenc foteljába.

- Nagy a hajsza, amit ne is csodálj. Itt a tavasz, úgyhogy az állatok, meg persze az emberek is kitesznek magukért. Oltásokért ugrottam fel Párizsba – lusta fejmozdulattal tekintgetett körbe a kivételes fényűzéssel berendezett szalonban, mely a drága holmik dacára sem volt hivalkodó. – Tehát ez a te házad tája? Igazán lenyűgöző, Michel.

- Örököltem.

- No, igen! Téged ismerve valami ilyesmire számítottam.

- Elítélően hangzik.

Sergi megadóan égnek emelte a kezét. – Ne szólj szám. Na, de beszélj inkább te. Darcyt levette a lábáról a hitvesed. Ezek szerint tényleg megtaláltad? Született mázlista vagy.

- Bőségesen akadt okom fejtörésre, amíg idáig eljutottunk.

- Elhiszem.

A cselédlány nyomában Galina érkezett. Leplezetlen kíváncsisággal mérte végig a vendéget. – Jó napot.

- Á, ő az? Hát, tudod, Michel! – pattant fel Sergi Galina elé sietve. Majd váratlanul megtorpant. – Hiszen kegyed a prima balerina, Madmoiselle Pashminova! Ó, szűz anyám! El se hiszem!

Galinának szembetűnően hízelgett az elragadtatott sóhaj. Sergi behódolva csókolt kezet neki. – Sergi Poiré szolgálatára!

- Sergi mentette meg az életemet, La Petit – mulatott Mischa a jeleneten.

- Ó, igazán? Ezért mindenképpen leróhatatlan hálával tartozunk önnek, Monsieur Poiré. Kár lett volna ezért a gazemberért.

Sergi, mit sem törődve saját helytállásának elhíresülésével, elbűvölten sóhajtozott. – A háború előtt minden szerepében láttam, művésznő. Csodálatos volt, leírhatatlan!

- Köszönöm, nagyon kedves.
- Készülsz valahova? – lépett Galina után Mischa. –
Milyen szolidan öltöztél ma.
- Andréval találkozom.
- Nem is tudtam, hogy az a kis hernyó
visszamerészkedett.
  Galina felfortyant. – Te csak ne káromkodj! Jelen
állás szerint hallani se akar a válásról, ami a te hibád.
- Az enyém? Ugyan, ne viccelj már!
- Nem kellett volna betörnöd az orrát.
  Galina válaszra se várva rohant el. Úgy szedte
gyönyörű lábait, mint akit üldöznek. Mischa
haragosan meredt a hátára, majd nem látva egyéb
lehetőséget, magukra zárta a szalon faragott ajtaját.
Sergi már a kávét szürcsölgette visszasüllyedve iménti
helyére. – Az ördögbe, Michel! Honnan ismered ezt
az istennőt? Itt rejtegeted a házadban?
- A te istennőd az én sokszor pokolba kívánt kuzinom.
- Ejha! Született démon!
- Inkább ördög – leült Sergivel szemben. – Mondd
csak, találkoztál Darcyval?
  Komoly bólintás. – Eljött hozzám, hogy mindent
elmondjon. Rohadt ügy, barátom. Te meg átkozottul
jól elhallgattad.
- Elhiheted, kevéssé vagyok büszke erre a
hőstettemre. Te se lennél – fintorgott Mischa
kelletlenül.
- Felteszem, hogy nem.
- Biztos vagyok benne.
- És hogy áll a dolog most?
  Mischa kényelmesen hátradőlt. – Arról volt szó,
hogy a nő holnap délután meglátogat.
- A férje küldi követségbe?
- Valószínűleg. Talán kapok valami előleget.
- Értem. Nos, a nyakamat rá, hogy követségi
körökben nem fognak eldicsekedni veled. Politikailag

nem lenne túl gyümölcsöző azzal kérkedni, hogy orosz arisztokratákat kerülgetnek.

- Zoljka is az.

- Pláne! A zsarolásról még annyira se fognak fecsegni. Ez annyit tesz, hogy a kapcsolat veled gyakorlatilag nem is létezik.

Mischa várakozóan lesett a barátjára. – Segítesz?

- Nem is kérdés! Azon kívül, hogy a barátom vagy, nem szeretem az ilyen ügyeket, se a kommunistákat. Viszont dörzsölten csináljuk. Melyik legyen az első?

- A pasas arcpirítóan kapzsi és körmönfont.

- Ámde a nő nélkül nincs adu a kezében.

- Igaz, csakhogy nem tudom, hány komáját hozta magával Moszkvából.

Sergi széttárta a karjait. – Ahogy akarod. Adj egy hetet. Körbeszimatoljuk az emberünket, addigra talán a légyott is összejön az asszonykával.

- Felejtsd el, sehova se megyek azzal a cafkával!

A heves tiltakozásra Sergi felvonta a bal szemöldökét. Jellegzetes gesztusa volt. – Nem?

- Nem! Vegyétek kezelésbe, vagy tüntesd el a kettőt egyszerre, csak engem hagyjatok ki belőle.

- Ezen el kell gondolkodnom. Nem ártana egy időre eltűnnöd a városból, hogy minden gyanú felett állhass.

- Mikor?

- Értesítelek. Most azonnal úgyse léphetünk. Gyanús és elsietett lenne.

Mischa egyetértett. Masiulis éppen csak megérkezett Franciaországba. Akármit is talál ki Sergi, a haláleset nem szúrhat szemet. – Amúgy is dolgom lenne Svájcban. Ha szólsz, csomagolok, és néhány napra átruccanok oda.

- Pompás ötlet, a többit bízd ide! De most – Sergi a karórájára lesett, nem először. – mennem kell. Várnak a fejesek az ellátóban.

Mischa az ajtóig kísérte, majd azt résnyire nyitva hagyva az ütött-kopott kocsiig ballagtak tovább, ami éppen a gyönyörű kandeláber mellett parkolt. – Tudod, Michel, az ember azt gondolná, az olyan finom urak élete, mint te vagy, igazi fáklyásmenet. Mischa elhúzta a száját. – Szövetkezhetnél a feleségemmel.

- Ne mondd! – Sergi bedobta a felöltőjét a kocsiba, ám ahelyett, hogy rögvest beült volna, faggatózni kezdett: – Tulajdonképpen mit műveltek veled Szibériában? Úgy értem, a kötelező munkán kívül?
- Fizikailag? Merthogy lelkileg valósággal megsemmisítettek.
- Igen, azt elhiszem. A hátadon levő sebhelyeket is ott szerezted? – Mischa beismerően biccentett. Mi értelme lett volna tagadni, hiszen az orvosnál, aki hosszú hónapokig ápolta, senki nem tudhatta jobban, a teste milyen maradandó emlékeket őriz. – Ostor?
- Szöges korbács. Meg ez – nyúlt az arcához. –…tőr. Szépségműtét altatás nélkül. Ne próbáld ki!

Az irónia lepergett. – Nem fogom.

Amikor Sergi végül kitolatott a feljáróról, majd hamarosan eltűnt az utcasarok mögött, Mischa még mindig ugyanott álldogált. Mélyen teleszívta a tüdejét levegővel és elnézve a májusi virágzásba borult fákat, a béke meglehetősen hamis képével szembesült. Számára csak most kezdődött a háború. Ez a személyes háború. El kell hitetnie Masiulisszal, hogy nem több annál a kéjsóvár, felelőtlen ifjú titánnál, akit egyszer már sikerült ügyesen tőrbe csalnia. El kell játszania, hogy Zoljka továbbra is az álmai netovábbja, és azért, hogy ismét az övé lehessen, bármire kapható. Márpedig nem engedheti meg magának a gyenge alakítást, nehogy az orosz kételkedni kezdjen. Szembeötlően hitt abban, hogy a felesége bájainak senki ember fia nem képes ellenállni, márpedig az ő számára ez jelenthette a leghatékonyabb fegyvert ellene.

Visszasétált a házba és egy teát kérve magának a dolgozószobába húzódott vissza. Fáradtan lerogyott az asztal mögé, mintha maratont futott volna. A csalódottság meg a terhes emlékek súlya alatt fizikai kimerültség tört rá. Önkínzó módon az emlékezete újra meg újra eléje vetítette a moszkvai napokat. A reményt, a kutatást, és a múlttal való találkozását. 1916 telén jártak utoljára a fővárosban. A család a cári bál alkalmával látogatott oda és a karácsonyt is ott töltötték. Mischa azokon a fényűző estélyeken, majd a romantikus szánkózások alatt döbbent rá, mit érez Zoljka iránt. Buta kamasz volt, aki először érezte magát férfinak, és bizony a szépséges rokon elvette a józan eszét. 1931-ben azonban, tizenöt évvel később, már egészen másnak látta gyerekkora világát. Üresnek, hamisnak és fénytelennek, gyakorlatilag felismerhetetlennek. Párizs tündöklése után megrázó szegénység fogadta, megtaposott lelkek a felszín alatt, a dicső népforradalom rég a feledés homályába veszve. Zoljka volt az egyetlen, aki minden porcikájában a régi maradt. Csábító, előkelő, bódító parfümmel behintve és az egykori, feledhetetlen mosollyal az arcán. Nem volt nehéz megszédülni tőle. Szerencsétlenül elborítva a változások kellemetlen élményétől, magányosan, szeretetre vágyva botladozott az ágyába.

- Mennyire megváltoztál, Mischa! Igazi dalia lettél!

Zoljka hízelgett neki és ő minden szavát elhitte. Kamaszfejjel sokszor elképzelte, milyen lenne, ha ez a fantasztikus nő az ő karjába vágyna, és némi késéssel ugyan, de az ábrándjai végül teljesültek. Jóllehet nem volt már tapasztalatlan kamasz, a Montparnasse legigézőbb modelljei közül akadt jó pár, aki kapható volt erre-arra, Zoljka ennek dacára minden képzetét átírta a testi szerelemről. Vele élte át az első 'eget-földet' rengető élményét és még ahhoz is vak volt, hogy arra felfigyeljen, valamirevaló úrilányok nem hajlandóak hasonlóan gátlástalan, mármár szemérmetlen bujálkodásra. Zoljka hálószobai átváltozása meghazudtolta a neveltetését, noha őt a felhők fölé emelte. Túlzottan tapasztalt volt, ez önmagában intő jel lehetett volna, ha az elvakult vágyon túllát. Sajnos, nem látott és ezt a mai napig rettenetesen szégyellte.

- A teája, gróf úr.

Emlékeiből riadtan kapta fel a fejét. A lány letette elé a tálcát, rajta a csészével. Mintha még várt volna valamire, ezért megkérdezte tőle: – Igen? Mondja, Claire.

- Ma érkezik az új szakácsnő, beszél vele, uram?

Miután a korábbi alkalmazott, akit Fettisov az ő távollétében a konyhára vett, értelmetlen kibúvókkal visszautasította, hogy olykor Lathea ízlése szerint főzzön, gondolkodás nélkül kitette a szűrét. Az új jelöltben kevésbé önfejű nőt remélt. – Először a grófné döntse el, alkalmas-e, vagy szót tud-e érteni vele. Ha felveszi, elintézem vele a formaságokat.

- Igenis, uram.

- Várjon még, Claire. Tudja, személyzeten belüli összetartás alapján megsúghatná neki, mi a helyzet nálunk és főleg, hogy ki a ház igazi úrnője. Ha az unokanővéremet venné olybá, máris szedheti a sátorfáját.

A lány bólintott. – Természetesen.

Már kifelé sietett, amikor Mischa utána szólt. – Beszél angolul?

- Úgy tudom, igen.

- Jól van, köszönöm.

Magára maradva tekintete az asztalon álló bekeretezett képre esett. Az édesapja mosolygott vissza rá. Szikár alakját sármosabbá tette a cári egyenruha, tüzes és céltudatos pillantása, illetve az oroszoknál divatos dús arcszőrzet kiemelte személyiségének markáns, tiszteletet parancsoló oldalát. Jó ember volt. Még azokban a nehéz, forrongó időkben is belátó, emberséges. Nem tartozott az önkényeskedő nagyurak közé, akik a nekik kiszolgáltatott embereken élték ki egyéniségük kellemetlen indíttatásait. Ám ahogy máskor is, az ismerős mosoly az agyába kergette a vért. Négy évet rabolt el maguktól az esztelenségével, emiatt az öreg anélkül halt meg, bármilyen fogalma lett volna az egyetlen fia hollétéről.

Fásultan feltápászkodott és érintetlenül hagyva a teát, átvágott a hallon. Még korán volt, az állóóra számlapja tizet mutatott. Fettisov nem tartózkodott a házban, Galina elviharzott, ettől pedig minden néma és elhagyatott lett. Végigsétált a felfelé kanyargó márványlépcsőn, hogy odafent lépteinek hangját elnyelje az emeleti szőnyeg bolyha. Benyitva a saját lakosztályába Latheát a szekrény előtt találta. A levegőben úszott a jellegzetes virágillat és akkor is tudta volna, hogy forró fürdőt vett, ha a fürdőköpeny vagy nedves haja nem árulja el. Megfelelő ruha után kutatott a szokatlanul meleg, májusi naphoz meg a sétához, amit a Diadalívhez terveztek. Jöttére várakozón megfordult.

- Máris végeztél?
- Igen, Sergi elment. Mit szólnál egy svájci kiránduláshoz?

Lathea meghökkent. – Svájc?

- Ezt úgy mondod, mintha szemérmetlen ajánlatot tettem volna.
- Kicsit megleptél.
- Tudom, mon amour. De azért jó ötletnek találod? – közelebb araszolva az asszonyhoz a dereka után nyúlt. Nem kellett noszogatni, hogy simuljon hozzá. – Jóságos ég, milyen varázslatos illatod van.

Keze ellenállhatatlanul megindult lefelé és megállapodott a gömbölyű hátsón. Talán a Zoljka hagyta emlékek kísértették meg, vagy ez az igéző illatfelhő, de úgy érezte, most azonnal szüksége van egy odaadó ölelésére. Ujjai belopakodtak a köntös nyakkivágásába és lágyan cirógatva a még meleg bőrt Lathea két melle közé siklottak.

- Ne nézz így rám, Mischa.

- Hogy így? Bűn az, ha vágyom rád?

- El akartunk menni.

- Ugye, te is tudod, ez milyen átlátszó kifogás? – a szemrehányó tekintet súlya alatt Mischa visszavonult.

– Azt hiszem, igazad van. Ha felöltöztél, jöhet a séta.

Kifelé vette az irányt, ám az asszony elkapta a csuklóját. – Soha többé nem lehetsz a férjem, ha közöd van ahhoz az orosz nőhöz.

- Zoljkához?

Egyetlen biccentés helyeselt, mielőtt Latheát elnyelte a fürdőszoba.

- Képmutató és prűd, ahogyan viselkedsz – közölte Mischa fagyosan.

Felszelt a tányérjára egy paradicsomot, majd többé az asszonyra se hederítve szétnyitotta a reggeli lapot. Jóllehet fikarcnyit se érdekelték a háborús hírek Ázsiából, lelkiismeretes tüzetességgel bújta a beszámolókat. A fagyos hangulatú étkezésről és Lathea gyanúsítgatásairól máskülönben minden igyekezete ellenére se lett volna képes megfeledkezni. A cseléd hozott egy kosárnyi előmelegített croissant, amibe hálásan harapott bele. Éhes volt, akár egy farkas, és ezzel el is kerülhette egy esetleges, indulat vezérelte beszélgetés lehetőségét.

- A posta – érkezett Fettisov két levéllel. – A többi az asztalodon vár rád.

- Köszönöm.

Az érzékelhetően barátságtalan légkör meglepte Fettisovot, bár egyetlen szót se szólt. – Elmegyek néhány órára – közölte inkább. – A szakácsnő megkapta a menüt és Claire is tudja a dolgát.

- Menj csak, Fetya. – Fettisov nem mozdult. – Valami baj van? – sandított rá Mischa.

- Tegnap este Zoljka is ott volt az orosz klubban. Mischa leeresztette az újságot. – Mi az ördögöt keresett ott?

- Utánad faggatózott. A nőügyeid felől, méghozzá mindent bedobva. Ha engem kérdezel, zokon vette, hogy a múltkor nem talált itthon.

Erre Lathea is felkapta a fejét, noha Mischa nem szentelt neki figyelmet. – És?

- Maximov megelőzte, így a házasságodról senki nem kotyogott el semmit, de...

- De?

- Attól tartok, Masiulis a sarkadban liheg. Nemcsak Zoljkát uszította rád, hanem az anyagi helyzetedet is ellenőrizni fogja.

- Már nem sokáig fickándozik, Fetya.

- Viszont egyre dühödtebb és elszántabb lesz. Amikor éjfél felé a neje után bemerészkedett az oroszlán barlangjába, csúnyán megjárta. Kurilyov brutálisan nekiesett és nem sokat hagy belőle, ha nem fogják le.

- Egek! Ezek azért jöttek, hogy felkavarják az állóvizet?

Fettisov kelletlenül legyintett. – Masiulis tökéletes pártember, kérdezősködés nélkül engedelmes és nem gondolkodik. Ugyanakkor a saját ügyeiben kíméletlen és körmönfont. Kellemetlen ellenfél. Vigyázzatok magatokra.

A távozó után nézve Mischa megeresztett egy cifra káromkodást. Ekkor találkozott a pillantása Latheáéval. – Megmondtam előre, chérie, hogy amit Párizsban látsz, nem feltétlenül lesz kedvedre. Mintha

azonban a sors megduplázta volna a tétet. De akkor sincs semmi közöm Zoljkához, ezt őszintén mondom.
- Ugyanolyan őszintén, ahogyan én is minden titkomat megosztottam veled?
- Ó, nem egészen. Én ugyanis hittem neked – ezzel felemelte az újságot és ismét belemerült a félbehagyott írásba.

A nyugalom addig se tartott, amíg a végére ért, mert egyszer csak ajtócsapódástól, rögvest utána emelt hangú vitától zengett a ház. – Mi a fészkes fene van itt ma reggel!

Mire félrehajította a lapot, a felfordulás forrása bezúdult a helyiségbe és lecövekelt az asztalnál. A beviharzó látomás fúriaként döfte át gyűlölködő tekintetével, mellén megfeszült a blúz vékony anyaga, ahogyan kifulladva levegőért kapkodott.
- Gróf úr, én meg akart... – lihegett a nyomában Claire megtépázott fityulában.
- Ez a hülye liba azt hiszi, a képembe vághatja az ajtót!
- Ez a dolga, Chantal, és légy szíves ne kiabálj a házamban.
- Azt teszek, amit akarok, nem te fogod megmondani!
- Máshol igen, ellenben itt én írom a szabályokat. Elmehet, Claire.

A lány fellélegezve menekült el, ő pedig dühösen viszonozta a váratlan betolakodó utálkozó méricskélést. Öt év alatt Chantal ugyancsak megváltozott. Tüzetesen szemrevételezve őt úgy vette észre, éppen annak a negyvenes nőnek látszik, aki. A szüléstől megvastagodott korábban karcsú dereka és bár továbbra is mutatósnak mondható, kezdett elröppenni az ifjúsága. Új vonásként két mély ránc ivódott a homlokába, mely furcsa, már-már ellenséges kifejezést kölcsönzött az arcának.
- Van valami oka, hogy betörtél ide?

- Ne add a tudatlant! Mit gondoltál, meddig tart rájönnöm, hogy szaglászol utánam?

Mischa elhúzta a száját. – Nem voltál gyorsabb a várakozásaimnál.

- Te aljas fráter! És vajon mi az, amit nem tudtál volna tőlem megkérdezni?

- Miért izgatod fel magadat ennyire? Vége van. Megtudtam, amit akartam, a dolog részemről lezárult.

Chantal nem érte be ennyivel és hisztérikusan felkacagott. Ez is újdonság volt benne, habár messze nem tetszetős. – Szerinted én ezt ennyiben hagyom?

- Nem látom be, mit tehetnél.

Chantal ugyan nem tette fel az egyetlen kérdést, ami miatt különben ennyire elveszítette a lélekjelenlétét, de azért Mischa élt az alkalommal, hogy megkínozza. Nem beszélt, amíg nem kérdezik. Ezzel sarokba szorította az asszonyt, aki inkább belehalt volna a kielégítetlen kíváncsiságba, minthogy elárulja magát. Ebben fikarcnyit se változott. A társalgásba ékelődött szüntet kihasználva megvetően Latheára bámult. A tekintetében ott égett lesújtó véleménye. – Szóval, ez az angol nő? – ezt már angolul kérdezte, hogy egyenesen annak okozzon fájdalmat, akihez a megjegyzés szólt.

- Amint látod, létezik. Vagy talán Angeline nem írta meg?

A célzás felett Chantal ügyesen átsiklott. – És elmondtad neki, hogy megcsaltad velem? Mindjárt azután, hogy örök hűséget esküdtél?

- Igen, elmondtam.

- Ó, te gáncs nélküli lovag! – Chantal csípőre tette a kezét. – Ahogy így elnézem, kicsit se izgatja. Vajon miért?

A válaszra nem kellett sokat várni. – Mert nem volt jelentősége.

A rideg visszavágás Chantal arcába kergette a vért, és mielőtt Mischa átláthatta volna a szándékát, felkapva a káváskannát a tartalmát Lathea arcába zúdította. – Te angol szuka!

Mischa kevés híján felborította az asztalt, amikor talpra ugrott és teljes erővel, visszakézből akkora pofont kevert le Chantalnak, hogy fájdalmasan belereccsent az állkapcsa. Elejtette a kannát, ahogy megtántorodott. A márványpadlón millió szilánkra zúzódó porcelán magas hangot adott, Lathea riadt sikolya mégis túlszárnyalta. Mischa nem sejtette, hogy az ijedtség, vagy a forró kávé okozta-e, de sietősen megtörölte az arcát egy szalvétával.

- Már nem forró – hajtogatta Lathea remegő hangon.
- Te jó ég, mon amour – simított végig a kipirosodott bőrön. Égésnek valóban nem látta nyomát. A legnagyobb kár Lathea ruházatát érte, mely átázott páncélként tapadt rá. Ronda látványt nyújtott.
- Semmi bajom, Mischa, hidd el.
- Hogy mersz megütni! – kiáltotta közben Chantal dühtől eltorzult arccal, mire ő durván megragadta a karját és hátrafeszítette, hogy lefogja őrült hadakozását.
- A szuszt is kipréselem belőled! Áspiskígyó vagy, de ne aggódj, többé semmi dolgom veled. A fiad nem tőlem van, ezzel pedig be is fejeztük.
- Ha azt hiszed…

Kevés fantáziát igényelt, mi következett volna, de Mischának elege lett a fenyegetésekből. Durván megragadta Chantal állkapcsát, jóformán megszólalni se tudott a kíméletlen szorításban. – Figyelj rám, mert csak egyszer mondom el – váltott franciára. – Amióta utoljára találkoztunk, istenemre, többet tudtam meg rólad, mint azelőtt bármikor. Soha többé nem tévesztesz meg, és ha nem hagysz végre békén, tönkreteszlek. Gondoskodom róla, hogy az összes viszonyod napvilágra kerüljön, ellened uszítom a fiad és kezeskedem róla, hogy a férjed ocsmány üzelmei posztumusz felszínre kerüljenek.

- Elment az eszed!
- Próbáld csak ki! Elég elhinteni, kinek a lelkén szárad annyi zsidó és az ellenállást segítő polgár élete, és téged garantáltan meglincselnek a nyílt utcán. Meglátjuk, miként hatnak az érveid, ha feldühödött emberek kést szorítanak a torkodhoz. Úgyhogy jól fontold meg, mikor merészkedsz megint a közelünkbe! Most pedig takarodj innen!

Az erélyes taszítás megtette a hatását, noha Chantal nem igyekezett olyan nagyon. Villámló tekintettel bámult vissza. – Te nem tudod, mire vagyok képes, Mischa. Belekontárkodtál az életembe, megfenyegetsz, a fiamat is fenyegeted, ezt senki nem hagyná szó nélkül – sziszegte.
- Okosabban tennéd, ha nem csatlakoznál hozzájuk. Már nem vagyok az a romantikus bolond, aki minden szavadat vakon elhitte, és nem fogok habozni, ha szembe kell fordulnom veled. Ne is számíts a régről ismert Kupolyevre. Most meg eredj innen!

Kettőt lökött a nőn, aki végül kifelé támolygott. Még visszakiáltott valami olyasmit, hogy ezzel nincs vége, de őt ez már nem érdekelte. – Hadd nézzelek, szerelmem – tapogatta végig Lathea arcát. Kipirosodott ugyan a kávétól, amúgy komolyabb baj látszólag nem érte. – Nem fáj sehol?
- Nem.
- Biztos? Itt se?

Lathea a blúz kivágásába nézett, ahol csillogott a bőre a kávé ragacsától. – Nem.
- Annyira sajnálom. Halálra ijesztett az az eszetlen tyúk – Mischa ölbe kapta és mit sem törődve a tiltakozásával felvitte az emeletre.
- Nem lett volna szabad megütnöd – suttogta Lathea átfonva a nyakát.
- Ha nem vagy itt, meg is öltem volna.

Amikor a vállával belökte a szobájuk ajtaját, Lathea váratlanul elnevette magát. – Éppenséggel te se vagy szerencsésebb a nőkkel, mint én a férfiakkal.

Mischa legalább tizenöt éve nem fordult meg Saint Germain környékén, mégis megfelelő célpontnak tűnt ahhoz, hogy a kellemetlen eseményeket itt kipihenhessék. – Ezt is hozd magaddal – tett le Lathea elé egy jellegzetes formájú táskát.

- Mi ez?

- Öröm-táskának hívják. A háború előtti női kelléktár legfontosabb eleme – nevetnie kellett, mert az asszony a szerinte sokatmondó gesztusok dacára is idegenül szemlélte a holmit. Még mindig nem értette a célzást.

- Ilyen mulatságos vagyok?

- Nem is annyira te, hanem ez az angol szemérem. Ez egy hétvégi szerelem-táska. Éppen elfér benne egy váltás fehérnemű, egy hajkefe, egy fogkefe meg egy rúzs.

- Ó! – Mischát újfent hatalmába kerítette a derű. – És mi köze ennek Saint Germainhez?

- Nagyon egyszerű. A vidék tele van panziókkal, és ha az ember végzett a városnézéssel, tökéletes odúk kínálkoznak egy-egy titkos légyotthoz.

Lathea cinikusan megjegyezte: – Már ha az ilyen párocskákat egyáltalán érdekli a város.

- Igazad van. Különben a táska La Petit-é, úgyhogy ne nekem tegyél szemrehányást.

Lathea megadóan széttárta a karját. – Még mindig nem tudom, minek ez nekem?

- Ott maradunk éjszakára és hódolunk a hagyománynak. Mit szólsz hozzá?

- Ne játssz velem, Mischa.

Odalépett az asszonyhoz és átölelte. – Szeretlek és mielőtt a gonosz szellemek elszakítanának, biztos akarok lenni abban, hogy nem idegenítettek el tőlem.

Egy feledhetetlen hétvégére hívlak, ha van hozzá kedved.

Eltelt pár hosszú másodperc, mire Lathea megszólalt: – Mit is mondtál? Mit kell a szerelemtáskába csomagolni?

– Egy váltás alsónemű elég lesz – vigyorgott Mischa győzelme teljes tudatában.

A garázsból előhozta az MG-t, hogy a májusi napfényben lehajtott tetővel vágjanak neki az útnak. Mindössze huszonegy kilométer volt Nanterre-n keresztül, a festői táj és erdős vidék azonban bőséggel kínált élményeket a bámészkodóknak. A meleg időben semmivel sem összehasonlítható élvezet volt a Coupé-ban utazni, a szabadság szellemét engedték ki a palackból. Lathea elbámészkodott, keresztbe tette a lábait és hosszú időre szótlanságba süllyedt. Mischa egy idő után csokoládéval kínálta, amit el is fogadott.

– Mit érdemes tudni Saint Germainről? Persze amellett, hogy híres találkahely.

– No, igen, kár, hogy egyesek ennyire félreértelmezik a dolgot – szellemeskedett Mischa. – Saint Germain földrajzilag és történelmileg is kiemelkedő jelentőségű. A Szajna nagy ívet ír le itt egy tekintélyes fennsík lábánál. Itt halt meg XIII. Lajos, itt született XIV. Lajos és a híres Napkirály itt rendezte be az udvarát, mígnem Versailles felépült.

– A vár ilyen régi?

– A mai formájában valamikor a 16. században kezdték el kiépíteni. Később jócskán megkopott a fénye, mert Versailles lett a világ közepe. A parkosított terasz páratlan volt a háború előtt, talán megmaradt belőle valami. Amikor elkezdték a vasutat lerakni, a parkot bántóan megcsonkították. A plató szélén IV. Henrik egykori pavilonjában szálloda működik. Dumas itt írta a Három testőrt és a Monte Cristo grófját, de Offenbach is komponált itt. Ja, és

Thiers itt halt meg. Ő verte le a Kommünt és lett a Harmadik Köztársaság első elnöke. Majd meglátod, a sétány egészen leírhatatlan. Úgy két és fél kilométer hosszú és pazarul széles. Hársfák szegélyezik, majd rózsakertté szélesedik. Nagyon bízom benne, hogy a németek nem irtották ki a töveket.

- Alaposan felcsigáztad a képzeletemet.
- El is hiszem. A panorámába bele fogsz szeretni. Látni a Mont Valérient és Párizst. A Sacré Coeurt még nem is mutattam meg neked!

Lathea jót nevetett ezen a felháborodáson. – Számon kérem rajtad.

- Tedd is meg.
- A Valérien micsoda?
- A környék legmagasabb pontja. A 17. században kápolnát építettek rajta, majd egy erődítményt, ami 1870-71-ben Párizst védte.
- Dicsőséges hely?

Mischa hallgatagon félrenézett. – Már nem.

- Hogyhogy?
- A hitleristák kétezer kommunistát, ellenállót és egyéb ellenséget végeztek ki. Valóságos vérfürdőt rendeztek. Nem szívesen mennék oda, chérie – tette Mischa az asszony térdére a kezét. – Számos barátom is ott halt meg.
- Akkor nem megyünk oda.
- Ne haragudj.

Lathea a fejét ingatva átkarolta a vállát. – Még sose mondtam, de büszke vagyok rád.

- Okod is van rá? – próbált Mischa mosolyogni.
- Olyasmire voltál képes, amit senki nem várt tőled. Rangot, kényelmet és mindent, ami korábban az életed része volt, feladtál, hogy az életed kockáztasd a hazádért.

Mischa letért egy kereszteződésnél Saint Germain felé. A távolból már a Szajna morajlása hallatszott. Olyan átható csend és frissesség vette körül őket, ami

Párizsban elképzelhetetlen. Az éjszakai esők után elképesztő zöldben ragyogott a táj. Hatalmas lombkoronák hajoltak föléjük árnyékot vetve, a lágy szellők szárnyán libbenő falevelek közt át-átpréselődött a fény.

- Miért álltunk meg?

Mischa nem felelt. Az út padkájára kormányozta a kocsit és leállította a motort. Oldalra fordult az ülésben, jobb karját végigfektette a támlán. – Régóta tudom, hogy a származás nem garancia semmire. Talán egyszer azt hittem, a nemesi bölcső védelmet nyújt, ám ami a forradalom idején történt, gyorsan kijózanított. Noha a rangot Párizsban is sokra tartják, vagyon nélkül fabatkát sem ér. Márpedig az apám soha többé nem élt társasági életet, így azt se erőltette, hogy én ezt tegyem. Nem mutogattuk magunkat, se a pénzünket. Méregdrága iskolába járatott ugyan, viszont nem volt saját kocsim, se ötven felöltőm vagy húsz rend szmokingom. Feljártam a hegyre Okkerhez meg Grafithoz, akik a lakbért se tudták előteremteni a hónap végén. Sokszor, hogy segítsek nekik, azért is fizettem, mert kiülhettem velük a Sacré Coeur lábához. Semmit nem tettünk, csak elütöttük az időt. Köztük élve megismertem a pénz valódi értékét – fájdalmasan sóhajtott. – Mire hazakerültem Szibériából, az apám már meghalt. Három évig fokozatosan leépülve tengette az életét, és Fettisov vagy Jean-Michel semmit sem tehettek érte. A legnevesebb orvosok se tudták megmenteni. Azután Fettisov útra kelt, hogy engem felkutasson. Jean-Michel ugyan mindent elkövetett, hogy elkergesse apám mellőle a pénzsóvár kuruzslókat, de ő senkire sem hallgatott. Kitalálhatod, hogy mire hazaértünk, ezeknek a segítőkész csalóknak hála jószerével elolvadt a Kupolyev vagyon, szó szerint kifosztottak egy hiszékeny öregembert. Én pedig gyűlölve önmagam, az embereket, a magamutogató társasági köröket, beletemetkeztem a munkába. Néhány év leforgása alatt megsokszoroztam az örökségemet, úgy értem, ami megmaradt belőle. Ez legalább némi gyógyírt jelentett. Nálam jobban senki nem tudhatja, gazdagon is mennyire magányos és kiszolgáltatott az ember. Igen, szeretem a luxust, mégsem áldozat lemondanom róla. És mondanom se kell, hogy háborús hős se akartam lenni, csakhogy haza nem mehettem, hozzád nem tudtam eljutni, így maradt az ellenállás. Embereket öltem, kémkedtem, egy szajha ágyában aludtam, máskülönben évekig a padlón forgolódhattam volna. Ronda dolgokat éltem át, ami Szibériával is alig vetekedhet. Az emberi megaláztatások egész skáláját láttam és megtapasztaltam már. Tehát ne vegyél egy kalap alá azokkal a pöffeszkedő hólyagokkal, akiket a Crillonban megismertél.

- Istenem, Mischa – szorította meg Lathea a kezét. –, mindössze annyit mondtam, hogy büszke vagyok rád és így is érzem.

- Örülök, ha így van. sajnos azonban ez a menet még nincs lefutva. Hidd el, nem kapzsiságból nem fizetem ki Masiulist. Hanem egyszerűen azért, mert hónapokon belül újra dörömbölne az ajtón és mindig új követelésekkel állna elő.

- Bizonyára így van. Könnyű pénzt jelentene neki. Tehát mit tervezel?

- Én semmit. Sergi veszi kézbe az ügyet, mi pedig, ha szól, elutazunk Svájcba. Nem fogom itt kivárni, amíg Masiulis kifőz valami ocsmányságot, ez Sergi asztala – Mischa összecsapta a két tenyerét. – Most pedig felejtsük el ezeket a zavaros ügyeket. Keressünk egy panziót, harapjunk valamit, azután jöhet a sok felfedeznivaló. Helyes?

- Menjünk.

Mischa elfordította a kulcsot és a mellettük elhaladó kocsi után visszaevickélt az útra.

A Saint Germaintől északra fekvő panzió 'A Rejtőzködő' névre hallgatott, a főúttól két kilométerre feküdt. A neve tökéletes választásnak bizonyult, mert a sűrű liget mélyén valósággal eltűnt a szem elő. Errefelé a háború, csodával határos módon, kevés pusztítást hagyott maga után. A rádió figyelmeztetései, hogy mindenki vegye komolyan a harci terület feliratú jelzéseket bármerre is jár-kel az országban, itt aktualitásukat veszítették.

- Ide a fritzek is szórakozni jártak – közölte a panziós. A táj és így a fogadó is békebeli arcát mutatta. Piszkosfehér falai elárulták ugyan, hogy a korábbi sikeres évtizedet követően nehéz idők köszöntöttek rá, ám a hely szelleme maradéktalanul érintetlen maradt. A vastag falakba épített spalettás ablakok előtt muskátlikat ölelt át a napsugár, az erdő felé néző falon két szekérkerék függött, ami a hely falusias jellegét hangsúlyozta. Akárcsak a kerti asztalok, ahol madárcsicsergéstől és lombsusogástól körülölelve lehetett étkezni. Romantikus volt és Párizs után az erős levegő bódító.

Az egyre hangsúlyosabb alkonyatban Lathea elbámészkodva nézegetett körbe. A fogadóban többen is szívesen vacsoráztak. Jobbra három idős férfi iszogatott, egyre jobb kedvre derülve ugratták egymást. Körös-körül öt párt is megszámolt, két középkorút, egy fiatal férfit, aki feltűnően kamaszos lánnyal enyelgett és folyamatosan utánatöltögette a poharát borral, a leghátsó asztalnál pedig két fiatal párocska nevetgélt. A városban délután találkoztak velük, igaz, azokat a Szajna-part jobban lenyűgözte, mint a híres látnivalók.

Boldogan temetkezett legfrissebb emlékeibe. Saint Germain valósággal rabul ejtette. Egyszerre volt megejtően természetközeli, sokszínű és varázslatosan eredeti, valamint lehengerlően arisztokratikus. Bár messze nem tudtak minden érdemlegeset megnézni, ő most végre kényelmesen lepihenve érezte, mennyi erőt kivett belőle az izgalmas kaland. Mischa tehetséges idegenvezetőként kalauzolta, felkészültségét csakis csodálni lehetett. Az épületekről, a képzőművészeti alkotásokról kifogyhatatlan tartalékokkal rendelkezett, az anekdotákból is jutott bőven. Ami pedig ezt a hallgatósága számára is élménnyé varázsolta, az a fajta lelkesedés volt, ami minden szavából kicsengett. Ráérősen nézelődtek a városban, ahol kellemes előnyár fogadta őket.

- Párizsiak.
- Honnan tudod?
- Ahogyan beszélnek… és ahogy egymásba feledkeznek – nevette el magát Mischa a szerelmesek láttán. – Ez a forgalom viszont a mi malmunkra hajtja a vizet. Háború ide vagy oda, remélhetően bejutunk mindenhova.

Így is lett. Mindössze egyetlen helyen csúsztatott bankót az őr tenyerébe, aztán már mehettek is befelé. Nem csoda, mert hamar elszállt az idő és megéhezve, elcsigázva tértek vissza a fogadóba. Gyors felfrissülést követően mentek le vacsorázni. Három fenséges fogást gond nélkül tüntettek el, hogy végül Mischa besétáljon az épületbe megkeresni a telefont. A kiteljesedő estében az erdő megtelt érdekes hangokkal, tücskök ciripeltek, madár rikoltott. Az asztaloknál felgyulladtak a hangulatgyertyák, amitől a légkör megindítóan meghitté vált. Jóképű, fiús mosolyú pincér lépett Latheához. Mondott valamit franciául, ám ő nem értette. Társalgás helyett ezért fellobbantotta az üvegburába készített gyertya kanócát. Lathea magán érezte a pillantását, mely tolakodás nélkül ugyan, de leste minden rezdülését. – Sajnálom – felelte egy újabb kérdésre tanácstalanul. A francia bólintott, nyilvánvalóan nem értették egymás nyelvét. Lágyan meghajolt, mielőtt tétován odébbsomfordált.

A gyepen átvágva Mischa közeledett buzgón társalogva egy terebélyes férfival, aki a panzió séfjének hófehér egyenruháját és kukta fejfedőjét viselte. Amikor a közelébe értek, már hallotta, hogy maguk közt oroszul beszélnek. – Nézd csak, ma femme – újságolta Mischa lelkesen. –, kibe botlottam! Sergei Agilyev, apám egykori konyhamestere. Harminc éven át főzött ránk, igaz?

Az orosz kezet csókolt Latheának. – Grófné! Nem is hiszi, mekkora megtiszteltetés önnel találkozni.

- Részemről a szerencse, uram.

Mischa szeretetteljesen vállon veregette az ötven felett járó szakácsot. – Lathea...

- Lathea?

- Igen.

- Ez aztán a meglepetés. Mihail megboldogult édesanyját is így hívták.

- Igen, hallottam róla.

- Bár őt Olgának szólították – pontosított Mischa. – Az ördögbe, Sergei, bárcsak tudtam volna, hol bujdokolsz. Latheával áprilisban jöttünk vissza Franciaországba és életre-halálra kerestem egy szakácsot, aki amellett, hogy főz és angolul is beszél, nem dől be La Petit mesterkedéseinek.

Agilyev mintha sajnálkozva nézett volna oldalra. – Nagy kár, Mihail.

- Elfogadtad volna az állást?

- Hogy újra gróf urazzalak? Végtére is egyszer már pertut ittunk.

Mischa barátian a vállára ejtette a kezét. – Isten őrizz, teszek a rangokra, ha jókat ehetek. Felvettem ugyan egy nőt, de semmit se tud az orosz konyháról. Latheát meg kizárta a konyhából.

- A grófné szeret főzni? – Agilyev felélénkülve fordult Latheához, Mischa azonban megelőzte a válasszal.

- Csodálatosan főz, épp csak jelenleg be se tehetjük a lábunkat a konyhába.

Lathea felemelkedett ültéből és belekarolt Mischába.

– Nem kérdeznéd meg Monsieur Agilyevet, esetleg visszatérne-e a Rue de Rennes-re? – hogy ez a kívánság mennyire Mischa szívéből szólt, felcsillanó tekintete elárulta. Ezért Lathea felbátorodva folytatta:

– Mindenesetre szögezzük le, hogy a pertu érvényben marad és néhanapján én is megfoghatom a fakanalat.

- A mindenit! – kiáltott fel Mischa. – Hallod, Sergei? A tetejébe képes vagy leszerelni La Petit önkényeskedéseit és szót értesz a ház asszonyával.

Megtriplázom, amit itt kapsz, ha velünk tartasz.

Az ajánlat láthatóan csábította Agilyevet, ezt nem is tagadta. – A pénz sose érdekelt, Mihail. Nőtlen vagyok, gyermekem sincs, viszont Párizs ma már az otthonom.

- A Rue de Rennes pedig ugyanúgy az otthonod. Ne kéresd hát magad!

A bólintás megpecsételte az alkut. – Köszönöm, grófné. A jósága régi asszonyomra emlékeztet. Gyerekfejjel szolgáltam őt, de sose felejtem el.

Latheát meghatották a kedves szavak.

- Nincs ebben semmi jóság, jókat akarunk enni – derült fel Mischa. – Beszélj a főnökkel, azután irány haza. Már így is túl sokáig voltál távol.

Elbúcsúzva a séftől befelé sétáltak. Mischa felvillanyozva kezdte mesélni, hogy Agilyev szakácstanoncként, tizenöt évesen kezdett a családnál dolgozni Péterváron. Valamivel később egy tisztázatlan kocsmai összetűzés miatt az öreg Kupolyev a pétervári palota helyett a Rue de Rennes-i házba költöztette. Ez még a forradalom előtt történt, így amikor kitört a káosz Oroszországban és ők elmenekültek, Agilyev Párizsban várt rájuk. A recepciónál Mischa kilencre megrendelte a reggelijüket. Amíg a komótosan jegyzetelő alkalmazott a tollat forgatta, odasúgta Latheának. – Szereztél egy hódolót.

- Tessék?

- Balra – a kertre nyíló ajtónál a fekete hajú pincérfiú ácsorgott, aki korábban az asztalánál is felbukkant. Álcaként az evőeszközök osztályozásával foglalatoskodott. – Kikezdett veled?

Mischára nézett. – Még az is meglehet, de egyetlen szavát se értettem. A fejmozdulatot elfojtott vigyor kísérte. – Nem, nem, azt a tételt se húzza ki – bökött Mischa a jegyzetre. – A szakácsukkal megbeszéltem, hogy elkészíti nekünk. Szóljon csak Agilyevnek. Jó éjt! Gyere, Thea.

A szűk lépcsőn maga elé engedte az asszonyt. A régi fagerendák a vastag szőnyegborítás dacára felsírtak lépteik alatt. Az alacsony lángon égő petróleumlámpák a villanyszolgáltatás évszázadában egészen rendhagyó bensőségességet adtak, titokzatos félhomályban felejtve a tér egy részét. Bár a panzió tetőszerkezete alá is ügyesen beloptak még négy szobát, ők az első emeleten szálltak meg. A lakrészük nem volt nagy, jóllehet megnyerően berendezett. A franciaágy, a szekrény meg a kis asztalka két szerény fotellal azt sugallta, hogy az itt megforduló szállóvendégek ezzel a kevéske luxussal is beérik.

- Csodálatos ötlet volt ez a pár nap.

- Örülök – zárta be Mischa az ajtót maguk mögött és ugyanazzal a lendülettel a zakóját is levetette. Latheához sétálva kibontotta a kontyát, hogy a haja a hátára hullhasson. – Féltékeny lettem arra a szemtelen alakra odalent. Ugyanaz járt a fejében, ami nekem.

Hozzá kell szoknom a gondolathoz, hogy másnak is feltűnik, milyen szép vagy.

- A ruhák teszik.

- Nehogy azt hidd. Meglátszik, hogy békét kötöttél magaddal és hogy szeretnek.

Lathea átkarolta Mischa nyakát és megcsókolta. Nem kellett hozzá sok, hogy szorosabb ölelésben találja magát. Mischa lehajolt, hogy a lenge szoknya alá lopja a kezét. Végigsimított harisnyás lábszárán, majd a harisnyakötőt lekapcsolta a finom szövésű anyagról. Ahogy egyre gyengédebben cirógatta, Lathea halkan megszólalt: – Ne haragudj… amit az orosz nőről mondtam… nem gondoltam komolyan.

- Tudom.

- Sajnálom.

Lathea végiggombolta Mischa ingét és kihúzkodta a nadrágjából.

- Akkor miért mondtad? Meg akartál bántani?

- Inkább féltem.

- Mitől?

- Hogy még mindig a rabja vagy. Az ember sose felejti el az első szerelmét.

Mischa szerelmes simogatása elhalt. Nem érintette meg, a ruhájától sem próbálta többé megszabadítani. – El nem felejti, de esetleg szívesen lemond a folytatásról. Mint én – jelentette ki egykedvű tárgyilagossággal.

- Ha tudnád, milyen sokat jelent nekem, hogy ezt mondod.

- És mi a helyzet a te első szerelmeddel? – lépett ki Mischa a nadrágjából.

- Aki becsapott és megcsalt?

- Ennek ellenére a halálhíre romokba döntött.

Lathea a barna szemekbe nézett. – Elmúlt és nem is bánom. Erwin sose tette volna meg értem, amit te.

- Amit én? Megmentette az életed azzal az ostoba szalvétával.

- Ám sose vette a fáradtságot, hogy megértsen vagy bátorítson, amikor együtt voltunk. Ehelyett lemondott rólam és keresett egy másik nőt. Nem a hiúságomat sértette meg, hanem az érzéseimet... és sose bocsátotta volna meg Tivyt sem.

Mischa hallgatott. Sokáig. Végül felkapva őt az ágyra fektette. – Köszönöm, hogy elmondtad.

- Igazából nem ezt akartam elmondani.

- Akkor mit?

- Prűdnek tartasz, ugye? Meg képmutatónak?

- Néha talán prűdnek, de nem vagy képmutató, mon amour.

Lathea örült, hogy szerelmese nem akarja elcsábítani, miközben ő egy vallomáshoz készülődött. Komoly tekintettel figyelt rá, amivel megkönnyítette neki, hogy beszéljen. – Anyám imádta az apámat – kezdte elfátyolosodott hangon. –, de amíg Erwinnek egyszer nem engedtem, elképzelni sem tudtam, miért mondta, hogy ha szeretünk, az olykor fájdalommal és megaláztatással is járhat. Nem valami felemelő útbaigazítás, de ahogy ő, én is beletörődtem volna.

- Ha?

- Ha Erwin nem szedi fel azt a nőt. Apám soha nem nézett másra, amíg anyám élt. Ez volt az ő áldozata. Erwin ezzel szemben bűntudatot keltett bennem, miközben más nővel szórakozott. Elhitettem magammal, hogy kibírom, ha valami ilyesmi bekövetkezik, de a valóságban nem sikerült.

Mischa szeretettel megérintette az arcát. – Ne kínozd magad ezzel, Thea.

- Egyszer el akartam mesélni, hogy tudd, miért taszít, ha látom, ahogy néhány férfi rám néz. Erwin is úgy nézett, holott tőlem nem kapott semmit.

- Nem figyelt oda rád, ma chére.

Lathea megszorította a meleg kezet és Mischa engedelmesen az ujjaira fonta a sajátját. – Néha szégyellem, mennyire jól esik, ha megölelsz, ha megérintesz… és olyan hihetetlen, hogy ilyenkor boldognak látlak. Elképzelem, hogy egyetlen más asszonyra se tudnál így nézni és így szeretni őt. Nem is sejted, mekkora öröm ez nekem. Mischa ellágyult vonásokkal jóval fiatalabbnak látszott. A kevéske fénynél is szinte sugárzott a tekintete. – Most már tudom, drágám. És hidd el, tényleg nem tudnék mással ilyen boldog lenni, mert a lelkét nem nyitná meg úgy előttem, mint te. Anélkül pedig elveszne az a csoda, amit tőled kapok.

Egymásba fonódó tekintettel mozdulatlanul feküdtek. A nyitott ablak közelében bagoly huhogott, az átható csendet a fák susogása zavarta szét. Lathea a kezét kinyújtva némán kérte Mischát, hogy csókolja meg. A vágya teljesült. Közös életük rövid ideje alatt először próbálta elcsábítani. Ma este először tudta az eszével is, hogy képes rá és ezzel kivételes boldogságot lophat annak az életébe, aki már olyan sokat adott neki.

- Le tudnám így élni az életemet – somolygott Mischa.
- Szerelmeskedve?
- Az sem lenne ellenemre, bár én erre a házasságra gondoltam. Most már a szakács kérdést is megoldottuk.
- Éhezni nem fogunk.
- Bizonyára nem. Ó, Thea – Mischa határozottan elhárította a kényeztetést. –, hagyd abba! Nem védekezünk, chérie, tudsz róla? Várj egy kicsit.
- Tönkreteszel mindent, ha most elmész.

Mischa ugyanolyan feszült volt, mint ő. Ezt meghazudtolva szerelmesen félresöpörte a szempilláira akadt hajszálakat. – Megkockáztatnád, hogy teherbe esel?
- A legelső alkalommal se történt meg.
- Állítólag terhességek után a nők termékenyebbek. Nem akarlak magamhoz láncolni, Thea, így nem.
- Akkor hogy?

- Azzal, hogy szeretlek. Vagy már eldöntötted, mit kezdesz a jövőddel?
- Az, hogy szeretlek, nem ezt jelenti?

Mischa kérdőn leste őt egy darabig, majd kiszakadt belőle a megbánás. – Nem tudom elhinni, hogy ilyen fajankó vagyok – nyögte megtörten. – Nézz rám, kérlek – Lathea megtette. – Még sosem kaptam szebb ajándékot, köszönöm.

A gyenge tiltakozást Mischa vágya gyorsan legyűrte és Lathea az egyik legcsodálatosabb élményét kapta tőle ezen az estén. Nemcsak szépnek és vonzónak, hanem szerelmesnek érezte magát, olyan asszonynak, aki testestül-lelkestül a párjához tartozik. Olyan rég várta már ezt a pillanatot, sokszor kételkedve, hogy eljön-e valaha, és most, amikor itt volt, beleborzongott a hitetlenkedő boldogságba. – Minden porcikámban elfáradtam – nyújtózkodott egyet.

- Jól fog jönni a pihenés.

Mischa eloltotta a lámpát, hogy utána szorosan odasimuljon hozzá. Egyik karját a feje alá csúsztatta, másikkal átfűzte a derekát.

- Szerinted…
- Hmm?

Lathea, bár nem láthatta őt, hiszen a háta mögött feküdt, de az álmos nyögés ellenére tudta, hogy figyel rá. – Szerinted lehetséges, hogy teherbe estem?

- Hamarosan kiderül, ma belle. Nagyon hamar. Jó éjt.

A meleg csók a hajára hullott. – Jó éjt.

43.

Korán volt még, de Mischa nem bírt tovább fekve maradni. Felkapta a hálóköntösét és kisurrant a szobából. Saint Germainből visszatérve meglátogatták Bernard-t, aki addig-addig marasztalta őket, mígnem éjfél is elszaladt és jó sok bort megittak. Mischa derűsen idézte fel magában az öreg gondtalan locsogását, igazán elemében volt. Eldicsekedett legutóbbi sikereivel meg azzal, milyen előkészületeket tett Laurie fogadására. Minél több pohár bor csurgott le a torkán, annál feltartóztathatatlanabbul ömlött belőle a szó. Lathea közvetlensége és kedvessége, nem beszélve a színes marazioni történetekről, mentették meg az estét. Azzal, hogy Bernard-ra nem mint részeges, vén okoskodóra tekintett, az eseményeket a legjobb mederben tartotta. Mischa a reggeli ásítozás ellenére az esti látogatás egyetlen pillanatát se bánta. Éppen ellenkezőleg. Hosszú idő óta első alkalommal látta Bernard-t ebben a lefetyelő öregúr szerepben. Merthogy megöregedett. A látása gyorsan romlott, ennek ellenére hallani sem akart szemüvegről, a kezében pedig elterjedt a reuma. Mégis az a szeretetre méltó bohém maradt, aki volt, és ő nem kevés örömmel látta, hogy az a sajátos báj, amit valamikor ő megszeretett benne, most Latheát is elvarázsolta.

- Hahoó Fetya! – Fettisov egymagában üldögélt a konyhában. Kócosan, kialvatlanul és hanyagul kigombolt ingnyakkal. – Szánalmas látványt nyújtasz.
- Igen, képzelem.

Odavonszolt az asztalhoz egy széket és kiszolgálva magát a még gőzölgő teával letelepedett a barátja oldalán. – Mi ütött ki ilyen kutyául?

Fettisov hanyagul a hajába túrt. Ősz fürjeihez képest az arca fiatalos maradt, bár ezen a reggelen ráncokat karistolt rá mogorvasága. – Az éjszaka rendeztük a sorainkat Galinykával. Visszatér a színpadra.

- Ejha! Úgy tudtam, hogy ennek örökre vége.
- Úgy is volt, de most új orvos, új diagnózis. – Fettisov a vállát vonogatta.
- Rossz hír.
- Hááát, magam se vagyok biztos benne. Kicsit aggódom, a lába sose lesz a régi. De ez minden vágya, úgyhogy kiadta az utamat.
- Az volt a benyomásom, ez inkább fordítva érlelődik. Fettisov keserű félmosolya valószínűleg önmagának szólt. – Az utóbbi időben nem találtuk meg a közös hangot. Galinyka lételeme a vibrálás, az éjszakázás, a cifrálkodás. Boldogság alatt messze nem ugyanazt érti, amit mi... házasság, béke, kiszámíthatóság. Márpedig én alkalmatlan bohóc lennék azon a színpadon.
- Megbántad?
- Dehogy, nem! Szerettem és szeretem őt. Persze itt bent egy hang régen azt sulykolja, hogy nem illünk össze, de ki kellett próbálnunk, hogy később... később egyikőnk se érezze úgy, hogy elszalasztottunk valamit, ami fontos és értékes lehetett volna. Ezt át kellett élnem és örülök, mert elég bátor voltam hozzá.
- Sajnálom, pajtás – Mischa meglapogatta Fettisov vállát.
- A tetejébe tegnap Galinyka belekötött a szakácsnőnkbe, aki rögvest szedte a sátorfáját és faképnél hagyott minket. Ezen meg mi olyan vicces? Mischa nagy erőfeszítéssel komoly képet vágott. – Nem fogod elhinni, kibe botlottunk Saint Germainben... Sergei Agilyevbe.
- Ne viccelj! Mit művel ott a vén zsivány?
- Séf a fogadóban, ahol megszálltunk, bár már nem sokáig – Mischa felnevetett. – Az a legszebb az

egészben, hogy nem én, hanem Thea ajánlott neki állást.

- Visszajön? – a bólintásra Fettisov fellelkesülve felkiáltott. – Ó, hála a magasságosnak! A régi csapat! Egy darabig szótlanságba süllyedve révedtek maguk elé. Fettisov unottan kettétört egy baguette-et, miközben Mischa biztosra vette, hogy mindketten a múlton merengenek, aminek Sergei szerves része volt.

- Van még egyéb újság is?

Fettisov lenyelte a falatot. – Leslie Frimsey keres téged már vagy két napja.

- Vajon mit akar? Teniszezni?

- Otto Jagert emlegette, de le kellett tennie. Azt ígérte, tegnap beugrik, bár lehetséges, hogy ma jön.

Mischa megrökönyödött. – Jager? Heike kapcsán hallottunk róla utoljára.

- Én se nagyon értem a dolgot. Évekkel ezelőtt megfeledkeztünk az egész felhajtásról… Jó reggelt.

A betámolygó Galinára lestek. A rózsaszín selyemköntös alatt ugyanabból az anyagból igéző hálóing lehetett, bár egyik darab sem takart sokat a testéből. Kibontott haja a hátára omlott, de mezítlábasan csattogva és árkos szemekkel összességében nem tűnt a megszokott istennőnek, mindössze egy földre pottyant angyalnak. – Jó reggelt.

- Fáj a fejed? – húzta közelebb Mischa és megölelte. Nem találkoztak, amióta hazaérkezett Saint Germainből.

- Majd széthasad. Milyen volt a víkend?

- Nagyon kulturális és nagyon szerelmes.

- Akkor jó.

Fettisov először szólt közbe. – Miért nem fekszel vissza? Korán van, viszek neked egy aszpirint.

- Tulajdonképpen azt hittem, a padláson vagy, Fetya.

- A padláson? – hüledezett a meggyanúsított. – Az öreg halála óta senki föl nem ment oda.

- Pedig egészen úgy hallatszott, mintha ott járkálnál.
- Talán csak álmodtad. Teát? – Galina nem kért.
- Hallod-e, La Petit, Fetya most meséli, hogy irány a színpad? Első alkalommal tűnt el az egzotikus szemekből a gondterheltség. – Már le is szerződtem, de a szerepemet egyelőre titokban tartom.
- Azért gratulálhatok?
- Köszönöm, Mischa.
- Mikor kerestek meg?
- Egy hete, az egész villámgyorsan zajlott.
- És mikor nézhetünk meg?
- Nem tudom, a darabot állítólag Amerikába viszik, de tárgyalnak egy párizsi bemu…

A mondatot durván félbeszakította egy vérfagyasztó sikoly, mely az egész házat megrázta. A természetellenes hang szinte ott vibrált az üres térben. A második kiáltás ugyanazzal a hirtelenséggel harsant fel és halt el. Egy századmásodperc erejéig bénultan meredtek egymásra, majd a két barát székeket felborítva száguldott ki a konyhából.

- Thea! – Mischa öles léptekkel megkerülte a lépcső talapzatát, átrepült a díszkorlát felett és máris kettesével, hármasával szedve a fokokat rohant felfelé.

Fettisov a sarkában nyargalva azt suttogva: – Ne ronts be!

Erre nem is volt szükség, mert a lakosztály ajtaja szélesre tárva állt, még aprókat himbálózott a felfüggesztésen. Akárki menekült ki onnan, legfeljebb méterekkel nyert egérutat.

- Istenem! Thea, édesem – Mischa hangja elfúlt a döbbenet és a vakrémület egyvelegétől.

Az ágy bal szélén fekvő asszonyból egyetlen vértócsát látott. Hasi tájékon és nyakon is megszúrták. Szőke haja vöröslött a vértől, ahogyan az ágynemű meg az ágy is, beleértve a párnákat, majd az alácsöpögő folyamtól a szőnyeget.

- Menj már innen – taszította félre Fettisov a test mellől, mielőtt megérinthette volna. Az asszonyhoz robbanva lefogva a nyakán megsérült eret. Nem kellett sok hozzá, hogy az ujjai is vöröslő színt kapjanak. – A pokolba, fogd a fegyveredet és tűnj már innen! Hallod!

Mischa lábai alig akartak engedelmeskedni, ám Galina hisztérikus kiáltása magához térítette. Jóformán kitépte a fiókot a szekrényből, ami hangos csörömpöléssel hullott a padlóra. Addigra ő már ki is rántotta belőle a kézifegyverét és két tárral a nadrágzsebében elviharzott.

- Galinyka, gyere már!
- Meghalt? Ó, Fetya!
- Elvérzik, ha nem segítünk. Hívd azonnal Maximovot. Öt perce van, hogy ideérjen. Eggyel se több, mondd meg neki!

Amíg Galina elnyargalt, Fettisov igyekezett nyugalmat magára erőltetve kigondolni, mit kezdhetne a nyaki sebbel, amit az állkapocs alatt talált. Öt-hat centiméteres vágás volt, életveszélyesnek látszó, erősen vérző. A gyilkos alighanem az asszony torkát akarta elmetszeni, ám a kísérlet félresikerült, így a vágás vége eltalált egy eret, amiből most riasztó hevességgel folyt a vér. Csak remélni tudta, hogy nem az ütőérről van szó.

- Lathea, nyissa ki a szemét! Kérem.

Az asszony nem reagált. Sőt, mintha a légzése is fokozatosan lassult volna. Fettisov hangosan szitkozódott amiatt, hogy milyen tanácstalan és kiszolgáltatott. Hitetlenkedve méregette a vérfürdőt.

- Hallod ezt? – lépett be az ajtón Galina.

Most már a fülét hegyezve ő is hallotta. A padláson dübörgő léptek kergették egymást, majd tárgyak csapódtak be. Arra kapta fel a fejét, hogy az élettelen asszony megmozdul a keze alatt. Apró, alighanem ösztönös rángás volt, de résnyire felnyitotta a szemét.

– Nem, ne beszéljen! – kiáltott rá nagy igyekezetében durvábban, mint szerette volna. – Mi van Maximovval?

- Jön.

Galina elborzadva állt az ágynál. Olyan kifejezés ült az arcán, hogy Fettisov örült, mert az áldozat nem látja. Amint megbillent a feje, ő a homlokára tett kézzel nyugalomra intette, bár nem volt benne biztos, ez tudatos mozgás-e egyáltalán.

- Ne mozogjon. Ó, egek ura! Mennyi vér! – szörnyedt el, mert összemaszatolta az asszony eddig tiszta homlokát is. – Lathea, tartson ki, átéltünk mi már ennél rosszabbat is – duruzsolta halkan, tulajdonképpen erőszakot téve saját kétségbeesésén. Eközben próbálta kitapintani a lankadó érverést. Az ujjai alatt mintha lanyhult volt a vér szivárgása, amiből arra mert következtetni, hogy az ütőér megmenekülhetett a késtől. Ennek dacára az asszony egyre fehérebb lett.

- Nézd meg, mi van a hálóing alatt – kérte Galinát, aki félrehajítva minden átvérzett ágyneműt igyekezett a sérülést megtalálni.

- Semmi nem látok.

- Nem engedhetem el…

- Na, akkor így – Galina megfogta a hálóinget és egyetlen mozdulattal letépte Latheáról. – Rettenetes.

- Elég mély lehet, de legalább nem vérzik ilyen erősen. Mi az ott?

Galina óvatosan tapogatózott. – Mintha a ruha belefúródott volna.

- Jól van, gyere ide! Add a kezed!

Egy gyors cserével Galina kezét Lathea nyakára tapasztották, Fettisov pedig meghallgatta a szívverését. – Ha Maximov sokat totojázik – két lövés dördült a fejük felett. –, még elvérzik – a harmadikat is hallották, majd félelmetes, bődüléshez hasonlatos ordítás járta be a házat. Hátborzongató csendben még kétszer elsült egy fegyver. Galina a félelemtől üres tekintettel meredt Fettisovra, ám ő nem reagált. Csakis remélni merte, hogy Mischa kerül ki a harcból győztesen, máskülönben rájuk is hasonló sors vár, mint a feleségére.

- Lathea, ne adja fel. Nem teheti ezt velem... Emlékszik még Stepney-re? Mennyi teát ittunk együtt, te jó ég! Lathea!

A letaglózó, gyászos jelenetbe Maximov robbant be. Mint orvos bizonyára számos megrendítő látványban lehetett már része, de a küszöbről beljebb merészkedve akkorát nyelt, hogy Galinával is jól hallották.

- Mischának van takarítónője? – mindössze ennyit mondott félresodorva Fettisovot.

- És felesége?

- Hagyjál, Fetya, életet akarunk menteni, nem? Gyerünk, Galinyka, emeld fel az ujjad.

Maximov munkához látott. Minden mozdulata elárulta, mekkora tapasztalattal rendelkezik. Feltűrte fehér ingujját, elővette a magával hozott kellékeket és ide-odaugrándozó kezekkel nekiveselkedett a feladatnak. A legégetőbb nyaki vágással kezdte.

- Egy százalék esélye volt, hogy ne az ütőeret kapja el a kés... és nem érte el.

Galina a megkönnyebbüléstől felzokogva hirtelen átölelte Fettisovot. Nem zavarták az összevérezett kezei és ruhája, semmi se, amikor megcsókolta a férfit.

Maximov több vérkészítményt varázsolt elő, az egyiket haladéktalanul bekötötte. – Sok vért veszített, de rosszabbul is járhatott volna.

- Ilyet is csak egy orvos mondhat. Nekem ez is elég borzalmasnak látszik.

- Azt meghiszem!

Mischa valamivel később érkezett, minthogy Maximov nekiállt a riasztóan mély és fertőzésre hajlamos hasi seb ellátásához. Érzéstelenítővel dolgozva, szikével vágta fel a bőrt. Lathea a maga önkívületi állapotában az egészből semmit nem érzett.

– Nem fogadnék rá, hogy kibírja a kórházig – magyarázta Mischának, aki egyfajta tetszhalálból ocsúdva odarogyott az ágy másik felére, ahonnan alig másfél órája kelt fel. Vérzett a válla és egy megalvadt vértől pirosló vágás húzódott a mellkasán a szíve felett.

– Nem halhat meg, Max – lihegte elcsukló hangon. Átölelte volna az asszonyt, ha az orvos meg nem előzi.

– El a kezekkel, barátocskám! Tilos megmozdítani. Szerencsére a fehér kötés színtiszta fehér maradt.

– Mi van alatta?

– Csúf késelés nyoma, megmarad, attól tartok. Akárki is támadta meg, legalább a torkát nem metszette át és az artéria ép.

– Ó, ma belle – nyögte Mischa óvatosan megérintve az élettelen arcot.

Maximov gyors kézzel dolgozott, mert a hasi sebből ismét elindult a vérzés. – Gyere, Fetya, itasd fel. Nem látok semmit.

Néma csendben dolgoztak. Maximov jóformán kioperálta a hálóruha szövetfoszlányait a sebből, ellenőrizte, majd óvatosan összevarrta. Fettisov éber figyelemmel követte kifinomult mozdulatait és szó nélkül engedelmeskedett az utasításoknak. Beletelt egy órába, mire végeztek. Maximov ellenőrizte az infúziót, majd Lathea pulzusát.

– Belázasodik – jegyezte meg. – Elkerülhetetlen, viszont jót jelent. Meg kell mosdatnunk – nézett Mischára. – Majd én segítek, nehogy túlzottan megmozgassuk.

– Mi mit tehetünk, Max?

Az orvosi megfontoltsággal fellépő barát szólt Maximovból. – Lenne több javaslatom. Galina kedvesem, húzass fel egy másik ágyat, ahova átvihetjük... hogy is hívják, Mischa?
- Lathea.
- Jó kis szláv név. Szóval, legyen hova lefektetni a közelben. Azután felhívhatnád Fyodorovot. Hamar ideér, mert a Val de Grace-ben rendel, a St. Michel körút túloldalán. Mindjárt megmondom, mit hozzon magával.

A mosdatás nehezebb feladat volt, mint Mischa számított rá. Mivel az ágynemű és az ágy kárpitja menthetetlenül magukba szívták a vért, nem volt hova fektetni Latheát, ahol az ágycsere előtt megszabadíthatták volna a piros ragacstól. A nyakán díszelgő kötés és a csípőjére került öltések folytán nemigen merték mozdítani. A hálóinget meg a fehérneműt Maximov szikével vágta le róla. Egy vastag szivaccsal végigtörölgették, itt-ott karcolások és ütések nyomait azonosítva a testén.
- Verekedtek, látod? – Mischa a véraláfutásokra meredt. Az asszony jobb felkarján öt ujj szorítása hagyott lila foltokat. – És itt is. Fojtogathatta, nézd! Itt, a torkánál – bár a kötés miatt kevés látszott, a nyúzott bőr önmagáért beszélt. – Megpróbálhatta eltörni a nyakát, vagy az ádámcsutkáját.
Mischát kirázta a hideg. – Istenem, mit állhatott ki, mire ideértünk.
A fejbólintás egyetértéssel ért fel. – Látom, itt van egy másik heg is – jegyezte meg Maximov a szivaccsal a has tájékra jutva. – Tudsz róla valamit?
- Igen. Szintén késelés. Súlyos fertőzéssel tetézve – megsimogatta Lathea frissen mosott haját. – Nem kéne inkább kórházba vinni, Max? Nem akarom megint kitenni annak, mint legutóbb.

- Csak semmi kapkodás, barátom. Harmatgyenge és alaposan felszaladt a láza. Várjuk ki, amíg a friss vér meg a gyógyszerek dolgozni kezdenek.
- Te könnyen beszélsz.
- Ne hidd! Látom rajtad, mennyire szenvedsz, de bízz bennem. Ha rajtam áll, talpra állítjuk. Öltöztessük fel, hozz valami holmit.

Mischa feltápászkodva a szekrényhez ment. A fiókokban hamar rátalált arra, amit keresett. – Kérdezhetek valamit?

Maximov dörmögött igen helyett. Amikor ismét az ágynál állt, azt mondta: – Csináld csak te, én megtartom – sandított az alsóneműre. – Tehát mi lenne a kérdés?

- Hogy is mondjam… abban bizakodtunk, talán teherbe esett. Tudom, hogy még korai kimutatni, de ha mégis?

Ahogy Maximov megemelte a szőke fejet, Mischa ügyesen áthúzta rajta a hálóinget és betakarta vele a kötözött, meggyötört testet. – Óvatosan emeljük.

Galina a szárnyasajtó túloldalán maga ágyazott meg, ahova Mischa most némi segítséggel átvitte az asszonyt. Hosszú haját törölközőbe csavarták, nehogy szükségtelenül megfázzon. A láztól máris kipirult az arca, bár továbbra is riasztóan élettelen maradt.

- Ha a hétvégére gondolok, megszakad a szívem.

Az önkéntelenül feltörő, inkább csak önmagának címzett vallomás hallatán Maximov vállon veregette.

– Ne add fel. Azt sose szabad. Különben meg gratulálok, nagyon szép nő. Illik hozzád.

- Köszönöm, Max.
- Na, és… mikor történt a dolog?
- Néhány napja.
- Nézd, a szúrás e tekintetben nem jelent veszélyt, mondhatnám, ártatlan helyen esett. De akár a vérveszteség, egy magas láz, fertőzés vagy érzelmi sokk is előidézhet vetélést, ilyen korai szakaszban

különösen. Vigyázunk rá, egyebet nem tehetünk. Ha görcsei lennének, vagy vérezne, akkor elegendő lépnünk valamit.

Kopogtak, Mischa letörten ballagott át a másik szobába ajtót nyitni. Fyodorov érkezett. – Szevasz, Yuri.

- Mischa! Elképedtem attól, amit hallottam.

Fyodorov barátian megölelte, megveregette a hátát, mielőtt Maximovot is üdvözölte. – Galina csak finoman célozgatott… mi az ördög! – ahogy beljebb lépett, Mischa háta mögött megpillantotta a vértől vöröslő, feldúlt ágyat. Riasztó látvány volt. – Életben van? – bukott ki belőle bizonytalanul.

Maximov biccentett.

- Ha vigyáztok rá, most egy fél órára elmennék – mondta Mischa.

- Menj és igyál egyet az ijedtségre. Utána téged is megnézlek.

- Hívtok, ha történik valami, ugye?

- Ne aggódj!

Mischa első útja a földszinti szalonba vezetett, ahol Galina gubbasztott a kanapé párnáin. Felhúzott lábakkal, magába roskadva, remegett a pohár a kezében.

- Ne most, La Petit – hárította el Mischa türelmetlenül, amint megszólalt volna. – Bármikor ócsárolhatod, csak most ne!

- Eszembe se jutott.

Anélkül, hogy a poharakkal bíbelődött volna, a zsúrkocsiról magához vette az első üveget és meghúzta. Utána egy percre a kuzinja mellé rogyott, hogy a tenyerébe temesse az arcát.

- Annyira felfoghatatlan és megrázó ez az egész – simított végig Galina a karján. – Ugye, túléli?

- Nem tudom, Max bizakodó. Istenem, mintha visszapörgette volna valaki az időt és megismételnénk mindent elölről.

- Nem értelek.

Mischa hátradőlve, szomorú kiábrándultsággal nézett oldalra a szeme sarkából. – Tudod, az a baj veled, La Petit, hogy kizárólag a saját életed érdekel, a karriered, miközben fikarcnyit se törődsz másokkal. Például észre se veszed, mennyire megbántasz, amikor azt a nőt szapulod, akit szeretek. Akármilyen is, nekem sokat jelent, és öt pokoli évet vártam, hogy vele lehessek. A viselkedésed azért int óvatosságra, mert sose tudhatom, mikor fordítod ellenem, amit óvatlanul kikotyogtam.

Láthatóan megbántotta Galinát, valahogy mégis az az érzése támadt, hogy a ma reggel történtek fényében egy kicsit ő is megváltozott. Megtört fény költözött a vágott szemekbe, amit azelőtt nemigen látott. – Gyűlölsz engem.

- Nem, ugyanakkor hálátlannak tartalak. Nem adtad át az üzenetemet, aminek következtében valaki elszerette tőlem őt… most pedig, hogy végre megnyerhetném magamnak, megkeseríted az életünket. Ha szeretnél engem, azt akarnád, hogy boldog lehessek. Vele.

- Ne mondd ezt.

- Miért ne? Lenézed őt, mert nem beszél franciául, mert nem tagadja, honnan származik. Én viszont felnézek rá, mert nagyszerű ember, mély érzésű és hatalmas szíve van. Az embert látja bennem, nem a vaskos pénztárcát, és visszaadta a hitemet, hogy képes vagyok egy nőt boldoggá tenni. Szerintem ez a fontos, nem a származás vagy a társasági modor – bosszúsan legyintett. – Ugyan, minek magyarázom ezt neked, ha egyszer nem akarsz megérteni?

Galina sebzetten nézett vissza rá. – Ne vess mindent az én szememre.

- Igazságtalan lenne, de ez bizony a te lelkeden
szárad. Pokollá teszed minden itt töltött percét.
- És ezért kizársz a gondolataidból? Meg az
érzéseidből? Hova tűnt az a Mischa, akit szerettem?
- Megnősültem, La Petit. És ha nem vagy hajlandó
bizonyos változásokat tudomásul venni, ne engem
hibáztass, mert elfordulok tőled.
   Galina eltűnődött. – Még újra kezdhetjük.
- Eszemben sincs egy életen át marakodni veled.
- Arra gondoltam, hogy megint barátok lehetnénk,
mint mielőtt felültél arra az átkozott vonatra és
elszöktél Oroszországba.
Mischa úgy ugrott fel, mint aki billogot kapott.
Rémülten meredt Galinára, akit éveken át a
Fettisovval kiagyalt hangzatos úti beszámolóval
hitegettek. Most kételkedett először abban, meg
tudták-e téveszteni. A tekintete elárulta, hogy nem.
Pedig korábban egyetlen szóval, vagy gesztussal sem
utalt rá, hogy nem hisz nekik. Nem faggatózott, holott
ő is érezte, hogy a kapcsolatuk elmérgesedik, és soha
többé nem lehet az a bensőséges barátság, mint
korábban. Mischa ugyan fájlalta ezt a változást, ám
mindig talált meggyőző mentséget. Képtelen volt a
nőkkel szembeni őszinteségre és ez alól Galina sem
lehetett kivétel. Ráadásul gyorsan felívelő karrierje
meg a színház világa rajta felejtette a kézjegyét. Egyre
többet utazott, társaságba járt, kötött egy nevetséges
házasságot, márpedig ezek elkerülhetetlenül
megváltoztatták. És egyben lehetetlenné tették, hogy ő
a bizalmasává tegye.
Ahogy egymást méricskélték, Fettisov rontott be. A
fogai közt sziszegve támadt Mischára. – Jager! Te
őrült, miért nem ölted meg!
- Hadd szenvedjen előtte egy kicsit.
- Haslövéssel? Elment az eszed? Televérzi a padlást.
Nyomokat hagy!

- Nem érdekel. Akkor talán belátja, hogy okosabb, ha beszél.

Galina elborzadva nézett egyikükről a másikra. – Jager? Ő van a padláson? Hogy juthatott be a házba?

- A tetőn keresztül. Szép kis lyukat bontott.

- Ne légy cinikus, Mischa. Párizsba se juthatott volna be, miért pont ide jött?

- Ezt szeretném, ha elmondaná.

Végül kiderült. Leslie Frimsey a maga amerikai hatékonyságával és leleményével vette kézbe az ügyet. A régóta bujkáló németet az éj leple alatt csempészte ki a Rue de Rennes-ből, hogy az embereivel kezelésbe vegye. Mischát a dolog többé nem érdekelte, hacsak az nem, Jager miért az ő feleségét próbálta meggyilkolni. Természetesen belátta, hogy az amerikaiak ennél komolyabb értesüléseket akarnak kiverni belőle, de számára nyilvánvalóan ennek a hírnek volt igazi értéke.

A maga részéről megelégedett annyival, hogy az alattomban ólálkodót megsebesítette és elejtette, akár valami nagyvadat, ugyanakkor a továbbiakból szívesen kimaradt. Frimsey-nek azzal adta át, hogy egyetlen nevet kíván hallani cserébe. Négy napot kellett várnia, amíg megszólalt a telefon és az amerikai bejelentette a német halálhírét. Ekkor elhangzott a várva várt név is. – Régi kedvesed, Chantal.

Az első öt éjszakát vagy Maximov, vagy Fyodorov a házban töltötték. Mivel mindketten a közelben dolgoztak, Latheát huszonnégy órában figyelhették. Eleinte szükség is volt erre, hogy megelőzzék az esetleges elfertőződéseket. A makacs lázzal is elnyűhetetlenül birkóztak meg, végül győzelmet aratva.

- Félrebeszél, az apját emlegeti – közölte Galina, aki korábbi ellenségeskedéséről megfeledkezve zokszó nélkül segédkezett a beteg körül. Mischa a dolgozószobában, az asztalánál összeroskadva üldögélt. Magától értetődően ő volt a legelső, aki az egyre kétségbeejtőbb, rémálmok szülte segélykiáltásokat meghallotta. Ám ami más számára butaságnak, vagy a láztól elborított testben megbolydult agy játékának tűnhetett, az az ő fülében a múlt hátborzongató feléledése volt.

- Mi történt az apjával?

- Meghalt.

- Hogyan?

- Kérlek, La Petit, olyan rég történt.

Ahogy felkapta a fejét, Galina talányos pillantásával találta magát szemközt. – Te jól tudod, mi ez az egész, ugye? Mikor fogsz végre megbízni bennem?

- Majd egyszer – emelkedett fel ültéből. – Felmegyek, megnézem őt – mondta kitérve a magyarázat elől.

A várakozás meg a tehetetlenség mázsás súlyként nyomták a vállát. Sem a világ másik feléből érkező hírek, de Laurie korai felbukkanása sem javítottak a hangulatán. Bernard üzenete, hogy együtt vannak a régi odúban, érintetlenül és olvasatlanul hevert az asztalon. A házba bezárkózva virrasztott Lathea mellett, aki napokig harcolt a lázzal, mozdulatlan tetszhalál állapotban nyomta az ágyat. Maximov olyan erős gyógyszerrel kezelte, amitől akkor is kába maradt, ha egy-egy kósza percre felébredt. Lassú, idegőrlő küzdelem volt.

- Az ember egyik legtöbbet használt testrésze a fej és a nyak – magyarázta Maximov. – Állandó mozgásban van, forog, velünk együtt él. Nos, a vágás itt – mutatott az állkapocs alatti lágy részre. –, veszélyesen érzékeny területre esik. És ne feledkezzünk meg a sérült érről se. Időbe telik a gyógyulás. Az öntudatlan ember nem ura a saját mozgásának, dobálhatja magát, mozgathatja a fejét... ami ebben az esetben tragikus lehetne.

Mischának, bár megértette az érvelést, nehezére esett belenyugodni. Sejtette, mennyire hálátlannak látszik a folytonos akadékoskodásával, szerencsére azonban a barátai nem vették zokon. Fyodorov a hálálkodását is elhárította. – Ne csináld ezt! Neked meg az apádnak köszönhetem, hogy ma orvos vagyok. Tudnod kellene, hogy akár a kútba is utánad ugrom, ha kéred. - Megelégszem azzal, ha meggyógyítod őt – Fyodorov megszorította a kezét és, őt ismerve, ez ígéretet jelentett.

Fettisov, ha megbízható hírekre vágyott, mindig a BBC-t választotta.

- 1945. június 6-án, a BBC londoni stúdiójából híreket mondunk. A tegnapi nap folyamán a távol-keleti amerikai erők központi parancsnokságán bejelentették, hogy a Fülöp-szigetek felszabadultak. Az amerikai tengerészet és partraszálló egységei huszonhárom japán hadosztályt semmisítettek meg, az utolsó emberig küzdő Japán Császári Hadsereg becsült vesztesége eléri a négyszázezer főt...

- Ó, egek!

- Ssssh, Fetya!

- ....mint ismeretes, az invázió tavaly decemberben vette kezdetét a Leyte-öbölben. Elsőként néhány kisebb sziget került amerikai kézre, ahol az évek óta működő japán-ellenes partizánok számottevő szerepet játszottak a győzelemben. A következő amerikai lépést némileg hátráltatta annak a kamikaze berepülőnek az akciója, aki a zászlóshajó parancsnoki hídjára zuhanva több tucat vezérkari tiszt halálát okozta. Az első amerikai csapatok február 2-án vonultak be Manilába és az ott rekedt japán tengerészekkel az utolsó emberig tartó harcra kényszerültek. Huszonöt nappal később McArthur tábornok helyreállította a Fülöp-szigetek szuverenitását. A távol-keleti harcmodortól annyira idegen megadás, vagy foglyul ejtés miatt az ázsiai hadszíntér esetében kizárólag totális megsemmisítésről eshet szó. A Fülöp-szigeteken eredetileg szolgálatot teljesítő négyszázezres japán sereg harminc-negyvenezresre becsült maradványa továbbra is élet-halál harcot vív.

A nyugodalmas délutánba Leslie Frimsey révén tört be az a szokásos vibrálás, amit az egyéniségében hordozott. Elegáns, krém színű öltönye az afrikai brit divatot idézte, kifejezetten jól állt neki. Amúgy feltűnő fizikai jegyek nélkül is pimaszul lezser, amolyan az élvezeteknek hódoló turista benyomását keltette. – Jó napot, Fettisov, Micky!

- Mi járatban mifelénk? – intett Mischa a kényelmes fotel irányába.

- Hogy van a feleséged?

- Rosszul. Hébe-hóba magához tér, de még nem tudtunk beszélni vele.

- Az orvos mit mond?

- Javul. Mi mást mondhatna?

Fettisov itallal kínálta az amerikait. – Igazságtalan és főleg türelmetlen vagy, Mischa – jelentette ki.

- És legalább ennyire kétségbeesett.

Frimsey hálásan meghúzta a whiskyt. – Gondolkodtál az ajánlatomon, Micky? – tudakolta. Hangja leplezetlen feszültségről tanúskodott.

- Nincs mit gondolkodnom rajta.

A kérdő tekintet gúnyosan elkerekedett és vele együtt megjelent egy nevető grimasz. – Ne tedd ezt velem, haver! Ne hidd, hogy nem értem az álláspontodat, de az egyéni bosszúnál akad döntőbb szempont is.

- A politikáé? – vakkantotta Mischa ingerülten.

- Miért is ne? Mindannyiunk érdeke.

- Menj a pokolba ezzel a maszlaggal, Leslie! Teszek a politikára, ameddig a feleségem odafent fekszik összekaszabolva, nyelni se tud, mert az a disznó kevés híján átmetszette a torkát. Tehát Chantal az én ügyem.

A felemelt hangú, indulatos kitörésre higgadt diplomata válaszolt. – Ne álltasd magad. Ugyanis ha egy kis senkiházi lopakodik be a házadba, az nem ugyanaz, mint Jager. Az eset bizony felvet számos igen figyelemre méltó kérdést – Frimsey az ujjain kezdett számolni. – Egy, a nő honnan ismerte, kettő, hány szökött és bujkáló Gestapóst ismer még, három, hol vannak, négy, hogyan lehet velük kapcsolatba lépni...

Mischa érdektelenül közbevágott. – Ha tudni akarod, fütyülök az egészre. Ez mind a te gondod, mert...

- Az én gondom? Fogd már fel, hogy ezek a szemetek itt járnak köztünk! Tehát mindannyiunk gondja. És arról se feledkezz meg, hogy talán nem is a feleséged volt a célpont.

Zavaró szakadás állt be a beszélgetésben. A vitázók ellenségesen méricskélték egymást. Odakint a hallban csörgött a telefon, a cselédlány kurta válaszai mintha torz szűrőn keresztül lopták volna magukat idáig.

- Hol van a nő, Micky?

Mischa megrázta a fejét. – Vess meg, Leslie, de ez most tényleg nem az a pillanat, amikor a barátság nevében befolyásolható vagyok. Chantallal régóta harcban állok és nem mondok le a fináléról.

Frimsey, akármilyen szokatlan, feladta. Tett egy kört a kényelmes garnitúra körül, majd a hallba nyíló ajtónál megtorpanva szembefordult velük. – Egészen rendkívüli dolog történt. A Szovjet Nagykövetség egyik emberét két napja holtan találták a kocsijában. A Szt. Lajos sziget túloldalán, a Hotel de Seus környékén.

- És?

Fettisov kérdése annyira közönyösen hangzott, Frimsey nem is felelt azonnal. – Láttam, hogy hosszasan csevegtetek vele a Crillon-beli fogadáson.

- Mindketten?

- Úgy ám!

- Akkor gyanítom, ki lehet – sandított Fettisov Mischára. – Egy alacsony, kövér pasas. Minek is hívták? Valami litván hangzású neve volt.

- Masilis... vagy Manulis... ilyesmi – jegyezte meg Mischa ártatlan képpel.

- Masiulis – pontosított Frimsey.

- Könnyen meglehet. És mi érte a szerencsétlent?

Frimsey kelletlenül vállat vont. – Mintha felétek népbetegség lenne az alkohol.

- Ezt most miért mondod?

- Miért? A fickó alkoholmérgezést kapott.

- Ejha – füttyentett Fettisov kárörvendő vigyorral. – Az új rend se annyira tökéletes? Bocsássatok meg – miután távozott, odakintről hallani lehetett, ahogy Sergeit hívja. A régi-új szakáccsal oroszul ugratták egymást, akárcsak azelőtt. Mischa elszakadva a hallottaktól ismét a vendégre nézett.

Frimsey gyanakodva méregette. – Elárulod, miről társalogtatok akkor... a bálon?

- A kezdeti finomkodás után az az alak belekezdett az új hatalom dicshimnuszába. Ami azt illeti, pokolian sértette a fülem.

- Elhiszem.

- Elhiszed? – fűzte össze Mischa a karjait. – Esküdni mertem volna, hogy hazug disznónak tartasz.

- Ó, nem, bár azt hiszem és joggal, hogy visszatartasz némi információt Masiulisról.

- Mit? Hogy a felesége, Zoljka, a gyerekkori szerelmem volt? És Fetyával majd megvesztünk érte?

- Pontosan ilyesmire számítottam. Távoli rokonság?

- Úgy van, de Zoljka a forradalom idején elkallódott tőlünk és mi túlságosan is kíváncsiak voltunk arra, mi történt vele ennyi idő alatt. A férje ellenben nem tett jó benyomást. Öntelt, pöffeszkedő alak. Nem a mi köreinkből való.

Némi habozást követően az amerikai közelebb lépett és a kezét nyújtotta. – Te mondtad, hogy ne tévesszük össze az üzletet a barátsággal. Tényleg megértem, hogy gyűlölöd azt a nőt azért, amit tett. De Jager nagy hal volt ebben a pocsolyában és rajta kívül akadnak mások is, akik szabadlábon garázdálkodnak. Na, mindegy! Ha én csípném előbb nyakon, feltétlenül értesítelek. Viszlát, Micky, üdvözlöm a csodaszép Latheát.

Mischa egyetlen biccentéssel esett túl a búcsúzáson. Komoran bámult a távozó után, üres poharát forgatta, melyben a szárazon maradt jégkockák áriát zenéltek. Masiulis. Elfogta a nevethetnék. A sors iróniája lenne, ha magát ölte volna meg a torkán leeregetett itallal, jóllehet Sergi barátait sem lehetett kizárni. Épp ellenkezőleg. Sergi rafinált kémikus volt, nem okozott gondot neki olyan koncentrációt kikeverni, ami számos német életét oltotta ki úgy, hogy utólag mindössze azt állapíthatták meg, hogy halálra itták magukat.
- Ó, istenem!

A kényelmes fotelba hullva kitört belőle a nevetés. Az egész annyira elképesztő és annyira elégtételt nyújtó volt, hogy nem tudott úrrá lenni az ösztönös kárörömén. Különösebben nem bánta volna, ha Sergi keze van a dologban, őt kizárólag a halálhír érdekelte. Olyan teher hullott le a válláról, ami lassan akarta megölni, éppen ahogy Masiulis kitervelte. A mosolyogva tálalt fenyegetés, a kulturált külső mögé rejtett zsarolás volt az, amihez a legjobban értett. Illetve ahhoz, hogyan rángassa a szálakat a háttérből.

- Egyszer a világ ráébred, hogy nem a pénz az igazi hatalom, hanem a kapcsolatok és a jól értesültség. Visszatekintve a megállapítás, amit 1931-ben egy Masiulistól kapott cetlin olvasott, tökéletesen beigazolódott. Csakhogy az orosz vizekről külföldre evező konspirátor elvétette a kalkulációt. Elvétette, mert itt ő van hazai terepen és az ő kapcsolatai mozgósíthatóak. Márpedig akármitől is halt meg ellenlábasa, ez a tévedése sokba került neki. Ezzel szemben ő felszabadultan merengett a váratlanul elnyert szabadságon. Végtére is attól a béklyótól szabadult meg, ami a szibériai szökés óta a mélybe akarta rántani. Beárnyékolta az életét és elűzhetetlenül fenyegette, hogy még az emlékéből is méreg fröcsögött.

Ám a jókedv hamar tovareppent. Egy a semmiből felvillanó képnek köszönhetően önmagát látta egy kerítéssel hanyagul körbezárt táborban. Felesleges lett volna fegyveres őrök mellett barikádokat építeni, amikor két-háromszáz kilométeres sugárban az égvilágon semmi nem volt. Egyedül a horizontig nyúló Szibéria a maga szélsőséges éghajlatával és a primitív viskókból összetákolt láger. Irtózatos nyomor, elviselhetetlenül kemény priccsek egyetlen takaróval a nyár melege vagy a téli fagyok ellen. A víz hol megposhadt, hol befagyott az ősrégi csövekben. Telente gyakorlatilag alig mosakodtak, mert az udvaron levő kádaknál felöltözve is a fagyhalál veszélye fenyegette őket, a kosz meg különben is védett a hideg ellen. Arrafelé az élők is halottak, legalábbis a külvilág számára. Közel két tucat férfival találkozott, akiket tíz éve halottként tartottak nyilván. Holott éltek és a fegyőrök kényekedvének kiszolgáltatottan robotoltak a kőfejtőben, vagy máskor a fakitermelésen. Az emberi munka bármikor pótolható erőforrásnak számított, kár lett volna spórolni vele. Ha Mischa lehunyta a szemét, rémisztő élethűséggel látta maga előtt a nyilvános megtorlásokat, melyek során a gyakorlótér közepére terelt bűnbakokat a teljes rablétszám szeme láttára csonkították meg, vagy addig verték, amíg a korbács cafatokra nem tépte a húsukat. Aki elfordult, vagy vakon az égre meredt, gyorsan az oszlopnál találhatta magát. A föld jóformán kimoshatatlanul elszíneződött a szenvedők vérétől. Egyesek ott lehelték ki a lelküket, de a hóhér mit sem törődve ezzel, elrettentő példaként csépelte őket lankadatlanul. Ha valaki elhányta magát a gyomorforgató jelenettől, undorító röhögés volt a válasz.

Ugyanakkor nemcsak a katonák jelentettek veszélyt. A tartós összezártság elkerülhetetlen klikkesedéshez vezetett, egyes csoportok az akaratuk érvényesítésére erőszakkal tartottak másokat örökös félelemben. Ocsmány verekedések, késelések, nemi erőszak és csonkolások jelezték a klikk-háború térnyerését. Kimaradni lehetetlen volt, aki élni akart, bármilyen megalázó is, az adott pillanatnak megfelelően hódolt be, azaz hízelgett egyik, illetve másik félnek.

- Szorítsd össze a lábad és fogd be a füled, akkor túlélhetsz – tanácsolta Milyukov, akivel Mischa három és fél évig szomszédos priccsen aludt. Mígnem azt egy éjjel valakik el nem rabolták és a téli fagyban lefejezett tetemét oda nem hajították a környéken őgyelgő farkasoknak.

Pokol volt, élet az élet után, törvények vagy szabályok nélkül, vad ősrengeteg, ahol az erős felfalja a gyengét, az elvtelen pedig túlél. Mindezt Masiulisnak köszönhette. Négy évet rabolt el az életéből, amin élő-halottként vergődött keresztül, és mindvégig vágyálom maradt, hogy valaha élve kikerül onnan. Annak volt nagyobb valószínűsége, hogy belepusztul. Néha még mindig a bőrén érezte a korbácsot, álmában menekült és megalázkodott csak azért, hogy a szívét egy nappal tovább a mellkasában érezhesse. Hát persze, hogy felvillanyozta ez a halálhír, senki nem vethette a szemére.

– Jól vagy, öreg? Összerezzent. Fettisov mindvégig kétkedve méricskélte. Gyaníthatóan egy ideje ott állhatott mellette, noha ő fel sem figyelt a jelenlétére. – Igen, történt valami?

– Jean-Michel keres Londonból.

– Jövök.

A derengő hajnali szürkeségben Mischa az utolsókat szippantotta az ujjai közt billegő cigarettából. Az éjszakai heves zivatar következményeként a kert tündöklő zöldbe borult. A bútorok elázva és térdig a gyep felett gomolygó hajnali ködben várták az új napot. Ahogy kifújta a füstöt a kinyitott ablakon, a dátumon töprengett. 1945. június 7-e. Milyen távolinak tűnt az egy évvel korábbi június, amikor tűkön ülve lesték a BBC híreit, vajon az ígért inváziós hadművelet elindul-e, vagy a pocsék időjárás mindent meghiúsít. Hihetetlenül izgalmas időszak volt. Ám a vészjósló nyugalom a nap végére embertelen öldökléssé fajult attól, hogy a Bretagne-ba beszorított német csapatok évek viszonylagos békéje után harapófogóba kerültek.

Ma mindez a messzi múltba veszett, talán igaz se volt. Azóta visszatalált a Rue de Rennes kiszámítható világába, mely a remélt védettség helyett ezúttal maga is hadszíntérré változott. Éppen Jager rémtette döbbentette rá, hogy a háború még nem elég távoli ahhoz, hogy megfeledkezhessen a külvilágról és kizárólag a saját boldogságának éljen. Nyugtalanította, hogy Chantal továbbra se került elő. A családja jó ideje nem hallott felőle, merthogy a férje hazaáruló magatartásával nem tudtak se egyetérteni, se azt hallgatólagosan eltűrni, emiatt minden kapcsolatot megszakítottak vele. A megszállók távozásával az asszony aztán el is tűnt, mielőtt a német szeretője miatt esetleg őt is elsöpörte volna a népharag.

A háta mögül neszeket hallott. Lathea fészkelődött a paplan alatt. Előző este néhány percre végre annyira éber volt, hogy válthattak egy-két szót. Ez már önmagában boldoggá tette. Az asszony fájdalmas mosolya minden mást elfeledtetett vele, még azt is, micsoda elszörnyedéssel hallgatta a lázas álomban elsuttogott nevet, Tivy Rogersét.

Elnyomva a csikket visszakuporodott az ágyra. Lathea ébredezve meg-megmozdította a fejét. – Ma belle – szorította meg a kezét és a szájához emelte.

A hunyorgó pillantás megállapodott rajta. – Mischa.

- Itt vagyok, édesem.

Lathea nehézkesen nyelt egyet, ő pedig ösztönösen kinyújtotta a kezét, hogy megcirógassa. Ujjai végigszaladtak a nyakán levő kötésen. – Mon Dieu! Halálra aggódtam magam miattad – elnyúlt az ágyon és óvatosan Lathea feje alá csempészte a karját. A szőke fej a vállára vándorolt és az asszony kedves szokása szerint hozzábújt.

- Vigyázz, ma femme – simított végig a csípőjén, de úgy vette észre, a hasi seb már nem okoz kínzó fájdalmat.

- Kába a fejem.

- Ez a gyönyörű fej? Milyen jó téged átölelni.

Lathea bágyadtan mosolygott. – Alig emlékszem valamire… Mi történt?

- Egy fickó, aki nem őrzött engem a legszebb emlékei közt, kibontotta a tetőcserepeket és bejutott a házba. Úgy sétált be ide, hogy észre se vettük. Te se láttad?

- Nem… de még érzem a kezét… a torkomon.

Elhúzta a hideg kezeket a kötésről. Félénken Lathea szájára hajolt és megcsókolta. –

Elviselhetetlen a gondolat, hogy miattam bántott
téged valaki.
- Miattad?
- Igen, nagyon valószínű.
- Túlélem, de a nyakam rettenetesen fáj.
- Csúnya vágást kaptál, Max azonban ismer valakit
Svájcban, aki képes eltüntetni, ha felépültél. És a
hasad... fáj itt?
      Lathea fáradtan mosolygott. – Ne csináld ezt –
hárította el a csiklandozással felérő érintést.
- Mit? – a kierőszakolt nevetés esetlen köhögésbe
fulladt. – Ne haragudj, ma chére. Hozok neked valami
innivalót.
- Ne menj el! Félek.
      Mischa maradt. Vegyes érzelmekkel nézett a
kedves arcba. Megitatta az odakészített, időközben
kihűlt teával, amit némi nehézséggel, de lenyelt.
- Álmos vagyok – suttogta Lathea. – Istenem, mennyit
alszom – a szemhéja máris elnehezült.
- Aludj csak, ma belle.
- Itt leszel, amikor felébredek?
- Hova is mehetnék?
      Őt is leterítette az ólmos fáradtság, mert hirtelen a
tábor oszlopához kötözve találta magát, jóformán
pucérra vetkőztetve a késő novemberi fagyok idején.
Több száz szempár bámulta, ahogy megroggyanó
térdekkel próbált talpon maradni. A tőrt alig észlelte,
bár a vágás utólag annyira kínozta, majd belepusztult.
Az arca vadul lüktetett, a sebből megindult vér a
mellkasára folyt, onnan csíkokban szaladt lefelé a
bőrén. Irtózatos érzés volt.
- Nézzétek meg ezt az embert – üvöltötte a láger
kegyetlenkedéseiről hírhedt vezetője, aki a veréseket
szerényen szükséges nevelésnek titulálta. – Ő meg az
istenverte famíliája vajon hányunk gürcöléséből
gazdagodott meg? A mi munkánknak köszönhetően
zabálta tele magát kaviárral, puccosan öltözködött,

utazgatott, élvezte a luxust, mialatt fikarcnyit se érdekelte, hányan döglünk bele, csakhogy neki jó legyen! De ahogy így elnézem, a dicsőség leáldozóban van, ugye, Kupolyev? – visszataszító röhögés. – Nézzétek meg a gróf urat, nem túl méltóságos látvány! Visszalopakodott ide, hogy alattomban zavart keltsen...

- Nem igaz.

A nehezen mozgó állkapcsával elsuttogott tiltakozás se volt azonban elég halk. Gorskov fenyegetően ugrott oda és a hajába markolva hátrafeszítette a fejét. Az állkapcsánál ejtett metszés megfeszült és szétnyílt, ettől tehetetlenül felordított.

- Mit mondtál, patkány? Nem igaz? – önelégült vigyor. – Már hogyne lenne igaz? Ott áll az ítéletben feketén-fehéren.

- Hazugság.

- Hmm, lám-lám – dünnyögte Gorskov. – A makacs, úri modorra is akad gyógyszer. Add a korbácsot, Riskov. Kell nekem egy kis testmozgás.

Gyakorlás gyanánt kétszer meglengette a sokat látott eszközt, majd amint őt megfordították az oszlopon, lecsapott. Az éles fémdarabokkal díszített korbács úgy hasított a húsába, akár kés a vajba.

- Mischa!

Úgy ült fel, mint akire rátámadtak. A zabolátlan mozdulattal durván lerázta magáról Latheát, mire az felsikoltva a nyakához kapott. Szemét elöntötte a könny.

- Uram isten, mit tettem! Ne haragudj, ma belle.

Beletelt némi időbe, mire az asszony szóhoz jutott.

– Rosszat álmodtál – Mischa bólintott. – Mi volt az?

- Rég volt...

- Mit álmodtál?

- Nem aka...

- Kérlek, Mischa.

Megadta magát. – Szibériáról.

- Bántottak – ez inkább kijelentésnek hangzott, ő pedig nem tagadta. – Azt kiabáltad, hazugság.
- Ó, ma belle, hagyd ezt, kérlek. Rémálom volt, szerencsére azonban felébredtem. Mi lenne, ha inkább hívnám Sergeit valami neked való reggelivel?

Felkelt és meghúzta a csengőt, amit évek óta egyszer se használt. Akkor építették be, amikor az édesapja rászokott az ágyban való lustálkodásra. Ilyenkor három rövidet csengetett a konyhába és tíz percen belül máris érkezett a reggeli.

- Ölelj meg, Mischa. Olyan tehetetlennek és haszontalannak érzem magam.
- Hogy mondhatsz ilyet? – visszalépett az ágyhoz és letérdelve Lathea oldalán átkarolta a csípőjét. – Meg fogsz gyógyulni és akkor csak magukra figyelünk – beletúrt összefogott hajába és örült a békés percnek, amit egyedül a közbetolakodó vallomás tört össze.
- Jó ideje nem álmodtam Tivyről… csak most – dünnyögte Lathea boldogtalanul.
- Tudom, édesem.
- Tudod?
- Hallottam a nevét a szádból.

Lathea szégyenkezve elpirult. – És nem szóltál…
- Nem.

Kopogtak, ám Mischa meg se moccant. Sergei Agilyev óvatosan, a rá jellemző észrevétlenséggel érkezett, jóllehet az arca rögvest felderült a látványra. Mischa elébe ment. – Jó reggelt! Grófné, mekkora öröm így látni.

- Jobban néz ki, ugye?
- Sokkal jobban! És jobban is érzi magát? – Lathea hálásan mosolygott.
- Sergei, ennénk valamit.
- Mi legyen az?
- Nekem a szokásos, de Thea nehezen nyel. Találj ki valamit, ami laktató, mégsem sérti a torkát.

Agilyev buzgón bólogatott. – Rendben. Felhozok mindent.

- Köszönöm.

A szakács, amilyen gyorsan jött, úgy távozott is. Mischa tanácstalanul ott maradt az ajtónál. Noha a Tivy Rogersről folytatott beszélgetés félbeszakadt, az emléke megrekedt a levegőben. Őszintén szólva félt folytatni, ezért időhúzásként átsétált a rossz emlékezetű másik szobába. A támadás óta az ágy matracát kidobták és egyelőre mindössze a csupasz, faragott keret emlékeztetett a bútordarab eredeti kilétére. A szőnyeget is felszedték, alatta a díszparkettát többször felsúrolták. Elszomorító látványt nyújtott, bár ő nem vesztegette az idejét borús gondolatokra. A rossz álom meg a zaklatott napok után arra vágyott, legyen végre valami öröme is.

- Mióta fekszem?

Visszatérve az ajtó túloldalára engedett a csábításnak és odatelepedett az ágy szélére. – Tizenhárom napja.

- Tizenhárom? Ó!

- Nagyon sok vért veszítettél és mindkét seb veszélyes volt.

- Ki ápolt?

- Két barátom. Orvosok. Ha tudnád, mennyire aggódtam és őrülten furdalt a lelkiismeret, mert az egész miattam történt – Lathea feszülten figyelt. – Igen, egy régi ügy, de az illető emlékezete, úgy látszik, pokoli hosszú – hazudta gondosan elhallgatva Chantal gyalázatos szerepét. Hogy miért érezte ennek szükségét, nehéz lett volna megmagyarázni, feltehetően a szégyenérzet tette. A szégyen, hogy valamikor gyengéd érzelmeket táplált egy nő iránt, akit ennyire félreismert, vagy talán nem is ismert igazán soha.

- Elfogták? Vagy Galinát is bántotta?

- Ó, nem! Ne aggódj. Azóta az illető jobblétre szenderült.

Lathea arcából kiszaladt a vér. – De... nem te, vagy Fettisov... úgy értem...

- Nem, drágám. Elvitték kihallgatni és a dolog utána történt.

Ha azt gondolta, ennyivel kimagyarázkodott, tévedett. Éppen meg akarta csókolni szerelmesét, amikor egy újabb kérdés tolakodott közéjük. – Orosz volt?

- Orosz? Miért kellett volna orosznak lennie?

- Hogy eszedbe juttatta Szibériát. Ismerem az ilyesmit, Mischa. Én is újra az apámmal vagy Tivyvel álmodom, akárhányszor olyasmi történik, ami... ami valahogy hozzájuk köthető.

Nem volt értelme hazudni. – Masiulis néhány napja meghalt, de az más ügy.

- Meghalt? Ilyen váratlanul?

- Kérlek, ne kérdezd meg, van-e hozzá bármi közöm.

- Mert nincs?

- Azt hiszem, nincs. Megkértem ugyan Sergit, de várni akart, nehogy feltűnő legyen a dolog.

Észrevette, hogy az asszony gyorsabban szedi a levegőt. – És?

- Masiulis egyszerűen halálra itta magát. Piás volt, érted? Ó, drágám, tudod, mit jelent ez?

Végérvényesen lezárult a múlt.

- És az a nő, Zoljka?

- Lehet, hogy felbukkan még, de... a mindenségit! Leolvasható az arcodról, mit gondolsz!

Lathea sürgősen félrenézett, a mozdulat mégis kimérten lassú volt továbbra is érzékeny nyakával. Mischát felzaklatta a ki nem mondott gyanúsítás. Másfelől viszont elégtételt érzett afelett, mert a felesége féltékeny. Akármit is álmodott Tivy Rogersről, a zöld szörny ismét életre kelt benne, amint Zoljka szóba került. Ahogy a szájára hajolva lassan ízlelgette a csókját, azt súgta: – Tudod, milyen volt vele? Vad, gátlástalan, erőszakos és megismételhetetlen.

- Hagyd abba! – Lathea dühösen eltolta magától és szikrázó tekintettel összefűzte a karjait. – Nem érde...
- És tudod, milyen veled?
- Kérlek, Mischa.
- Azért elmesélem. Akkor sincs vége, amikor kimész a fürdőszobába. Bennem vagy, a szívemben, a bőröm alatt. Ha velem vagy, néha azt hiszem, az érzéseknek fizikai megtestesülések van. Sőt, ebben biztos vagyok.
- Ne csináld ezt.
- Micsodát? Nézz rám, Thea – óvatosan megtartva az állát az őzike szemekbe fúrta a tekintetét. – Zoljka tévedés volt. Nem tagadom, olyan élménnyel ajándékozott meg, amivel senki más, bár azt akár pénzért is megvehettem volna, ha akarom. Ugyanakkor soha nem ismételném meg, soha. Szeretlek téged és ez az egyetlen, ami számít, egyedül ez. Se más nők, se Erwin Cowan, vagy Tivy Rogers. És még valami... ismerlek téged. Sose öleltél volna úgy, ahogy az utóbbi időben, ha nem viszonoznád az érzéseimet. És soha nem ölelnél meg újra, ha más nőre néznék. Igazam van?

Lathea hallgatott.

- Persze, hogy igazam van. Most már te is tudod, hogy más a szex és más a szerelem. Doverben mindketten engedtünk a vonzalomnak, ami erősebbnek bizonyult nálunk. Akkor úgyis mindegy volt, nem igaz? De ez most más. Ha nem mondasz semmit, akkor is tudom, hogy egyetértesz. Marazionban elhagyatott és boldogtalan voltál, mint egy szárnyaszegett kismadár, ellenben most varázslatosan szép vagy és újra önmagad.
- Ne bánts engem, Mischa – megfogta a feléje nyújtott kezet és felültette az asszonyt. – Saint Germainben a felhők felett jártam – suttogta Lathea álmodozók

hangján. – Büszke voltam magamra, hogy képes vagyok boldogságot érezni, hogy van egy jóképű és odaadó férfi az életemben, aki velem tud örülni a Rózsák Köröndje láttán, és aki képes a Szajnába gázolni a kendőmért. De amikor éjjel átöleltél, azt is éreztem, mekkora csalódás lehetett neked, amikor Tivyről és rólam hallottad azokat a történeteket. Hiszen engem ugyanúgy bánt, ha más nőre gondolsz… Zoljkára.

– Egyetlenem, köszönöm.

– Mit köszönsz?

Mischa kissé hátradőlve az asszony szemébe nézett. – Minden szavadat.

Lathea nem viszonozta a pillantását. A mozdulat, amivel végigsimított lapos hasán élettelen és szomorú gesztus maradt. – Szerettem volna egy kisbabát.

– Most mégsem lenne a legszerencsésebb időzítés, ma belle. Előbb épülj fel, még bőven lesz időnk mindenre.

– Mégis… csodálatos lett volna, ha elmondhatom neki, mikor fogant. Hiszen annyira tökéletes volt minden.

– Előbújt belőled az álmodozó – indult Mischa a kopogást hallva ajtót nyitni. – Gyere, Sergei.

A finomságok méretes tálcán érkeztek. Lathea a párnáknak dőlve a szakácsra mosolygott. – Örülök, hogy itt van velünk, Sergei.

– Köszönöm, grófné – Agilyev az asztalkát a lába fölé helyezte. A szűk hely ellenére fényűző teríték volt, porcelán vázában egy szál rózsával, nem beszélve az ínycsiklandó illatokról. – Eredeti, orosz kása. Kóstolja csak meg. Szása kedvence volt, de ő már nincs Párizsban.

Lathea felpillantott. – Ismerem őt, Mr. Chiarinál dolgozik Londonban.

Agilyev meghökkent. – Ez igaz. Végül férjhez ment a csábítójához – közölte Mischa vállon veregetve.

– A mindenit! Van még romantikus leányszöktetés!

– Van bizony! – derült fel Mischa. – Ha Max, vagy Yuri telefonálna, újságold el nekik a nagy hírt.

– Rendben. Jó étvágyat.

Magukra maradtak. Lathea kíváncsian belekanalazott a kásába. Kellemesen langyos volt, ami jólesett a torkának. – Azt hiszem, soha nem kaptam ágyba reggelit, mielőtt Párizsba jöttem.

– Egyetlen szavadba kerül és bevezetjük – kacsintott Mischa rég nem érzett derűvel.

– Az életünk kezd kiismerhetővé válni – nyugtázta Fettisov nem leplezett megkönnyebbüléssel. Mintha a tetőszerkezet felújítása annak szimbólumává vált volna, hogy elűzték a bizonytalanságot és többé nem hagyják magukat sodortatni az árral.

Mischa egyetértően hümmögött. Cseppet sem bánta, amiért Masiulistól és Jagertől egyszerre szabadult meg, nem említve a fenyegetést, amit életükben jelentettek. Jóllehet vissza-visszatérő rémálmai rendre a nyomasztó múltra emlékeztették, a helyzet összességében előnyére változott. Fyodorov már nem jött naponta, nem is lett volna szükséges. Lathea a nap egyre több óráját töltötte ébren, sőt, egyre hosszabb időre fel is kelt.

– Én javasoltam – közölte Fyodorov egy esti vizit alkalmával. – Hadd kapjon erőre, egy kevés mozgás, üldögélés nem árthat. A kötéseket kicseréltem, de hamarosan el is hajíthatjuk őket.

– Örülök, Yuri. Thea már nagyon elviselhetetlennek találta a fekvést.

Ez az apró változás is becsempészte jótékony hatását a házba. Bár korábban sem volt kifejezetten szükséges, ösztönösen úgy viselkedtek, mint olyan helyen szokás, ahol beteg van. Lábujjhegyen jártak, lehalkították a hangjukat, mit se törődve azzal, hogy valójában az emeleti lakosztályokba kevés szűrődött fel mindabból, ami a ház egyéb részeiben zajlott. Ráadásul építészetileg a hatalmas, kör alapterületű márványhall feletti helyiségek távol estek a szalontól meg az étkezőtől, a dolgozószobától, de még a konyha helyiségeitől is. Az egyetlen el nem kerülhető zajforrást a tetőn dolgozó ácsok jelentették, akik rendbehozták a Jager okozta károkat.

- Fel kéne újítani a lakosztályodat is – vetette fel Fettisov a tetőn végzett munkálatok befejeztével.

- Még nem döntöttem el, Fetya. Hátha Thea át akarja alakítani, mielőtt visszaköltözünk – bár megkérdezni egyszer sem kérdezte. Sose került szóba.

- Alig látlak – panaszkodott az asszony.

Igaza volt. Mischa néhanapján maga is elámult, milyen kevéske időt tölt otthon. Látszólag semmi kézzelfogható kötelezettség nem nyomta a vállát, ennek ellenére a jelentéktelen tennivalók is lefoglalták. Az iratai meg az útlevél igényelt még némi utánajárást, de végeredményben lezárták a minisztériumi aktáját, és ezzel visszavonhatatlanul megszerezte civil státuszát. A hadsereghez fűződő kötelékeit elvágta. Egymás után négyszer utazott Avignonba, hátha a Stévenine-ek vagy Aurore révén Chantal nyomára bukkan, ám minden erőfeszítése ellenére nem derített ki többet, minthogy a házat ismeretlenek kifosztották, az özvegy pedig a gyermekével együtt nyomtalanul eltűnt.

- Bottal üthetjük a nyomát – ingatta a fejét Leslie Frimsey egy alkalommal.

A többes számból meg a lapos pillantásból Mischa megbizonyosodhatott arról, hogy balsejtelmei beigazolódtak, és az amerikai figyeltette őt. Ezért hirtelen meggondolva magát közölte: – Átengedem neked az ügyet, számomra itt véget ért.

- Miért keresed Chantalt? – szegezte neki később Lathea a kérdést, amikor kettesben leültek vacsorázni.
- Mert neki köszönhetjük Jager orvtámadását. Chantalt ugyanakkor elnyelte a föld. Nem úgy Sergit, aki meglepetésszerűen állított be a Rue de Rennes-re. Mischa két rövid mondatából rádöbbent, hogy mégiscsak kivette a részét Masiulis likvidálásából. A zseniális végrehajtás jóvoltából erre azonban aligha derül fény. Az oroszt időközben fel is boncolták, ám az első diagnózist az sem írta felül. – A holttestet elküldték Moszkvába. Kissé különösnek találom, na, de az oroszoknál ki tudhatja.
- Mi ebben a különös?
Sergi fintorgott. – Hogy a gyönyörűséges hitvese nem tartott vele. Méltó ez egy gyászoló özvegyhez?
- Mi az ördögöt keres még itt?
Vállrándítás. – Hmm, éppenséggel lenne egy-két ötletem.
- Ki vele!
- Valamelyik nagyágyú szeretője. Vagy csak felismerték, hogy Párizs hemzseg az előkelő, orosz menekültektől, akiket a kémhálózat listavezető helyre biggyesztett. Márpedig ki más bírhatná őket szóra, ha nem a legérzékibb démon?
Ettől az eszmefuttatástól Mischa leült. Arra gondolt, Fettisov hány ízben említette, hogy Zoljka az orosz klubban mutogatja nem lebecsülendő bájait, ahol főleg a magányos, ám a szépségre annál fogékonyabb agglegények lelkesen vették pártfogásukba. Hogy tudtak-e a szovjet hatalomhoz fűződő kapcsolatáról vagy se, arról ő nem értesült, bár gyanította, hogy Zoljka ezzel nemigen dicsekedett el. Sokkal inkább a szépségével kufárkodott a megrészegült és a régi világ nosztalgiájától még mindig vak honfitársai közt.
- Itt nem járt? – tudakolta Sergi.
- Nem.

- Nézd, azt mondom neked, egyelőre hagyjuk békén. Ha mégis a torkodnak nyomná a kést vagy zsarolni kezdene, elég akkor a körmére nézni.

Mischa kételkedett abban, hogy ez előfordulna. Jóval kézenfekvőbbnek látszott, hogy Zoljka addig sürög-forog a cári világ oroszai közt, amíg sikerül egy jó partira akadnia és házasság révén kisiklania a szovjet marokból. Márpedig nemcsak lebilincselő szépsége, de előkelő neveltetése és csavaros esze is a segítségére lehetett bárki behálózásában. A malmára hajtotta a vizet, hogy a párizsi békéhez szokott oroszokból kezdett kiveszni az a fajta éberség, amire ilyen kiszámítható, nyugodt világban nincs is szükség. Őt persze az egész história nem érdekelte, amíg Zoljka távol tartja magát tőle. Egyelőre ezt meg is tette és ezzel valamelyest azt bizonyította, hogy rá nézve a valós veszélyt Masiulis jelentette. A halála végső soron lezárt egy réges-régi történetet.

- Úúúh, nagyon elfáradtam.

Mischa felemelte a fejét az iratokból, melyeket órák óta böngészgetett, és a bezúduló Galinára lesett. Kora este ellenére nem a számtalan próba egyikén járt. Jóllehet őt nem is ez lepte meg, hanem egyszerű, minden cicomát nélkülöző barna nadrágja, valamint a kézzel horgolt pulóver. Megrázóan hétköznapi benyomást keltett. A kanapéra huppanva felhúzta a lábát és bal lábfejéről lerúgva a szandált gyúrni kezdte a lábujjait.

- Ilyen korán, La Petit?
- Maurice-nak halaszthatatlan randevúra kellett mennie. Vacsoráztatok már?
- Én nem, velem tartasz?
- Boldogan.
- Fél óra és Sergei elkészül
- És Lathea?

- Elaludt. Ma sokat volt fenn, elmentünk egy rövid sétára és az eléggé kimerítette. Öltözz át, amíg Sergei riadót fúj.

Ismét a papírokba mélyedt volna, épp belelapozott az egyikbe, amikor Galina megszólalt: – Kiderült ám a kis titkod, gróf úr.

Értetlen pillantással nézett a sejtelmesen kifestett, távol-keleti szemekbe. – Tessék?

- A titkod.
- Miféle titkom? Átlátszó vagyok, akár az ablaküveg.

Galina nem szórakozott a hasonlaton. – Kedden elutaztál Avignonba, úgyhogy hosszasan elbeszélgettem Latheával.

- Ó, levetett a magasló?
- Felesleges a szarkazmus. Tudod, ő valahogy kevésbé szégyelli, hogy a grófnéság előtt szobalány volt.

Mischa letette a tollat és hátradőlve a székben komoran méregette az unokatestvérét. Most már tudta, merről fúj a szél. Szerette volna leolvasni az arcáról, amit a hangja ügyesen elleplezett, de hiába.

- Az ábrázatodra van írva, hogy ez a sebezhető pontod.
- Ne éld bele magadat, La Petit. Én sose szégyelltem Thea származását, csakhogy a beilleszkedését aligha könnyítené meg, ha világgá kürtöljük a részleteket. Túl sok a sznob és beképzelt hólyag errefelé.

Galina elhúzta a száját. – Beleértve engem is?

- Amennyiben találónak érzed.

Halk nevetés. – Meglehetős nagylelkűséggel kezelted a tényeket, amikor azt állítottad, egy előkelő szállodában ismerkedtél meg vele. Úgy hangzott, mintha ő is vendég lett volna.

- Ez volt a szándékom. Van még valami, Mr. Holmes?

Galina gondterhelten nézett vissza rá. – Miért vetted el?

- Mert beleszerettem.

- Egy szobalányba?
- Egy nőbe.
- Egy szobalányba.
- Túlzott osztályöntudatod van, kuzin.
- Ne kábíts, Mischa! Azelőtt átnéztél a cselédlányokon.
- Ha férfi lennél, te se néznél át egy olyan nőn, mint ő.
- Mellébeszélsz – Mischa megadó mosollyal széttárta a karjait. – Tudni akarom, mi történt Oroszországban, ami ilyen felismerhetetlenül kifordított önmagadból... és végül elvettél egy alacsony sorú nőt.
- Érdekelne, mit kezdesz ezzel a tudással?
Galina felugrott és szikrákat szóró szemmel az asztal lapjára csapott. – A fenébe, Kupolyev! Mit gondolsz, kiállok majd a sarokra és beleordítom a világba, amit elmondtál? Egyszerűen csak le akarom bontani ezt az ocsmány falat közöttünk. Szóval, miért ő?
- Mert az enyém lett.
- Micsoda? Mindössze csettintened kell és bármelyik nő a lábadnál hever.
- Pontosan ez a lényeg! Nem róla van szó, hanem rólam, La Petit. Hogy meg tudtam tenni és csodálatos volt. Egy próba, amit kiállt és én is kiálltam.
Galina elsápadt. – Neked elment az eszed. Egy próba? És cserébe elvetted? – suttogta döbbenten, mire Mischa elnevette magát.
- Nem egészen cserébe, azt nem! Szerettem őt, de tudod te, mekkora a távolság a Park Lane meg Stepney közt? Áthidalhatatlan. Én mégis hidat vertem közéjük. Addig szorongattam Theát, amíg eljött velem egy bálba. Beöltöztettük egy fenséges ruhába és kiadtuk Jean-Michel rokonának. Ha láttad volna, mekkora sikert aratott! Senki nem gyanakodott, sőt, összetört néhány szívet.
- A tiédet is?
- Azt már korábban, jóval azelőtt. Viszont bebizonyította, hogy megállja a helyét, és ha

elvenném, sose kéne szégyenkeznem. Utána pedig az
az éjszaka elsöpörte a kétségeimet.
- Tehát szerelemből vetted el?
- Igen.
- Akkor ő miért beszélt nekem mindenféle papírokról?
 Mischa legyintett. – Mert kihasználtam a
helyzetet. Segítségre volt szüksége, én pedig önként
ajánlkoztam.
- Hogy elvedd?
- Ez volt a segítség lényege.
- Miközben sose mondtad el neki, miért?
- Több okból nem. Neki is erős osztályöntudata van és
balszerencsémre akadt más férfi az életében. Nem
akartam egy újabb csalódás lehetőségét előrevetítetni.
Érzelmek nélkül, pusztán józan megfontolásból hajlott
a házasságra, de semmi többre.
Galina kihúzta magát álltában és megfejthetetlen
arckifejezéstől kísérve összefűzte a karjait.
Fájdalmasan sóhajtott. – Egek ura, te egyszerűen
macska-egér játékot űztél vele. Csapdába csaltad!
- Nem igaz. Mindössze megragadtam a kínálkozó
alkalmat.
- De hát miért? Miért nem kérted meg a kezét, ahogy
illik?
- Visszautasított volna.
- Ugyan! Ki utasítana vissza egy Kupolyevet?
- Ő megtette volna.
- Nevetséges, amit mondasz.
- Egy percig se. Baljós körülmények között
ismerkedtünk meg és ő visszataszítónak találta a
modorom, a rangom, a vagyonom… egyedül engem
nem.
- El se tudom hinni – lépett hátra Galina, ahogy
Mischa felállt ültéből és megkerülte az íróasztalt. – És
hogyan érted el, hogy mégis eljött veled? Vagy talán
hamarosan el fog hagyni? Ha mindez kiderülne, a
helyében egy percig sem maradnék.

Mischa zsebébe süllyesztett kezekkel állt meg Galina előtt. – Két kérdés?

- Kettő.

- Az elsőre, Normandiában meghalt, akit szeretett. A másodikra pedig, minden reményem megvan, hogy velem maradjon. Habár a körülmények nem játszanak éppen a kezemre.

- Rám gondolsz?

- Akár rád is, vagy inkább Jagerre meg Zoljkára. Mehetünk enni?

Galina megragadva a jobb karját visszahúzta, hogy Mischa ismét szembeforduljon vele. – Mi közöd neked Zoljkához? – Mischa hallgatott. – Ugye, találkoztál vele Oroszországban?

- A legfájóbb titkaimon trappolsz keresztül, chérie.

- Igen, alighanem.

- Mégsem zavar, ahogy látom.

- Szeretlek, Mischa, és évek óta becsapsz.

Legyőzve és megadásra kényszerítve Mischa felsóhajtott. – Igazad van. Volt egy kalandom vele Oroszországban.

- Egy kaland, ami négy évig tartott? – faggatózott Galina kíméletlen céltudatossággal. – Férjnél volt már?

- Igen.

- És?

- Ó, ha tudnád, milyen erőszakos vagy!

- Tudom, bár ha nem tudnám, te akkor is emlékeztetnél rá. Ki vele! – az apró ököl noszogatásképp mellbe veregette. – Csak egyszer hadd lássak a lapjaidba és a szívedbe.

- Azért utaztam oda – vágott bele Mischa némi gondolkodás után, bár nem szívesen szolgáltatva ki magát. –, mert Zoljka írt nekem… anyámról meg a testvéreimről. Naiv voltam és el akartam hinni, hogy élnek.

- Miközben becsapott.

- Be, elkábított a szépségével, majd a férje megzsarolt. Nem akartam annyit fizetni, amennyit követelt, erre feldobtak a rendőrségen. Szépen kiagyalt terv szerint.
    Galina elsápadt. – Tehát nem vele voltál annyi éven át?
- Szibériában voltam, és még mindig ott lennék, ha Fetya nem jön utánam. Hogy ez micsoda kínszenvedés lehetett, azt nem kellett Galinának megmagyaráznia. A tekintetéből ki lehetett olvasni, miféle vészharangot kondított meg a fejében Szibéria említése. Első szavai is ugyanezt igazolták. – Ez minden kérdésemre választ ad. De erről nem foglak faggatni.
- Hálás is lennék érte.
A hall túlsó végéről ajtócsapódást hallottak, közvetlen a nyomában Sergei lépteit, ahogy komótosan közeledik a márványon. – Megterítettem. Jó estét, Galina.
- Hogy van, Sergei? Jut nekem is valami a finomságokból?
    Sergei elégedetten vigyorgott. – Ez csak természetes. Máris felteszek még egy terítéket.
- Köszönöm.
Magukra maradva Mischa ismét Galinára nézett, szigorúan és megviselten, megbánva az őszinteséget, mely, attól félt, visszaszállhat a fejére. Latheában megbízni egészen mást jelentett, hiszen ő is súlyos terheket hurcolt magával. Ezzel szemben Galina a maga lobbanékonyságával és szertelen természetével nem ígérkezett a legmegbízhatóbb cinkosnak.
- Remélem, La Petit, nem okozol csalódást. Thea érdeke kívánja, hogy a származását ne kürtöljük világgá. És ugyanúgy nem szeretném nagydobra verni, hogy az ostobaságom a tajgáig űzött. Megbíztam benned, kérlek, ne ábrándíts ki.
- Látom, ez a bizalom továbbra sem teljes.

- Bizonyítsd be, hogy tévedek – Mischa a karját nyújtotta. – Most már tényleg megéheztem.

Galina elfogadta ugyan a gesztust, az arca azonban zárkózott maradt. – Eddig azt hittem, ismerlek.

- Az igazság néha nagyon fájdalmas tud lenni.

- Lathea vajon átlátott a mesterkedéseiden? Tud erről az egészről?

Mischa megvonta a vállát. – Mit kéne tudnia? Mondtam már, hogy az igazság ritkán kellemes.

- Azaz, amiről nem tud, nem is fáj neki?

- Valahogy úgy – húzott ki Mischa egy széket, Galina pedig kényelmesen elhelyezkedett rajta. Már az előételt fogyasztották, de csak ült némán őt méregetve. Megfejthetetlenül, ellenségesen. – Minek köszönhetem ezt a gyilkos pillantást?

- Valósággal megijeszt, milyen számító tudsz lenni. Talán Latheát kellene a részvétemmel kitüntetni ahelyett, hogy azt hinném, téged ejtett el egy pénzsóvár East End-i fruska.

Mischa örömtelenül felnevetett, ahogy hátradőlt a széken. Szalvétáját félretéve állta Galina tekintetét. – Mondok neked valamit, amit éppen Londonban tanított meg nekem az élet. Nem az a fontos, ki illik az emberhez rang, vagyon, testsúly, vagy szemszín alapján, hanem a lelki hasonlóság. Thea sok szörnyűségen ment keresztül, volt, aki elbánt vele, ahogy velem Chantal, volt, aki meghalt, de mostanra mindketten eljutottunk oda, hogy a sorssal kompromisszumokat kötve boldogok szeretnénk lenni. Néha nevetségesen kevés is elég ehhez, bár ezt sokáig nem akartam elfogadni.

- Kiábrándítóan hangzik.

- Szó sincs róla! Vagy ha igen, akkor is csak azt bánom, hogy eddig nem jöttem rá.

- Mire? Köszönöm, Sergei.

Agilyev felszolgálva a főételt kisurrant. Mischa összefűzve az ujjait a tányér két oldalára könyökölt. –

Csodálatos dolog a városban barangolni és a másik örömében osztozva felfedezni a helyeket, amit máskülönben észre se vennék. Vagy amikor Thea azt mondja: együnk egy fagylaltot, ilyen egyszerűen. És ha legközelebb arra visz az utam, szinte ott látom magunkat a kávéház teraszán két-két gombóccal hadakozva.

- Elnézést.
- Mondd, Sergei.
- Monsieur Doorn van a telefonnál. Holnap tiszteletét tenné.

A hír egyszeriben felvillanyozta Mischát és biztos lehetett benne, hogy Lathea még inkább így lesz vele.

– Máris jövök és beszé…
- Azt kérte, csak egy igent vagy nemet mondjak neki, mert a barátaival ma a La Rotonde-ba készül – szabadkozott a hírnök.

Mischa visszaült. – Rendben, akkor holnap szívesen látjuk.
- Csak nem a régi mestered a Montparnasse-ról? – kíváncsiskodott Galina.
- De bizony! Thea boldog lesz az öreg láttán.
- Ő honnan ismeri?
- A háborút Okker házában vészelte át – Mischa alig bírva a semmiből támadt jókedvével összecsapta a két tenyerét. – Holnap végre megjön az ajándék, amire mióta várok már.
- Miféle ajándék?
- Idejében meglátod, La Petit – kacsintott. – Majd meglátod!

44.

Lathea felállt az ágyról, hogy az ablak közelébe tolt állótükörhöz lépjen. Maximov ugyan megnyugtatta, hogy a hasi varratnál érzett feszülés jót jelent, őt egyelőre mégis korlátozta a mozgásban és gyakran ösztönösen kapott oda. Ennek ellenére szüksége volt arra, hogy elhagyja a hálószobát. Fuldoklott a bezártságtól, melyben többnyire Fettisov jelentette az egyetlen lélekemelő társaságot. Éppen ezért szívesen kirándult a konyhába, ahol Sergeijel végeláthatatlan beszélgetésekbe bonyolódott lábosokról, fűszerekről, meg egyéb praktikákról. Ezek életében először nem valamiféle kötelességként villantak fel előtte, hanem könnyed, társalgási témaként. Első ízben adatott meg, hogy puszta örömből főzzön, és meglepte, ez mennyire más érzés.

A tükör előtt állva tüzetesen szemügyre vette magát. A világoskék ruha ügyes szabása karcsúbbnak mutatta, és azzal, hogy nem simult a testére, a derékvarrás a kellemetlen, súroló érzéstől is megkímélte. Oldalt fordult, majd vissza. Az elegáns tükörkép, konttyal meg aranylánccal, ismerősnek tűnt, valahogy mégis idegen maradt. Jóllehet Mischa gálánsan állta a számlát, nem szólt bele, milyen ruhákat választ magának, ez az ajándékba kapott darab jól mutatta az ízlését. Alig fedte a lábszárait és tetszetősen kiemelte a mellét. Mosolyognia kellett azon, milyen leleményesen juttatja érvényre az akaratát.

- Ha időbe is telik, kivetkőztetlek a gátlásaidból - győzködte őt egy alkalommal, és ő valóban úgy érezte, ennek a ravasz fegyverarzenálnak nem tud ellenállni.

Mischa leplezetlenül szerette, nem törődve anyagiakkal, vagy a háború utáni áruhiánnyal. Harisnyát, csipkét, selymet vett neki, mígnem kezdett már beleszédülni a kényeztetésbe. Önmagát méregetve el kellett ismernie, hogy tetszik neki ez az új megjelenés. Noha ez idáig a külsőségek alig jelentettek számára valamit, a férfi szemszögéből vizsgálva önmagát büszkeség töltötte el. Jó értelemben véve átformálta őt és azzal az önbizalommal ajándékozta meg, amit annak előtte nem ismert.

Kopogtak. – Igen?

Ősz fej és két ragyogó, kék szem tűnt fel az ajtó résében. – Van itt valaki?

- Laurie! – tökéletesen megfeledkezve az előírt kimértségről, hirtelen ott termett a férfinál és hagyta, hogy az a karjaiba zárja. – Ó, Laurie! Mennyire hiányzott nekem!

- Ahogy nekem is, kedvesem – Laurie eltartotta magától, hogy kedvére szemrevételezhesse. – Most már egy küllemében is hamisítatlan grófnő... lélekben mindig is az volt.

Lathea belepirult a rajongó pillantásba. – Csak álmodozó, ódivatú fruska.

- Ugyan, ugyan, én mindig is tántoríthatatlanul álltam az oldalán és ezen nem változtathat semmi.

- Ez igaz, nem is lehetek eléggé hálás érte.

Laurie beljebb merészkedett, hogy betegye maga mögött az ajtót. – Arra nem is tartok igényt. A lekötelezett ember nem ismeri az őszinteséget.

Az öreg kissé tétova, már-már titokzatos ünnepélyessége felkeltette Lathea kíváncsiságát. – Történt valami?

- Csak semmi aggodalom, minden tökéletesen rendben van. Tulajdonképpen azt szerettem volna hallani, nem bánta-e meg, hogy eljött Párizsba.

Miként viseli magát az az aranyifjú a saját felségterületén?

A könnyed hangvétel dacára a kérdést komolyan kellett venni. Az ismerős szigor ott bujkált a kék szemekben és Laurie türelmesen ki is várta a választ.

- Más, mint a Parisianben.

- Ezt sejteni lehetett, nem igaz? De mégis mennyiben más?

- Nem könnyű megfogalmazni. Sok a gondja és sokat van távol, mégis felszabadító érzés vele bolyongani a városban. Ha együtt lehetünk, mintha más nem is létezne – Laurie hümmögött valamit. – Szeretem őt, lassan kezdem meg is ismerni. Itt nem tudja olyan sikeresen eltitkolni, ki is valójában.

- Vagy már nem akarja.

- Talán nem.

Rövid csend következett. Laurie lehuppant a széles ágy peremére, Latheát is maga mellé húzta. – Boldognak látszik, kedvesem, a rémségek ellenére.

- Elmúltak, Laurie.

- Úgy legyen! Azt azonban mindenképpen be akarom pótolni, amit Marazionban elmulasztottam.

- Megijeszt.

A festőkéz szép ujjai megpaskolták a karját. – Semmi ok az ijedelemre. Mindössze arról van szó, hogy a Parisian mindörökre az otthona marad. Mi ketten összetartozunk, ezért szeretném, ha azt a házat az otthonának érezné, akármerre is viszi a sorsa.

- Köszönöm.

- Könnybe lábadt a szeme.

A kötekedő vigyor láttán Lathea elnevette magát, sután a szemét törölgette. – Ha ilyeneket mond.

- Higgye el, komolyan beszélek – Laurie arcán kisimultak a nevetőráncok. – Emericóval és Rustyval részleteiben megvitattam a döntésemet, mert biztos akartam lenni abban, hogy támogatnak. Tudja, Lathea, az ég váratlan ajándékának tekintem, mert maga belépett az életembe és napfényt csempészett bele. Számtalan dolgot vészeltünk át együtt, nem igaz? Kemény éveket, kétségbeesést, könnyel és fájdalommal – felsóhajtott.

- Boldog voltam, Laurie. Minden nehézség ellenére. Apró, nosztalgikus mosoly szólt az emlékeknek. – Akárcsak én. Boldog, mert ott volt és perlekedett velem, vagy hagyott engem perlekedni, ha azt akartam. Mert nem kellett elhagyatott vénemberként tengődnöm és mert visszaadta a fiamat – Laurie elérzékenyült, valószínűleg ezt leplezendő nagyot fújtatott. Kihúzva magát folytatta: – Szeretném, ha tudná, akárhogy is érzi magát most Párizsban, Marazionon túl, a Lizard-félsziget irányában mindig várja egy kis darab föld, amin egyelőre csak néhány csinos dűne meg fű terpeszkedik, ám van egy szép strandja is. Ha a sors úgy hozná, az otthona is lehet, mert a magáé.

Lathea szívére szorított tenyérrel fürkészte az arcot, amit annyira szeretett. – Az enyém?

- Igen, a nevére írattam, a lánynevére, hogy senki el ne vehesse magától – Laurie az ajtó felé sandított. – Hajdanán az apám elüldözött arról a földről, holott az egyetlen otthon volt, amit ismertem. Ettől kezdve évtizedekig csakis előre nézhettem, mert nem volt hova visszatérnem. Nem akarom, hogy magának is ez a sors jusson. Ha Mischa nem érdemli meg az érzéseit, legalább tudja, hova térhet haza. Nem vagyok módos ember, ennél többel nem hálálhatom meg a szeretetét.

- Ó, Laurie!

Lathea, a megindultságtól legyűrve, átölelte őt és többé nem tarthatta vissza a kikívánkozó könnyeket. Soha senkitől nem kapott még annyi mindent, mint éppen az öreg festőtől, akit a vak véletlen sodort az útjába, és akinek a sors eredendően talán nem is szánt többet epizódszerepnél az életében. Mennyire méltatlanul.

Laurie csitítóan meglapogatta a hátát, közben a kezébe lopott egy ropogósra vasalt zsebkendőt és türelmesen kivárta, hogy kifújja az orrát. – Lenne itt még valami – óvatosan elővarázsolt két kötetet a zakója zsebéből. Aprócska, agyonlapozott könyvecskék voltak, az egyik műbőrkötésén valamikor aranybetűk tündökölhettek. A másik ugyanakkor foltos, töredezett külsejével mintha rettenetes hányattatásokon ment volna keresztül. – Ezeket Marcus Rogers küldte el magának. Még fel is hívott, hogy biztosan megérkeztek-e Marazionba – bár Lathea felé nyújtotta a naplókat, ő habozott átvenni őket.

- Tivyé? – préselte ki magából megtört hangon.

Laurie biccentett. – Régóta náluk lehetett, de nem volt lelkierejük a hadsereg által visszajuttatott holmit megbolygatni.

Lathea már-már félve simított végig az ereklyéken. A felső egy szamárfülesre olvasott Elizabeth Barrett-Browning kötet volt a margón kézzel írt jegyzetekkel, míg a másik egy napló.

- Mr. Rogers azt mondta, a fia magának szánná. Ha elolvassa, megérti, miért.

Lathea belelapozott. – *'Polly gyűlöl azért, amit tettem. Megértetni azonban nem tudom és most már nem is nagyon akarom magam. Azt mondta, Lathea meghalt és Stepney-vel együtt annak is vége lett, amit fel akarok támasztani. Lehet, ennek ellenére vissza kell jutnom Londonba, hogy megtudjam, miféle fantomot kergetek'* – lapozott néhányat. – *'Amikor olyan nyíltan beszélt arról, amit átélt, hiába is várta, hogy elítéljem, vagy elborzadjak. Mindvégig ott motoszkált bennem, hogy a boldogtalansága az én lelkemen szárad. És legbelül valami azt súgta, közben mindvégig egymáshoz tartoztunk'* – a napló vége felé ez állt. – *'Leírhatatlan érzések kavarognak bennem.*

Az elégedettség, hogy szerethetek valakit, és a viszolygás, mert mégis el kell hagynom. Ma a parkban, azt hiszem... az több volt minden eddigi szerelemnél, amit valaha átéltünk. Azt a másik mámoros éjszakát sem feledhetem a tengerparton, amelyiken Latty az enyém lett, ez most mégis más volt...csalódnék, ha ezek után nem hordaná a fiamat a szíve alatt...'

Megrémülve attól, amit papírra vetve látott, Lathea összecsukta a naplót. Elpirulva és felkavartan lesett az öregre. – A múlt sose hal meg.

- Miért is kéne neki? A múltunk nélkül kik lennénk ma? Emlékezzen csak rá, ugyanakkor azt az ingoványos mezsgyét se feledje a múlt és a valóság között – Laurie valószínűleg nem értette Lathea ráncba szaladt homlokát, mert a szívére szorított tenyérrel annyit hozzáfűzött: – Emlékszik még a történetre, amit Neda Keatonról elmondtam? – Lathea a két könyvecskét az ölében dédelgetve bólintott. – Tanuljon az én ostobaságomból. Azon a nyáron felhőtlenül boldog és elégedett voltam valakivel, akiről azt gondoltam, tökéletes... és persze a kettőnk érzelmei örökre kitartanak. Soha nem éltem át hasonlót és elvakultságomban későn ébredtem rá, hogy annak a nyárnak egyedül a fináléja volt valóságos. A többi puszta képzelgés, bár annak meseszerű – Laurie bágyadt mosollyal a tenyerébe vette Lathea kezét. – Ne essen ugyanabba a hibába, mint én, és hagyja, hogy a letűnt boldogság nosztalgiája gátat vessen valami újnak, ami... ami esetleg hasonlóan értékes lehetne. Én elveszítettem Anne-t, mire rájöttem a tévedéseimre, maga viszont még lehet okos. Okosabb, mint én voltam.

Bernard Delorme kritikus szemmel bóklászott körbe. Megállapíthatta, hogy a ház az előkelő márványnak hála pazar küllemet nyert, igaz, legalább ennyi távolságtartást és ridegséget is kapott tőle. A kertre néző három ablakon beömlő fények ellenére is hiányzott innen a melegség. Nem úgy a szalonból, ahol a tölgyből faragott polcrendszer meg az ülőgarnitúrára került derűs kárpit bensőségességet kölcsönzött a helyiségnek. A dísztárgyak a kiegészítő bútorokkal együtt jellegzetesen orosz hangulatot teremtettek, ami ennyi év távlatában is, de Mischát a pétervári palotára emlékeztette. Bár azok a termek összehasonlíthatatlanul tágasabbak voltak, az édesanyja mégis annyi otthonossággal tudta őket megtölteni, ami elvette a nagyság kellemetlen érzetét.

- Nincs élet ebben a házban – fordult körbe Bernard utoljára, mint akit értékítéletre kértek fel. – Nem mondom, hogy nem szép, vagy előkelő, csak éppen...

Mischa vállon veregette. – Pontosan tudom, Grafit.

- És? Szándékodban áll tenni valamit?
- Mire gondolsz?
- Ugyan már! Művész létedre ilyen szamárságot kérdezni!

Az őszinte felháborodás mulattatta Mischát. Hellyel kínálva beljebb terelte öreg barátját és a szalon egyik sarkában, a fényben fürdőző karosszékekbe telepedtek. Egy-egy konyakot hörpölve jelentéktelen apróságokról csevegtek tovább.

- Laurie-t kicserélték – mesélte Bernard. – A legvarázslatosabb, ami történhetett vele, az Emerico felbukkanása. Ismered a fiút? – Mischa némán helyeselt. – És?
- Le se tagadhatná, kinek a fia. Ugyanaz a csupa élet, hatalmas szívű ember, nem kevés tehetséggel megáldva. Építész.
- És a régi viszály?
- Elsimítva. Képzeld magad a helyébe. Az anyja a halála előtt meglepte egy vallomással, amire álmában sem számított. A tetejébe a háború alatt megjárta

Afrika poklát. Tobrukban rostokolt egy komoly
sérüléssel.
- Hallottam.
- Mindnyájunkon sebet ütött ez a néhány év. Se mi, se
a világ nem ugyanolyan többé.
- Ez nem szeretném.
Mischa felsóhajtott. – Ne áltassuk magunkat. Évekkel
korábban sejteni lehetett, hogy a háború
elkerülhetetlen, ennek ellenére mintha
összebeszéltünk volna, mindenki habzsolta az életet,
utazgatott, próbálta kiaknázni a jelent, merthogy ki
tudja, mi lesz holnap. Ez viszont most más, Grafit.
Amit most teszünk, azt számon is kérik majd rajtunk.
- Borúlátó vagy.
- Hidd el, megvan rá az okom. A közelmúltban az új
lengyel attasé estélyén jártunk. Istenemre, senki nem
állíthatja, hogy a társadalmi különbségek rabja lennék,
de így is gyomorforgatónak találtam az egészet.
Azelőtt, aki a követségi személyzetbe bekerült,
képviselt egy elvárt nívót, ehelyett most a kelet-
európaiak szmokingba húzott parasztok és munkások.
Halvány fogalmuk sincs a társasági etikettről, vagy jó
modorról, ami nem is lenne zavaró, ha nem akarnának
másnak látszani, mint akik.
- Oroszokkal is találkoztál?
Mischa felajzva fújtatott. – Azokra a gyilkosokra
célzol? A képmutatás magasiskolája. Elmondták,
mekkora jótéteményt jelentenek az országnak,
méghozzá az igaz eszme meg a társadalmi egyenlőség
zászlaját lobogtatva. Éppen nekem aztán ne mondják,
hogy most egyenlőség lenne. Az új rend nekik azt
jelenti, hogy csakis azt lehet gondolni, amit a párt
gondol, az emberek nagy része pedig ugyanúgy
nyomorog, mint azelőtt. Úristen, ezek nem tudják,
hogy az emberek egyszerűen nem egyformák? Az
egyik kövérebb, okosabb, tehetségesebb, vagy
éppenséggel gazdagabb, mint a másik!

- Azért az ő szempontjaik is érthetőek. Bosszantó, ha valaki nem olyan kiváltságos és Krőzus, mint sok másik.

- Messze nem a pénzről van szó, Grafit. Hanem azok hatalomvágyáról, akiknek eddig nem jutott belőle egyetlen morzsa sem. Gondolj csak bele, hogyan is lehetne teljes egyenlőségben irányítani egy országot? Kész káosz, tehát mi történik? Egyesek, nyilván a szerencsésebbek, mások fölé helyezkednek, és ha már egyszer a hatalom és pénz közelébe férkőztek, annyit harácsolnak össze, amennyit módjukban áll. Szerintem ez ugyanaz a hierarchia, mindössze nemesi címek alkalmazása nélkül.

Bernard tűnődve viszonozta Mischa szikrázó pillantását. – Indulatosabb lettél... és keserűbb.

- Keserűség? Hát, tudod, kinek köszönhetem Thea sérüléseit?

- Még azt sem igazán tudom, mi történt vele.

Mischa a válasz előtt töltött egy újabb kör italt. – Chantal Stévenine-nek.

- Ó, az ex-menyasszonyod? Az a déli lány Provance-ból?

- Ő az. A háború alatt szült egy fiút, én pedig jó okkal nyomoztattam utána, esetleg nem én vagyok-e az apja. Erre betört ide, akár egy fúria, Theának az arcába zúdította a kávét, utána pedig megfenyegetett.

Bernard dús szemöldöke felszaladt. – Mégis mivel?

- Oda se figyeltem, ezzel szemben ő, komolyan vette az ígéreteit. Felbérelt egy németet, aki a tetőn keresztül bemászott a házba és a hálószobába osonva megszúrta Theát. A torkát is elvágta. Mindezt azért, mert Chantal zokon vette, hogy a fiamért akár harcba is szálltam volna vele. Szerinted ez nem elegendő a keserűséghez?

Bernard a rá olyannyira jellemző, lassú beszédével válaszolt. – Ismerlek jól, Kolja, ne lovalld bele magad ebbe a sértettségbe. Túlélted a háborút, míg mások belepusztultak. A világ valamelyik sarkában akár el is rohadhattak a csatamezőn, vagy megcsonkítva és tébolyultan tértek vissza. Neked ellenben kutya bajod, van feleséged és otthonod. Ostobaság lenne, ha mindezt nem tudnád a való értékén megbecsülni.

- Eszembe se jut, éppen ellenkezőleg!

A további fejtegetést elharapva Mischa a hall felé kitárt ajtóra függesztette a tekintetét. Odakint egyre közeledő léptek koppantak, hogy némi késéssel Lathea tűnjön fel Laurie karján. Félénken, kissé szögletesen mozgott, máskülönben a csinos, kék ruha visszalopta régi szépségét. A szín illett sápadt bőréhez és szőke loknijaihoz, a könnyed szabás kihangsúlyozta testének körvonalait. Kimért mozdulatain túl egyedül az apró sál idézte a közelmúltat, mely a csúnya vágást takarta. A sebhely őt saját sorsára emlékeztette, jóllehet hallani se akart arról, hogy az asszonynak egy életen át ugyanúgy viselnie kelljen ezt a bélyeget.

Felemelkedett a puha karosszékből, hogy elébe menjen. – Gyönyörű vagy, chérie.

Laurie kedélyesen kacsintva engedte el Lathea karját.

– Hoztam egy meglepetést, gróf úr! – ezzel sarkon fordulva kisiklott az ajtón.

Lathea bátran Mischára mosolygott, azonban ez a gesztus se leplezhette el kipirosodott szemeinek különös ragyogását. – Te sírtál? Mit művelt veled a vén bagoly?

Újabb mosoly érkezett, halvány és messze nem felhőtlen. – Elmerengtünk az emlékeinken.

Mischa ugyan mondani akart valamit, ám meggondolva magát inkább a szófa felé engedte az asszonyt. Meg kellett tartania a derekát, hogy komolyabb fájdalom nélkül a mélyen ülő párnákra ereszkedhessen. Közben Laurie visszatért a gondosan becsomagolt meglepetéssel, ami első pillantásra elárulta, mit rejt. Egy elszakadt részen a festmény kerete ugyanis kikandikált alóla.

- Nos? – noszogatta Mischa türelmetlenül.

- Nyugalom, barátocskám, hova lett az arisztokratikus hidegvér, eh? – kacsintott Laurie feltámasztva az ajándékot az ablak előtt álló fiókos szekrény tetejére. Amíg a rögzítő spárgát igyekezett kioldani, Bernard keresztbe lógatva egymáson a lábait élvezte az előadást.

- Izgalmas, mi?

Az olcsó papír vonakodva hullott alá és mögüle előbukkant a festmény, mely a St. Michael's Mountot ábrázolta Marazionban, illetve Latheát abban az érzékien lenge, ártatlanul fehér ruhában, melyet a tengeri szél a testére formázott. Mischát a hatás ugyanolyan elemi módon nyűgözte le, mint amikor először látta Laurie keze munkáját. Vagy egy kicsit még jobban, hiszen az asszony légies alakját körbeölelő táj immár régi ismerősként köszönt vissza. Laurie zsenialitását méltatta, hogy a természetnek a vásznon megjelenő mozaikja teljes élethűséggel, ugyanazzal a tarka-barka bájjal, életteli vibrálással varázsolta el, amit ott megfordulva bárki a saját érzékeivel tapasztalhat meg. A színek ragyogása váratlan módon megtöltötte a Rue de Rennes kissé kopár szalonját.

Bernard füttyentett elragadtatásában, Mischa pedig hasonló elismerés gyanánt elhátrálva méregette a vásznat. Az ecsetvonások megszólaltak, Laurie jellegzetes, általa 'satírozásnak' nevezett technikája nem hozott létre felismerhető vagy a hagyományos értelemben vett kontúrokat, mégis pontosan azt a hatást keltette. A végeredmény tagadhatatlanul lebilincselőre sikeredett. – Okker, ez… szavakat se találok.

Laurie önelégülten vigyorgott. – Remélem is. Ugyanis neked szántam ajándékba.

- Hálás vagyok.
- Laurie – szólt közbe Lathea sietve. –, miért nem adja el inkább? A londoni ügynöke egy vagyont kínált érte.
- Mégsem adtam oda neki.
- Hiszen szüksége van a pénzre, vagy lehet a későbbiekben.

Mischa hevesen tiltakozott. Azóta vágyott a képre, amióta Laurie először eldicsekedett vele. Meglátni és megszeretni, tartja a mondás, és ő bizony szakasztott így járt. Most már, hogy elérhető közelségbe került, semmi pénzért nem mondott volna le róla. Jóllehet eleinte a modell miatt kívánta megszerezni, ma legalább ilyen csodálattal feledkezett bele az ábrázolt tájba, mely álomszerű hátteret szolgáltatott a női alakhoz. Elegendő időt töltött Marazionban ahhoz, hogy töviről-hegyire megismerhesse a vidéket, ez pedig viszontlátva rádöbbentette, hogy az az idő mély nyomokat égetett a lelkébe. Boldog volt ott, a kételyek, viták és Lathea szomorú balesete dacára.
- Álljunk meg egy szóra – lépett közbe magához ragadva a kezdeményezést. – Theának természetesen igaza van, de akkor már én szeretném megvásárolni.

Laurie-nak nem tetszett a beállt fordulat. – Erről hallani se akarok.
- Miért? Kérj érte bármennyit.

A meglengetett ujjak három kört írtak le a levegőben.
– Megpofozlak, te gyerek! Hallani se akarok erről többé! Szeretlek titeket, a családomhoz tartoztok, egyetlen pennyt se fogadok el.
- És néhány sou-t?
- Kolja!

A mérges mordulás hallatán Mischa égnek emelt kezekkel adta meg magát. – Jól van, csak tréfáltam.
- Rossz vicc, fiam! Megfizetni egy ajándékot! Ki hallott már ilyet!

A heves érzelemkitörés Latheát is meggyőzhette, mert többé nem hozta szóba a dolgot, Laurie viszont szélesen mosolygott az örömét látva.

- Hova teszed? – érdeklődött a szerző már a vacsoránál.

- Én a hálószobába tenném – somolygott Bernard a húst szeletelve.

Mischa értékelte a kaján pillantást. – Nem is rossz ötlet, Grafit.

A férfiak nevettek, miközben Mischa az asszony keze után nyúlva csókot lehelt rá. Amolyan bocsánatkérésfélét. Az este milliónyi mondanivalója azonban a festmény helyett a cornwalli események körül forgott. Laurie tele volt hírekkel, ezek sok esetben nem bizonyultak egyébnek falubeli pletykáknál, igaz, éppen a főszereplők személyes ismerete tette, hogy mégis figyelmes fülekre találtak. Laurie ragyogó elbeszélő lévén a legszíntelenebb történetet is életre tudta kelteni. Jóízűen mulattak a fordulatokon, egymás szavába vágva fűzek hozzá ezt-azt, amire megint harsogó hahota volt a válasz. Bernard megszokott kis odamondogatásai annak dacára is élvezetes riposztot jelentettek, hogy a Laurie által felemlegetett figurákat egyedül ő nem ismerte.

- Emericónak hogy tetszik a házasélet?

Laurie Latheára kacsintott. – Kifejezetten jól áll neki. Rusty belevaló kislány – elnevette magát. – A háztartáshoz vajmi kevés köze van, ugyanakkor vág az esze, akár a borotva. Ilyet még életemben nem láttam, az összes dolog, amit más lejegyez, neki a fejében van. A könyvelést is itt csinálja – kocogtatta meg a halántékát. –, elképesztő!

- Valóban az.

- Isten óvjon a fejszámoló nőktől.

- Ugyan, barátom – hahotázott Laurie. – Előítéletek rabja lettél? Amúgy van egy mindennél érdekesebb újság is. Kester Frostról.

Mischa hirtelen megmarkolta a poharat, amiből eredetileg inni szándékozott, Lathea pedig merev háttal mozdulatlanná dermedt. A nyilvánvaló feszültségüket látva Laurie nem játszott a türelmükkel, hanem a történet közepébe vágott. – A múlt hónap elején meglehetős kapkodással megnősült, majd rögvest száműzte Corey-t Penzance-ba. Carlának először egy hosszú nászútról habogott, ám amikor Nick látogatást tett Londonban, kiderült, hogy is áll a helyzet valójában.

– Miféle helyzet?

– Miféle? Hogy nem is volt nászút. Sokkal valószínűbb, hogy az újdonsült Mrs. Frost cseppet sincs kibékülve az anyaszereppel.

Súlyos csendet tört meg Mischa keserű megállapítása: – Nyilvánvaló a dolog, berezelt és gyorsan megnősült.

– Ez nem értem.

– Pedig egyszerű, Okker. Hivatalosan is bejelentettem az igényünket Corey-ra.

Laurie jellegzetes mozdulattal a bajszát pödörgette, mielőtt fakón megjegyezte: – Bűn, amit azzal a szegény gyerekkel művelnek.

– Ezért akarom elperelni az apjától.

Kétkedő fejmozdulat következett. – Kester Frost az a fajta, aki ragaszkodik a sajátjához. Lehet, hogy nincs szüksége rá, mégis kell neki.

– Ó, nem, ő ahhoz a sohói nőhöz ragaszkodik, akire feltehetően a régi önmaga rá se bírt volna nézni. Viszont időközben megözvegyült és megjárta a háború poklát, most meg az új énjéhez választott egy új nőt.

– És Corey? Attól még a fia.

– Rossz emlék neki, de engem jobban érdekel a gyerek sorsa, mint az ő büszkesége.

Laurie biccentett. A hirtelen rájuk szakadt elmélkedésben Sergei leszedte az üres tányérokat, hogy utána feltálalja az édességet. Hatalmas rutinnal bűvészkedett a porcelánnal a nélkül, akár egyetlen edénykoccanást is hallani lehetett volna.

- Laurie, találkozott vele? Corey-val? Mischa megszorította Lathea kezét az asztal alatt, hátha ezzel is bátorságot önt belé.

- Igen, kedvesem, Carla elhozta.

- És...hogy van? Kérem, mindent meséljen el. A borongós arckifejezés szavak nélkül árulta el az igazságot. – Magába fordult, búskomor lett. Bárcsak azt mondhatnám, hogy vidám és mosolygós.

- Az igazat mondja.

- Kicsit megnyúlt, kicsit lefogyott és nem nevet többé. Csend.

- Értem – segélykérő pillantás vándorolt Mischára, majd vissza az öregre. – Istenem, Laurie, a lelkünket kitettük, hogy szeretetet lopjunk az életébe és családot adjunk neki. Most meg Kester mindent tönkretesz – Lathea hangja elcsuklott. – El se tudom hinni.

A bénítóan gyászos hangulatban Mischa ismét végigsimított Lathea ujjain. – Tegnap felhívott Ambrose Forsham és azt állítja, minden reményünk megvan, hogy lebirkózzuk Frostot. Különösen azok után, hogy Corey-tól ilyen feltűnő gyorsasággal szabadult meg.

- Nem kenyerem az ilyesmi, de... – Laurie megköszörülte a torkát. – most mégis minden eszközt elfogadhatónak tartok, Kolja. Az a gyerek szenved.

- Rajtam nem fog múlni. Hidd el, az összes szóba jöhető eszközzel élni fogok, legyen az befolyás, személyes összeköttetés, vagyon vagy rang. Theával már döntöttünk és végig is játsszuk ezt a menetet.

A vendégek rég elmentek, a Rue de Rennes éjszakai nyugalomba vonult, pisszenést se lehetett hallani. Galina a szobájában pihent, Fettisov még nem érkezett haza az orosz klubból. Körös-körül átható csend terpeszkedett, Mischa a saját szíve dobogását is hallani vélte. Amikor a zuhanyozást követően visszatért a fürdőszobából, Latheának nyoma se volt. Az ágy érintetlenül várt rájuk és a kalapos lámpa fényénél a szoba valahogy kietlenebb képet mutatott, mint máskor. Megborotválkozott, ám az asszony továbbra sem került elő, így magára öltve háziköntösét a keresésére indult. Nehezen tudta eldönteni, mi aggasztja jobban, a Laurie-tól hallott hírek okozta érzelmi sokk, vagy mindaz az eseményfolyam, mely a mai napig sodorta őket. Az asszony túlzott érzékenységgel fogadta a híreket, elsősorban a kisfiút illetően. Laurie felbukkanása, illetve a marazioni emlékek felidézése sem segített a helyzeten. Látta a könnyek nyomát Lathea szemében, amikor az öreg piktorral az oldalán felbukkant a szalonban. Sőt, azt a furcsa vibrálást is érezte benne, amit már régóta nem. Bármi is történt az emeleten, megmérgezte a kedvüket.

A falak visszaverték lépteinek neszét, ahogy végighaladt a folyosón és lesétált a márvány lépcsőfokok alkotta tetszetős íven. A falikarok csekélyke fénye lehangolóan szürkére mázolta a tereket, amelyeket ezerszer látott már korábban, de színtelenségük most zaklatta fel először. Az egész ház nyomasztóan hatott rá. Az egyetlen fénypászma a szalonból szökött ki, hangok vagy neszek nem kísérték. Odasétált a résnyire nyitott ajtóhoz és bekukkantott. Lathea a szófa sarkába kuporodva, felhúzott lábaira összegömbölyödve üldögélt. Háttal az ajtónak csak a megkopott köpenyt lehetett látni belőle, mely leomlott a lábáról. Szép, ámde szomorúságot sugalló, kimerevített kép volt ez, amelybe ő hívatlan betolakodóként készült betörni. Lathea nem mozdult, így némi habozást követően besurrant hozzá. Meg akarta érinteni, ám a keze megállt a levegőben. A térdére hajtott arccal elszenderült ebben a messze nem kényelmes testhelyzetben. Lábfejéhez apró könyvecske hullt, melynek lapjait szorgos kezek írták tele. Mischa még sose látta azelőtt, ezért óvatosan felemelte, hogy belelapozhasson. Első pillantásra látszott, hogy a markánsan szögletes, dőlt betűk nem Lathea kezétől születtek. Inkább férfira vallottak.

- 1944. június 5. éjfél. Hajnalban kihajózunk. Még utoljára felhívtam a Parisiant. Bár senki egy szóval sem tett rá célzást, átsütött a vonalon, mennyire szenvednek Corey távozásától. Gyűlöletes jelenet volt! Soha nem éltem át hasonlót...Latty is ott volt...beszéltünk. Illetve alig tudtunk szólni néhány szót. A torkomat fojtogatta a keserűség... ahogy Lattyét is ugyanúgy. Hányszor olvastam, hogy a hallgatás sűrű lehet, de csak most értettem meg, tulajdonképpen ez mit jelent. Szeretem őt, éveken keresztül üldöztem egy ábrándot, mígnem megleltem...még nem voltam képes szavakba önteni, mit jelent nekem. Tehetetlenül markoltuk a kagylót és helyettünk a mélységes csend beszélt.... ő azonban így is megértett, magyarázatok nélkül. Az utolsó szó, amit tőlem hallott: Ég veled! Brrr! Úgy hangzott, mintha azért mennék el, hogy megölessem magamat. Helyette mondhattam volna azt is, hogy szeretem, de addigra késő lett, a vonal közönyösen búgott a fülembe... Uram isten! Sose felejtem azt az első beszélgetést a tisztáson és amikor megölelt. Egész életemben arra a pillanatra vágytam.... Elhagyták és megbántották, hogy aztán mi úgy szerethessük egymást, ahogyan szeretni egyedül érdemes.

Telepátia volt, vagy egyszerű megérzés, de Lathea megriadva felkapta a fejét, így ő egyenesen belenézhetett a vörösre sírt szemekbe. A bánatos arcra odaszáradtak a könnycseppek. Nem tudta, mit mondhatna. Posztumusz olvasni valaki naplóját akkor is felkavaró lenne, ha nem Tivy Rogers megrázó őszintesége szólna minden sorából.

- Gyere, chérie, nagyon későre jár – adta vissza a kis könyvecskét, amit Lathea szótlanul magához ölelt. Barna szeméből bizonytalanságot olvasott ki, ezért szavak helyett gyengéd körültekintéssel felnyalábolta és megindult vele a hallon át. – Nem szabadna ilyen sokáig fent lenned.

Nem számított válaszra. Lathea némán átfonta a vállát, a nyakába temette az arcát és hagyta, hogy felvigye a hálószobába. Neki se volt mit mondania.

- Vigyél el valahova – kérte Lathea a reggelinél. A kérés nem lepte meg, mindketten nyomott hangulatban ébredtek, az asszony különösen. Végigböngészte Tivy Rogers naplóját, ami elkerülhetetlenül a múlt befolyása alá vonta. De mivel nem beszélt a dologról, ő sem faggatta.

- Menjünk a Montmartre-ra – javasolta inkább eltűnődve. – Fetya – fordult a belépőhöz. –, tízre hívj egy taxit nekünk, légy szíves.

- Meglesz.

Az indulást várva Lathea a hallban, a bejáratnál árválkodó széken üldögélt, mire Mischa befejezett egy telefonbeszélgetést. Galinával társalogtak valamiről, ami önmagában véve is meglepő jelenet volt, bár az még inkább, hogy egyetlen hangos szót sem tudott elkapni.

- Hova akasztod az új képet?

- Szerinted hova, La Petit? – karolta át Mischa a kuzinját egy röpke másodpercre.

- A lakosztályotokba.

- Látni se bírod, mi?

- Szó sincs róla. Fantasztikus festmény! Laurel Doorn igazi varázslója a színeknek. Lathea pedig tökéletes modellje volt.

Latheát meglepte a nem várt, él nélküli bók. De Mischa nem hagyva időt álmélkodásra a kezéért nyúlt.

– Ideje mennünk. Ebédre itt leszünk, La Petit.

- Valami történt – jegyezte meg később Lathea eltöprengve.
- Mi történt volna?
- Kettőnk közül valószínűleg te vagy, aki ismerheti Galina pálfordulásának okát.

Mischa valóban sejtette. Egy némi túlzásokkal tarkított történet, mellyel sikerült annyira megtévesztenie, hogy Latheát többé ne gazdag férjre halászó olcsó nőcskének lássa, aki nemcsak gátlástalan, de egyben végtelenül ravasz is. Galina haragja és a szemrehányások egy ideje őt vették célba, amit jobban viselt a feleségét ért igazságtalan vádaskodásoknál.

Behuppanva a taxiba északnak kanyarodtak. A szép, napsütéses időben a város szikrázóan csábító arcát mutatta, a júniusi meleg kicsalta az embereket a parkokba, amitől Párizs igazi, élettel teli önmaga lett. Az épségben túlélt épületek között barangolva a háború valósága elképesztő messzeségbe sodródott, a varázs saját szelencéjébe zárta őket, ahol az utóhatásokat is csak erős szűrőn keresztül érzékelték. Ők talán még annyira sem, mint mások, akik piacra járva szembesültek a drágasággal, vagy az áruhiánnyal. Egyelőre azonban ez kevéssé foglalkoztatta a közvéleményt. A határ túloldalán továbbra is folyt a németek megregulázása, a lefegyverzés, illetve a helyzet áttekintése, ami életben tartotta az elmúlt évek feszültségét. Nem beszélve a távol-keleti eseményekről, melyek kizárólag hatalmas véráldozatokról szóltak. Annak dacára, hogy Japánt elvben már térdre kényszerítették, a végsőkig fanatikusan kitartó katonákkal folytatott dzsungelháború temérdek életet követelt. Nem volt ember, aki megjósolja, hogy a szövetségesek mennyi idő alatt tudnak eljutni a Japán Birodalom tűzfészkéig, hiszen minden talpalatnyi földért utolsó vérig meg kellett vívniuk.

- Mesélj a Montmartre-ról.
A szelíd hangra Mischa elfordult az ablaktól, hogy az asszonyra nézzen. – Ami azt illeti, a Montmartre a szabadság megtestesülése. A hegy a város második legmagasabb pontja. Errefelé rengeteg apró utca, öreg ház zsúfolódik össze, számos művész tengette itt az életét. És ez a mulatónegyed a Moulin Rouge-zsal meg a Moulin de la Galette-tel. Mindkettő híres, éjszakai tivornyák színhelye.
Lathea váratlan meglepetésként elmosolyodott. – Te is beavatott vagy?
- Úgy érted, megfordultam-e arrafelé?
- Ühümm.
- Hát, igen – Mischa elnevette magát a múlt emlékein merengve. – Apám elhozott Fetyát meg engem. Éretlen tacskók voltunk, frissiben érkezve Oroszországból. Arrafelé nem hallottunk olyasmiről, hogy nők félmeztelenre vetkőzve kellessék magukat a színpadon, színes tollakkal elfedve a hátsójukat. Bizonyára előfordult ilyesmi az arisztokrácia köreiben, éppen csak mi túl fiatalok voltunk ahhoz, hogy bepillantást nyerhessünk.
- Lehet, hogy a hűvös éghajlat teszi.
Mischa egy széles vigyor kíséretében a fejét ingatta. – Könnyen meglehet. Mindenesetre néhány hónappal a megérkezésünk után betöltöttem a húszat. Mindhárman kiégve és szenvedve a családokat ért tragédiáktól tengtünk-lengtünk. Egy este apám magához hívatott, Fetya a sarkamban lihegett. Uraim, mondta, felnőtt férfiak lettek, ezért van egy meglepetésem a számukra. Elvitt minket a Moulin Rouge-ba. Akkor láttuk először ilyesmit. Magától értetődően lenyűgözött minket a pompa meg a forgatag, gyönyörű nők, az erotika. Mondjam tovább?
Lathea ugratni kezdte. Időközben már kiszálltak a kocsiból és a Rue Pigalle-on andalogtak. A simogató időben nem voltak egyedül, de szerencsére kerülgetni

se kellett az embereket, akik hozzájuk hasonlóan ráérősen élvezték a kellemes időt. – Olyan rémes?
- Rémes? – hunyorított Mischa vidáman. – Ó, nem, semmi rémes nincs benne, mindössze talán nem egy szemérmes, angol lány fülének való.
- Már értem. Azt hiszem, elég szemérmetlen lettem ahhoz, hogy nyugodtan végighallgassam.
- Rendben, grófné.
- Tehát?
- Az oroszok felsőbb körökben szigorúan családi érdek és rang szerint nősültek, erről már meséltem neked. A lányokat szabályosan belehajtották a házasságba, ám, ha belegondolok, ez anélkül is pocsék iga lehetett, hogy az életüket az határozta volna meg, legalább egy fiút világra hozzanak. A szerencsésebbjének elsőre sikerült, de volt, aki belehalt a próbálkozásokba, sőt, a családunkban öngyilkosság is előfordult. Egyszer anyám és apám beszélgetését kifülelve hallottam, hogy apám kijelentette: 'Lyubov egy fajankó'. Lyubov a nagybátyám volt – fűzte hozzá magyarázatképpen. – 'Elegendő lenne a hálószobában megnyernie azt a szegény lányt és minden dacot meg ellenérzést letörne benne'. Lyubov bácsi ugyanis elhíresülten erőszakos ember volt, aki ötven felett elvett egy tizenhét éves lányt, ő meg két évre rá megmérgezte magát.
- Ismerted őt?
- Igen. Távoli unokatestvérem volt, és amíg a leányinternátusban tanult, a hétvégeket gyakran töltötte nálunk. Bűbájos, ragyogó léleknek ismertem, a házasság azonban tönkretette. Visszatérve a másik történetre, a huszadik születésnapomon apám különleges ajándékkal lepett meg. Elvitt Madame Robert szalonjába, ahol… hogy is mondjam… – Mischa az állát vakarta.
- Egy bordély volt?
Zavart nevetés érkezett. – Honnan találtad ki?

- A szemérem nem egyenlő az ostobasággal.

- Bocsáss meg, ma femme, ha valamit soha nem gondoltam rólad, akkor azt, hogy ostoba lennél. Egyébként nem igazi bordély volt, sokkal több annál. Egy intézmény bársonytapétával, rózsaillattal meg olyan asszonyokkal, akik tiszteletre méltó polgári életet éltek a falakon kívül, nem egy például hosszú házasságban. Láttam St. Malóban, milyen egy bordély, de Madame Robertnál más volt. Az ő házában helye se lehetett vadállati ösztönöknek vagy megaláztatásnak. Érted, mit akarok mondani? Azok az asszonyok odaadást tanítottak, bensőségességet, gyengédséget adtak a férfiaknak. Apám okos ember volt, azt akarta, hogy egy ismeretlen nő mutassa meg nekünk, hogy a testi szerelem abból indul ki, hogy én felajánlok magamból valamit, nem pedig elveszek a másiktól, akár erőszakkal is, ahogy Lyubov bácsi – megtorpanva a Boulevard de Clichy és a Pigalle sarkán szembefordult Latheával. – És látod, pontosan ez az, amiért Erwin Cowan nem tehetett boldoggá téged. Nem törődött vele, neked mire van szükséged... – utólag legszívesebben leharapta volna a nyelvét, de már késő volt. – Ne haragudj, túl sokat locsogok, gyere, menjünk.

Megindult volna, ám az asszony visszatartotta. – Mischa.

- Hm?

- Az őszinteséged néha tényleg zavarba ejtő.

- Valahogy sikerül vele minduntalan megbántanom téged.

- Nem bántottál meg, inkább azon töprengtem, nem ér-e többet egy kapcsolat, ahol jól ismerem a körvonalakat, fokozatosan tanulok meg tisztelni és szeretni valakit, mint az, amitől jóformán félek, mert erősebb nálam és úgy csap le, akár a villám.

- Most nem Cowanről van szó, ugye?

- Tivyről. A naplója... nehéz ezt szavakba önteni, de megijesztett. Őrülten szerettük egymást, mégsem tudnám megfogalmazni, pontosan milyen is volt, mi vonzott benne olyan ellenállhatatlanul. Egyszer csak ott állt a téren és én úgy éreztem, hozzám tartozik. Mégsem tudtam mit kezdeni ezzel az érzéssel. Most pedig már biztos, hogy ő is így lehetett vele.
- Nem örülsz neki? Szerintem hízelgő lehet ilyen önzetlen és tiszta rajongás tárgyává válni.
- Megfoghatatlan és kiszámíthatatlan. Nem voltam biztos benne, mit szeret bennem, és mi az, ami esetleg elfordítaná tőlem. Emellett mindvégig ott kísértett a gondolat, hogy nem is érdemlem meg őt.
Kocsik közt lavírozva átkeltek a sugárút túloldalára, hogy jelentéktelen utcákon folytassák az utat. Némán ballagtak ebben a labirintusban. A dombhoz közeledve az emelkedő utcák és háztetők felett fokozatosan kirajzolódott a Sacré Coeur fehér tömege. A napfényben úszva monumentális hatást keltett, ahogy a kék égbe fúrta tornyait.
- A kedvenced?
    Az áhítattól Lathea hangjában Mischa elérzékenyült. – Igen.
Lépteiket lassítva közeledtek, hogy végül megtorpanjanak a hosszú lépcsősor tövénél. Mischa ugyanazzal a rajongással csodálta meg az épületet, mint amikor először látta. Magában kacér mennyasszonynak becézte, mert nehezen meghatározható építészeti stílusával és szikrázó fehérségével meghódításra váró nőre emlékeztette.
- Gyönyörű – lehelte Lathea. Mischa büszkén sandított rá a szeme sarkából, miközben ő visszafojtott lélegzettel méricskélte a homlokzatot, a legömbölyített tornyokat meg a bejárat boltívét. – Mesélj róla valamit.
- Neoromán-bizánci építmény, utóbbit jelzi a kupola. A keleten divatos hagymakupolák egy szerényebb

formája. Az 1871-es vereséget követően kezdték építeni és iszonyú sokáig tartott. Csak 1919-ben adták át.
- Azelőtt, hogy Párizsba költöztetek?
Mischa nevetett. – Pontosan előtte. Új volt, kacér és dacos. Ötkupolás, görögkereszt alapú. Bemenjünk?
- Hát, persze!
- Figyelmeztetlek, hogy sokan túlzottan cicomázottnak tartják.
- Miért?
- A sok márvány miatt. Mitöbb, egyesek kifejezetten giccsesnek találják.
- És te?
Mischa megvonta a vállát, ahogy nekiindultak a lépcsősornak. – Én másként viszonyulok ehhez. Az ortodox templomok agyondíszítettek, aranyozás mindenhol, ikonok... nekem az is tetszik.
Felérkezve a boltívekhez megfordultak, hogy egy percre a nyárban fürdőző panorámát élvezhessék. – Ott van a Place du Tertre – mutatott Mischa jobbra. – Hajdanán ez az egész egy kis falu volt és a Tertre a főtér. Meg kell nézned egyszer, telis-tele van öreg viskókkal meg örökösen festegető piktorokkal. Erre északnak pedig a régi Montmartre legérintetlenebb része. Sikátorok, romos kerítések. A Norvius dúskál a kabarékban meg vendéglőkben, a Rue des Saules gyakorlatilag egyetlen lejtő számos festői betorkollással. Cézanne meg is festette. Azután ott a sarkon áll a 'A la Bonne Franquette', egy vendéglő. Arról nevezetes, hogy Van Gogh itt festette a 'La Guinguette' című remekét.
- Ez mit jelent?
- Szórakozóhely, ahol kis helyen sok jó, falusi ember megfér – magyarázta Mischa vidáman. – Nézd csak, arrafelé a Rue de l'Abreuvoir, a legenda szerint az itatóban nem más mosta meg a levágott fejét, mint Szt. Dénes. Az a kis utca a Rue Corto. Az egyik ház

éppenséggel a lakóiról lett híres: Renoir, Emile Bernard, Suzanne Valadon és a fia, Utrillo, meg André Antonine, a Theatre Libre alapítója.

- Mindannyian egy házban?

- Igen. Nagy kihívás, ugye?

- És te hogy kerültél ide? Ennyire messze a Montparnasse-tól?

- Beleszerettem ebbe a helybe, úgyhogy a távolság nem számított. Okker és Grafit is remek keresetet talált a rengeteg turista között. Na, gyere, bemutatlak az én 'kacér menyasszonyomnak' – ezzel kézen fogta az asszonyt és besétált vele az impozáns boltívek alá.

- Fettisov.

- Igenis, asszonyom?

Latheának cseppet sem tetszett a férfi távolságtartó magatartása. Valamikor barátok voltak és ő ezt az értékes barátságot semmiképpen nem akarta feláldozni saját kétes értékű grófnésága oltárán.

- Mit tehetek önért?

- Először is szólítson a nevemen, ahogy régen – a férfi arcán megjelent egy 'már megint'-féle kifejezés. – Ne viselkedjen velem ilyen ridegen.

- A helyzet időközben megváltozott, Lathea.

- Számomra nem. Ugyanaz vagyok, akire Stepney-ben vigyáztott, és ugyanúgy gyűlölöm a fennhéjázást. Ne kényszerítsen ebbe a szerepbe. Kétszer mentette meg az életemet, jobban ismer, bárki másnál. Mondja, mit kell tennem ahhoz, hogy félretegye ezt a formális asszonyomozást?

- Azt azért elhiszi nekem, hogy nem akarom megbántani?

- Amennyiben teljesíti ezt a kérésemet. Hacsak nem kifejezetten Mischa ötlete.

- Természetesen nem.

- Rendben.

Fettisov mozdulatlanul álldogált egy hosszú, néma percig, majd megadóan bólintott. – Igyekszem megváltozni.

– Ne változzon meg, hanem legyen megint a barátom, mint régen. Árulja el, ki telefonált Mischának?

- Aurore Stévenine.

- Ő Chantal rokonságához tartozik?

- A testvére. Régen közel álltak egymáshoz, de Roryt más fából faragták.

- Remélhetően jobból.

Fettisov könnyedén felnevetett, ami nyomtalanul elkergette az iménti haragoskodást. – Nem kétséges. Rory érző szívű, kedves lány. Sajnos évekig nem hallottunk felőle. A háború kitörése után ment férjhez és 40. elején a férjével Afrikába költöztek. Tavaly tértek vissza Svájcba. Tudja, engem is érdekelne, miért telefonált, ugyanis hallhatóan remegett a hangja – ez már a régi Fettisov volt. Gondoskodó és érzékeny mások gondjai iránt.

A bejárati csengő eljátszotta a kis dallamot, melyet, noha nem volt erős, a házban mindenhol meg lehetett hallani. Fettisov elporoszkált, Lathea pedig kényelembe helyezkedett. Éppen csak felvette a könyvet, amit Mischától kapott ajándékba, amikor a hangokat meghallotta odakintről. Fettisov egy nővel beszélt és a hanghordozásából ítélve, magára húzta a komornyik szerepét.

Belemélyedt ugyan a regénybe, ám hamarosan a két alak megjelent a küszöbön, így félbeszakították. Fettisov maga elé terelte volna a nőt, csakhogy az olyan riadtan ácsorgott, alig mert beljebb lépni. Szép arcú, sudár lány volt, az ablakon behömpölygő napfény lágyan körbefolyta törékeny alakját. Jobban megnézve őt az egyszerű ruházat, mely minden túlzás nélkül szegényesnek mondható, formátlanul lógott rajta, a lesoványodott test annyira nem töltötte ki. Zöld tekintete szakadatlanul a szoba rejtett zugai után kutatott, és a rémült archoz társuló enyhén görnyedt testtartás is azt sugallta, állandó készenlétben áll. Készen arra, hogy elmenekülhessen.

– Grófné, elnézést a zavarásért, a kisasszony a férjét keresi, de egyetlen percet sem tud várni.

– Életbevágó átadnom egy üzenetet – hadarta a vörös tünemény szinte hibátlan angolsággal.

– Fettisov, keresse meg Mischát, kérem. Miért nem ül le addig, Madmoiselle...?

– Reyes.

– Üdvözlöm.

Fettisov közelebb lépett volna, hogy elvegye a látogató kalapját, illetve a nehéznek látszó útitáskát, de az valósággal megrettenve tőle tiltakozott. – Nem, ne jöjjön közelebb!

Megadása jeléül Fettisov feltartotta a kezeit.

Megerősítésért lopva Latheára lesett, mielőtt elsietett. Újabb noszogatás után a lány féloldalasan a fotel szélére ereszkedett, miközben fürkész tekintetét le se vette Latheáról.

– Messziről érkezett? – kezdte Lathea szelíd hangon a beszélgetést, próbálta legyűrni a bénult hallgatást.

– Bretagne-ból. Önt Latheának hívják?

– Igen, honnan tudja?

– Michel... nagyon sokat mesélt magáról.

Lathea titkon megrökönyödött a hibátlan angolságon. A lány szegényes öltözete egykori önmagára emlékeztette, arra az énjére, aki a lelke mélyén meg is marad most már örök időkre. Az egyszerűség lerítt a szoknyáról és a blúzról, és ugyan mindkettő látott jobb napokat is, eközben mégis makulátlanul tiszták és vasaltak voltak.

– Ezt nehezen tudom elképzelni.

– Az ember mindig büszke arra, akit szeret.

Ha erre volt is megfelelő válasz, neki nem jutott eszébe.

- Nevi, hol vagy? – Mischa hangját szaladó léptek kísérték. – Nevi!
- Itt vagyunk.
A férfi jóformán berobbant a szalonba és túláradó örömében jóformán kiemelte a látogatót a fotelból, hogy magához szorítsa. Összeölelkezve álltak egy darabig, majd eltartva magától, végignézett rajta. – Menny és pokol, mennyire boldog vagyok, hogy látlak! – ezzel lekapta a lány fejéről a széles karimájú kalapot, melynek árnyékába csinos arca teljesen beleveszett.
- Ne! – kapott Nevi sikítva a kalapja után. Érthetetlen tiltakozás volt, mígnem ott állt a ragyogó napfényben csúnyán összevert arccal.
- Ez meg mi? – mordult fel Mischa. A durva hang ellenére leheletnyi érintéssel tapogatta végig a megkínzott, vágásoktól és ütésnyomoktól elcsúfított homlokot és halántékot. – Felelj, Genevieve Reyes! Ki tette ezt veled? És miért viselsz fejkendőt nyáron? – minden ellenkezésre fittyet hányva kioldotta a fekete kendőt, hogy szinte megrémissze az alóla előbukkanó, majdnem tar koponya látványa. – Úristen, Nevi!
A fiatal lány összegörnyedt a hisztérikusságig elkeseredett zokogástól. A tenyerével végigsimítva a fején Mischa számos sérülés nyomára bukkant. A brutálisan lenyírt hajkorona vörös csonkja szívszaggató látványt nyújtott. – Ki volt az a…?
A lány nem tudta abbahagyni a keserves sírást, egész teste belerázkódott a fájdalomba. Lathea tekintete találkozott Mischáéval. Tehetetlenül karolta át a vékonyka figurát, aki tőle már nem riadt vissza úgy, mint az imént Fettisovtól. Óvatosan, egy-egy vigasztaló érintéssel várta, hátha a könnyek elapadnak.
- Thea, ma chére, kérlek, önts Nevinek egy pohárkával. A sherryt szereti.

Lathea a jelenettől letaglózva, remegő kézzel töltött egy adag sherryt. A kínzó sírás mintha fokozatosan csillapodott volna, noha a lány továbbra is annyira elesettnek és vigasztalhatatlannak látszott, szinte neki is könnyek gyűltek a szemébe.

- Idd ki, Nevi, fenékig! – beletelt néhány percbe, míg Mischa belediktálta az italt.

- A kisasszony fontos üzenetet hozott neked – kockáztatta meg Lathea a bejelentést fojtott hangon.

- Üzenetet? – vándorolt Mischa megtört tekintete a lányra. – Kinek az üzenetét?

- Darcyét.

- Jobban vagy?

Genevieve Reyes kihúzva magát fürgén a kendő után kapott és a fejére csavarta. Mintha ettől ismét biztonságban érezte volna magát. Feltűnő sietséggel távol húzódott Mischától és belepirulva, lehajtott fejjel mentegetőzni kezdett. – Mit gondol majd a feleséged, ha egy másik nőt ölelgetsz? Még akkor is, ha az ilyen siralmasan fest?

- Ugyan, Nevi. Pontosan tudja, mit kell gondolnia.

- És azt is tudja, hogy éveken keresztül egyetlen nő se kellett neked? Mert mindvégig azt hitted, egyszer ő is szeretni fog téged?

Mischa Lathea felé fordult. Hirtelen mosolyra emlékeztető fény jelent meg a tekintetében. – Remélem, hogy tudja. Látod, megtaláltam őt és itt van velem. Ez a jelen, Nevi, a háborúnak vége, a terror elmúlt – a hangja önkéntelenül is megkeményedett, amikor folytatta: – Tehát tudni akarom, ki művelte veled ezt a borzalmat.

- Ruthger – nyögte Genevieve ismét könnyben úszó szemmel.

- Ruthger! – a kiáltástól Lathea összerezzent, nem kevésbé a Mischa arcán megjelenő kegyetlen, gyűlölködő arckifejezéstől. – Ruthger! Honnan a pokolból került elő?

- Betört hozzám, Michel, és napokig ott is maradt, amíg Darcy meg nem látogatott. Szerencsére nem egyedül érkezett, harcolniuk kellett vele. Francois Doiré meghalt, amikor Ruthger felgyújtotta a pajtát, a tűz pedig átterjedt a házra.
- És ő? Vele mi lett?
- Megölték.
- Mondott valamit? – Genevieve bólintott. – Micsodát?
- Egy nevet és ez az üzenet: Chantal.

Mischa éppen levegőt akart venni, ám a mellkasa hirtelen kitágult állapotban maradt, és bizony eltelt néhány másodperc, mire visszasüllyedt eredeti méretére. Az arcából kiszaladt a vér, a tekintete elsötétült. – Mit szedtek még ki belőle?
- A nő felbérelte őket.
- Őket?
- Három németet.
- Ruthger volt az egyik. És a másik kettő?
- Darcy utánuk megy, meg a nő után. Sejtik, hol lehetnek.
- Hol? Hol? Nevi, hol?

A lány makacsul hallgatott. – Én nem tudom. Darcy maga akart odamenni… nélküled.
- A pokolba! – az első keze ügyébe került tárgy röptében ripityára törte a vitrin bal oldalát. – Chantal az enyém! Megöllek, Darcy – ezzel akár valami tébolyult elrohant.

Lathea a dühkitöréstől kővé dermedve, vakon bámult a kitárt ajtóra, ahol Fettisov alakja hatalmasodott. Arcán ugyanazt az értetlenséget fedezte fel, amit maga is érzett. A látogató ellenben cseppet sem tűnt megrendültnek. – Elmúlik – vélekedett, ami már-már ígéretként csengett. – Elég egy meleg ölelés… magától.

Az első gondolat, ami a szörnyű jelenet után Latheába hasított, hogy ez nő szerelmes Mischába. Bénultan méricskélte a sovány, megtört arcot, amely minden valószínűség szerint elképesztően fiatal lányt takart. És akkor hirtelen lehullott a hályog a szeméről. Tudta már, kicsoda 'Nevi, az én utcámból'. Nevi a Genevieve becézése lehetett, míg az én utcám a Rue de Rennes-re rímeltetett vezetéknevet fedte. Megvilágosodva egészen más szemmel figyelte a vendéget, akivel Mischa évekig egy szobában lakott, sőt, egy ágyban aludt a St. Malo-i nyilvánosházban. Egy fiatal lánnyal, aki itt a szalonban álldogálva bekötözött, kopasz koponyájával és összevert arcával is olyasféle kisugárzást tudhatott a magáénak, ami kevés ember sajátja. A legkevésbé sem látszott prostituáltnak, inkább olyasvalakinek, akit más emberek kéjvágya és gonoszsága préselt ebbe a szerepbe. Egy eltévedt fiatal nő volt, meggyalázva és megtaposva.

Mintha a lány olvasott volna a gondolataiban, szelíd belenyugvással azt mondta: – Kevés férfit ismerek, aki úgy szeret egy nőt, hogy egyetlen másik sem kell neki… Szeresse őt helyettem is.

- Ne menjen még, kisasszony, kérem.

A lány egyetlen örömtelen mosoly kíséretében megragadta a kalapját és kisétált a hallba. Fettisov engedelmesen félrehúzódott az útjából, ahonnan tanácstalanul nézett vissza Latheára. De ő nem mozdult. A gyászos jelenet hatása alatt állva olyan mázsásnak érezte a tagjait, hogy egyre csak a távolodó, karcsú alak hátát leste, mígnem eltűnt szem elől és a lépteit is elnyelte a házra visszatelepedő némaság.

Mischa a barakk hátsó fertályánál állt kikötözve a büntetőoszlophoz. Az első éjszaka volt, amikor a kellemetlen őszben bizonyosan fagypont alá esett a hőmérséklet. A cudar éjszakában kristálytisztán ragyogtak a csillagok és a felhőtlen égen dagadó hasú félhold világított. Legszívesebben csakis az ég magasztos rajzolatát leste volna, hátha akkor kevésbé érzi az utolsó verés ízét. De hiába volt minden kísérlet. A tagjai egyre jobban elnehezültek és ahogy egész testsúlyával roskadt össze, a kötél kíméletlenül fojtogatni kezdte a torkát, a csuklójánál pedig érezte, hogy a bőrét valósággal átmetszi. Émelygett. Ha néha sikerült is levegőt vennie, saját hányadékát szagolta, mely az egész mocskos öltözetét menthetetlenül átitatta. Meg akart halni. Ahhoz azonban se a verés, se a nyakára hurkolt kötél nem segítette hozzá. Elszenderedéseiből rendre arra riadt, hogy az ádámcsutkáját összeroppantja a vastag sodrás. Magatehetetlenül próbált változtatni a testhelyzetén, de egyre kevésbé maradt ereje ehhez a mutatványhoz. Leszállt az éjszaka. A csontig hatoló hidegben fagyhalálra ítélten, kikötözve és megkínozva alig érzékelte a valóságot. Egyszer elhaladt mellette az egyik őr. Kárörvendő, nyerítésszerű nevetéssel kirúgta alóla megroggyant lábait. Először fel sem akart tápászkodni, de a fickó nem hagyta megfulladni és akkorát rántott rajta, hogy esélyt hagyjon a túlélésre. Utána élvezettel bámulta a küszködését, vajon talpra tornázza-e magát, mielőtt a kötél belefojtja az utolsó szusznyi levegőt.

- Úri osztály, mi, te szemét, itt rohadj meg! – sziszegte távoztában és kiköpött.

A hidegtől csattogni kezdett a foga, ezt a testi reakciót is tehetetlenül tűrte, az akarata már nem uralkodott felette.

- Mischa! Élsz még?

A hang ismerősen csengett, mégsem jött rá, honnan. Lelassult agyán segíthetett volna, ha bizonyosan tudja, tényleg hallja-e a suttogást, nemcsak a képzelete játszik vele. Szerette volna kinyitni a szemét, hogy körbenézzen, de képtelen volt rá.

- Fetya vagyok.

Egy erős kéz megrázta, a következő pillanatban pedig elvághatták a köteleit, mert rongybabaként csuklott a fagyott talajra. A valaki rögvest fel is emelte. – A rohadt életbe, szedd össze magad, nem cipellek egyedül keresztül a tajgán – hallotta a szitkozódást. – Segíts már!

Minden maradék erejét összeszedve felnézett. A látomás Fettisovra emlékeztetett, az ő ragadozókat idéző testmozgásához. Összevert és alaposan bedagadt szemétől mindössze hunyorgásra tellett, ám halványan így is felismerni vélte régi barátját. – Fetya? – suttogta kábultan.

- Na, végre! Van kedved hazajönni?

Többre nem emlékezett. Elindultak. Fettisov jó darabon a hátán cipelhette, mert ő önkívületi állapotában önállóan egyetlen lépést se tudott megtenni. Nem érzékelte, mi történik körülötte, mígnem egyszer valami kunyhó-félében tért magához. Kőkemény, döngölt földpadlón hevert, az ablakokat befújta a hó, a teste pedig görcsbe rándult a hidegtől. Fettisov tüzet rakott a kezdetleges kályhába, amelyben csodával határos módon lángra kaptak a fahasábok.

- Tényleg te vagy, Fetya?

Fettisov megfordult és grimaszolt egyet. Pravoszláv szakállt növesztett és a haját a nyakába lógva viselte, ennek dacára a régi cimbora maradt. – Már hiányoltunk otthon.

Mischa hitetlenkedve meredt rá, majd fuldokolva felsírt. Úgy zokogott, ahogy csecsemők szoktak, addig, amíg a szemük véreres lesz és a tüdejükből minden levegő távozik. De Fettisov egyetlen szót se szólt. A hideg padlóra kuporodott és a karjába bélelte. Bepólyálta egy gyatra pléddel és ringatta, mígnem minden könnye elapadt. Pedig sokáig tartott három év keserűségét kisírnia.

- Azt hiszem, megerőszakoltak – hüppögte Mischa. –,
vagy még rosszabb...
- Nyugodj meg, semmi ilyesmi nem történt. Egy hétig
rajtad tartottam a szemem.
- Biztos?
- Biztos. Pihenj egy kicsit, mert ha eláll a havazás,
tüstént tovább kell mennünk.
- Inkább ölj meg most.
- Mischa! Ébredj fel, Mischa!
A női hang megzavarta a történetet. Valaki
megérintette az arcát és ő halálra rémülve felkiáltott. –
Ki van itt?
- Lathea vagyok.
Égett az egyik lámpa. Zakatoló mellkassal próbálta
kitalálni, hol lehet. Beletelt némi időbe, míg
felismerte az asszonyt és a szemében tükröződő
aggodalmat. – Egek ura! Ez az álom! – sóhajtotta
tehetetlenül és feltápászkodott, hogy a fürdőszobába
meneküljön. A hideg víz segített valamelyest, mégis
megrémisztették a karikás szemek, melyek a tükörből
néztek vissza rá. Fokozatosan odáig jutott, hogy
rettegett elaludni, mert ezek az álmok újra meg újra
megtalálták. Megtalálták és halálra gyötörték.
- Mischa, jól vagy? – cseppet sem volt jól, ennek
ellenére egy utolsó pillantás után a tükörképére
visszakullogott a szobába. – Mi van veled? Megint
Szibéria?
Nem volt értelme tagadni. Visszamászott az ágyba,
ami gyorsan kihűlt utána. Megtörten az asszonyra
nézett. – Párizs mindkettőnket boldogtalanná tesz.
Lathea közelebb fészkelte magát és hátrafésülte a
halántékánál őszülő tincseket. – Nem Párizs az oka,
hanem az emlékek.
- Az ugyanaz.
- Nem bújhatsz el örökké.

Komolyan el kellett volna ezen töprengenie, ám túlzottan is kimerült. Megfordult, hogy az asszony szemébe nézhessen.

- Genevieve azt jósolta, egy meleg ölelés elűzi a fájdalmadat – súgta Lathea.

- Annál többre vágyom, drágám, csakhogy nem gyógyultál meg.

- Akkor nagyon vigyázz rám. Mischa meg is tette. Latheát elnyomta az álom, elégedetten, boldog nyugalomban, mintha minden rendben lenne. Ő pedig a karjába bélelte, hogy továbbra is érezhesse teste melegét, meg a szenvedély maradékát. Magába roskadtan, feltámasztott háttal ült a szőke hajzuhatagot simogatva, miközben azt kívánva, bárcsak visszapörgethetne húsz évet az életéből.

Hamarosan megint iszonyatosan fázni kezdett. Dideregve rándult össze, mintha ostorral csépelték volna. A nyaka bele-belereccsent az ellenőrizetlen, görcsös mozgásba. Talán fel is kiáltott, mert érezte, hogy válaszul két erős kar szilárdan átfogja és még a fejét is megtámasztja.

- Ne bántsanak, kérem!

- Istenem, Mischa, senki nem bánt többé.

- Ne bánt… ne bántsanak – a gyerekek hanghordozásával szóló könyörgésre válaszul az ölelés szorosabbra fonódott körülötte.

- Fetya vagyok, hallasz engem? – rettegve, hogy mivel szembesülhet, alig mert felnézni. Tényleg Fettisov szorította magához, akárcsak apa a fiát. Hihetetlen megkönnyebbülést jelentett látni őt. Egykori szebb, de letűnt életének kedves látomása volt. – Hazaviszlek, Mischa, isten legyen a tanúm. A simogatás melegséggel töltötte el. – Nem szabadna itt lenned – tiltakozott erőtlenül.

- Ahogy neked se.

- Én már... réges-rég meghaltam. De te még elmenekülhetsz. Fetya, kérlek, mentsd az irhádat! Fettisov makacsul a fejét ingatta. – Nélküled egy lépést se teszek. Emlékszel még? Vérszerződést kötöttünk, azt pedig nem tépheted szét soha többé. Soha!
- Ne légy olyan ostoba, mint én voltam.
Választ hiába várt. Amikor ismét sírás szorította össze a torkát, Fettisov a saját teste melegével tartotta életben a kegyetlen, szibériai télben, és ha már a síráshoz is gyenge volt, egyszerűen álomba ringatta.

Mischa hiába bizakodott, hátha az asszony figyelmét elkerüli, mennyire nyomorultul érzi magát. Amint átlépte a szalon küszöbét és Lathea pillantása rátalált, tudta, hogy reményei önámítóak voltak. Az asszony valami mulatságosat olvashatott, ám tekintetéből hamar elillant az öröm utolsó fénysugara. Ezért nem is próbálva megjátszani magát, odaballagott a szófához és melléje huppant. Hátát a párnának vetette, karját pedig kinyújtotta a hátsó támlán.
- Rettenetesen nyúzott vagy.
- Képtelen voltam aludni.
- Hova mentél olyan korán?
    Mischa fásultan végigsimított az asszony karján. – Aggódtam Neviért, ezért felkerekedtem, hogy megkeressem.
- És megtaláltad?
Biccentett. – Fetya elkísért. Végigjártunk minden szóba jöhető helyet, mígnem a St. Lazare pályaudvaron belebotlottunk.
- Az merre van?
Mischa a tarkóját masszírozva felelt. – Elég messze innen, a Jobb Parton. Emlékszel még az Operára? Az a környék.
- Az tényleg messze van. Csak nem utazni készült?

- Nem tudom, lehet, hogy csak éjszakára húzta meg magát.

Lathea bánatosan sóhajtva félretette a könyvet az öléből. – Annyira sajnálom, Mischa. Én megkértem, hogy maradjon, de nem lehetett visszatartani.

- Miattam nem maradt volna, tudom jól. Azért hálás vagyok, mert megpróbáltad.

- Tudsz róla, hogy Nevi...

- Szerelmes belém? Igen, régóta így van. De én másnál vagyok érdekelt, ugye, mon amour?

Lathea odahajolt hozzá, hogy megölelje. Valamivel később elgondolkodva szólalt meg. – Vajon hány éves?

- Nevi? Huszonnégy.

- Huszonnégy! Egek!

- Idősebbnek látszik, ugye? És sajnos az is.

- Bizonyos értelemben önmagamat juttatta eszembe, ahogy ott...

Mischa váratlanul megragadta a kezét. – Ne is mondj ilyen szörnyűséget! Ez a lány túl van már minden elképzelhető emberi szenvedésen és megaláztatáson. Húsz se volt, amikor megismertem. Ruthger kényszerítette a bordélyba. Egyszerűen megtetszett neki, felszedte, megerőszakolta és attól kezdve Nevi oda volt láncolva St. Malóhoz. A háború előtt még olyan fiatal süldőlány lehetett, hogy nem alkothatott véleményt a férfiakról, se jót, se rosszat, mostanra pedig már annyian átgázoltak rajta, hogy soha semmi jót nem is fog róluk gondolni.

- Talán meg tudott volna szökni.

Mischa elhúzta a száját. – Ruthger nagy embernek számított arrafelé és gondja volt rá, hogy észrevétlenül a házból se tehesse ki a lábát. Ha makacskodott, alaposan helybenhagyta, ketten alig tudtuk leráncigálni róla. Nevi egy szökéssel mindannyiunknak a nyakára tekerte volna a kötelet.

A cseppet sem felemelő summázat hallatán Latheát kirázta a hideg. – Nem kérdezted meg, mihez kezd most?

– Régebben Korzikára vágyott a családja után, de ma reggel már egy zárdáról mondott valamit. Meglátjuk. Kezdetnek elvittem Fyodorovhoz, ő szépen meggyógyítja... még bőven lesz idő megfontolni, hogyan tovább – a rövid csendben Lathea felemelte a kezét, ujjai lágyan végigfutottak Mischa arcán. – Azt hiszem, Thea, ideje lenne elutaznunk innen... felcsillant a szemed.

- Tényleg?

- Csak nem visszavágysz Angliába?

Az asszony nem is leplezte, mennyire meglepi a következtetés. – Inkább Svájcra gondoltam. Legutóbb oda akartál menni.

- Most is Svájc jár a fejemben. Több okból is. Beszéltem azzal az orvossal, akit Max ajánlott. Megnézné ezt a vágást a nyakadon.

Az árulkodó kézmozdulat teljesen ösztönös volt, ahogyan Lathea a sebhez kapott. – Nem is tudom, félek.

- Akkor szedd össze minden bátorságodat, chérie, ugyanis nem mondok le a lehetőségről, hogy újra hibátlan legyen a bőröd. Az első vizit után kiderül, mit lehet tenni. Máskülönben van Svájcban egy házam. A Genfi-tó partján, ott eltölthetnénk néhány hetet.

- Szereted azt a vidéket?

- Régen szerettem.

- És a házat? Nagyon messze van?

- Annyira nem. Néhány száz kilométer. Eredetileg azért vettem, hogy Chantallal a nászút egy részét ott töltsük. Mivel az esküvő elmaradt, úgy határoztam, eladom. Csakhogy a háború előtt sokáig nem hirdettem meg, 38-39-ben pedig, aki tehette, nem ingatlant, hanem ékszert vagy műkincseket vásárolt.

A svájciak kevés letelepedési vízumot adtak ki, így a házat se tudtam jó áron továbbadni. Most akad végre egy-két jó ajánlat a láthatáron, ezért okos lenne odamenni.

– Nem fáj érte a szíved?

Mischa a fejét ingatta. – Befektetésnek vettem és az is maradt. Szóltam Leslie Frimsey-nek, hogy benzinre lesz szükségünk, ezért azt még meg kell várni.

Csókot lopott az asszonytól. Egész lénye odaadást regélt és ő napról napra biztosabban tudta, hogy az egykor bomlaszthatatlan anyagból épített falak leomlanak köztük. Elképesztő módon legtöbbször ugyanarra vágytak, hol szenvedélyre, hol egyetlen vigasztaló mosolyra. Lathea olthatatlan tudásszomja révén ő ismét felfedezhette magában a gyereket, ahogyan afelől sem maradt kétsége, ha valaki, hát ez az asszony tökéletesen megérti a rémálmok szülte rettegését is.

Ám a békés percet szilánkokra zúzta egy cinikus hang. – Nocsak, nocsak! A feddhetetlen gróf úr éppen elcsábítja a legjobb barátja feleségét?

Az orosz szavakra Mischa az ajtó felé kapta a tekintetét. Zoljka lehengerlő szépségének a gyász feketéje sem ártott. Haját kontyba tűzte és a leheletnyi rúzs éppen csak szerény visszafogottsággal utalt a máskülönben szíveket zúzó asszony valódi titkaira.

– Hogy kerülsz te ide?

– Besétáltam. Arra viszont a legvadabb álmaimban sem gondoltam, hogy Fettisov kis nejét fűzöd.

– Túl sokat gondolkodsz, Zoljka – vágott vissza Mischa megvetően. – Hagyd azt azoknak, akiknek nincs egyéb fegyverük.

– Beszélni akarok veled.

– Miről?

– Hallgasd meg.

Mischa habozott. Cseppet sem érdekelte Zoljka mondandója, ám ahogy ott álldogált vele szemben, valami mégis azt súgta, a legokosabb, ha tiszta vizet önt a pohárba. Ezzel tartozott magának és persze Latheának is. – Megbocsátasz néhány percre, ma belle? – annak ellenére, hogy az asszony bólintott, arckifejezése leleplezte elemi gyanakvását. – Gondolj arra, hogy utoljára jár itt.

- Legutoljára.
- Megígérem.

Mischa rákacsintott, mielőtt megindult Zoljka felé. – Menjünk a dolgozószobába – átvágva a hallon mindvégig maga előtt terelgette a nemkívánatos látogatót. Egyetlen perc is elegendő volt, hogy megállapítsa, jóval fiatalabbnak látszik a koránál, a belenevelt tökéletes ízlés minden porcikájában bizonyította az ereiben csörgedező kékvért. – Parancsolj – terelte be az ajtón, amit gondosan betett maga mögött. – Mi lenne az a fontos közlendő? Amíg összefűzött karokkal az asztal peremére fenekelt, a vendég körbejárta a magamutogatástól mentes, inkább odú hangulatú helyiséget. A bútorok hosszú bezártság után is szivar szagot engedtek ki magukból, amitől Mischa továbbra is úgy érezte, az édesapja nem hagyta magára.

- Ez a szoba a pétervárira emlékeztet. Apád ízlése – jelentette ki Zoljka. Fürkész pillantása mintha egy kis megindultságot fejezett volna ki. – Emlékszel még rá?
- Mire?
- Hogy milyen volt annak idején? A bálok, a vadászatok, a sok nevetés.
- Mit akarsz ezzel? Nosztalgiázni jöttél?
- Goromba vagy.

Mischa alig hitt a fülének, úgy szisszent fel. – Goromba? Ez a legkevésbé utálatos tulajdonságom mind közül.

- Haragszol rám… pedig részben vétlen voltam.
- Felteszem, nem abban a részben, amikor adtad alám a lovat és elcsábítottál, ugye? Se abban a részben,

amikor meg akartál gazdagodni belőlem. És abban sem, amikor hagytad, hogy a rendőrök elvigyenek?

– Ne add nekem a sértettet – vágott vissza Zoljka felpaprikázva, aztán rögvest vissza is vette a hangját.

– Azért vagyok itt, hogy mindent megmagyarázzak… szerinted ez olyan egyszerű?

Mischa hanyagul legyintett. – Szerintem mondj le a véleményemről, nem lenne hízelgő.

– Kurtizánnak tartasz, ugye?

– Pontosan annak – ezzel Mischa megkerülte az asztalt és a támlás székbe telepedett. Zoljkán látszott, hogy mélyen a lelkébe gázolt, ő azonban csakis saját csalódásaira tudott gondolni.

– Igazságtalan vagy, mint sok más férfi. Itt élsz kényelemben és ugyanabban a pazar csillogásban, amibe beleszülettünk, de nem mindenki ilyen szerencse fia. Úgy volt, hogy a családoddal szökünk el Pétervárról. Össze is csomagoltunk és vártunk, hogy apám jelt adjon az indulásra – Zoljka nekidőlt a falnak úgy mesélt tovább. –, de soha többé nem láttuk. Már besötétedett, amikor idegenek törtek be a palotába és mi annyi sarokba rejtőztünk, amennyibe tudtunk. Órákig lapultam mozdulatlanul egy szekrény rejtekében, levegőt se mertem venni. Az egész házon kriptaszerű némaság ült, körös-körül lábak dobogtak, ordibálást hallottam és megint semmi. Egész éjjel így ment. Egyszer aztán felém közeledtek, egyre közelebb, és akkor megtaláltak. Ahogyan a többieket is. Én voltam az utolsó.

– Meghaltak?

Zoljka apró fejmozdulattal felelt. Ezután hangja árulkodóan reszelőssé vált. – Megölték őket. Egyiket a másik után. Öt férfi. Masiulisszal az élükön.

– Masiulis? Nem hiszem el!

– Pedig így volt. A felfordulás előtt lovászként dolgozott apámnál, de ő a folyamatos hőbörgésekért

meg a lovakkal való kegyetlen bánásmódjáért
kihajította. Méltó bosszút állt, nem gondolod?
Nem volt szükség válaszra, Zoljka nem is számított
rá. Vett egy mély lélegzetet úgy folytatta: – Alkut
kínált, az életemért cserébe házasságot. Ne hidd, hogy
könnyű préda akartam lenni, de akkoriban olyan
átkozottul távol éltünk a valóságtól. El se tudtuk
képzelni azt a sok borzalmat, ami körülöttünk
tombolt, vad mesének hangzott.

- Meg is fizettük a naivitásunk árát.

- Meg, kamatostul. Masiulis odadobott bárkinek,
akitől hasznot remélt, elevenen fölfalt, elpusztított,
ahogy az állatokkal tette. Soha semmi nem volt elég,
mindig többet akart. Több pénzt, több hatalmat, több
befolyást. És mindig akadt egy férfi, akin keresztül
vezetett az út felfelé.

- Ahova fel is jutott.

- Micsoda kegyetlenség ezt ilyen hangsúllyal
mondanod. Te is férfi vagy, pontosan tudod,
hányféleképpen vagy képes leszámolni egy nővel.

A célzás kikergette Mischa arcából a vért. – Ne
merj engem Masiulishoz hasonlítgatni!

Döbbent csend követte az ingerült kitöréseket.
Ellenségesen méregették egymást, mígnem Zoljka
megtörten azt mondta: – Nem én akartalak csapdába
csalni. Masiulis hosszú tervezgetés után írattatta meg
velem azt a levelet, hazugság volt minden szava.

- És a te szavad, Zoljka? Egyáltalán nem érdekel, mi
volt, vagy mi nem volt. Minden erőmmel azon
vagyok, hogy elfelejtsem.

- Gyűlölsz engem, igaz?

- Igazán tudni akarod?

- Igazán.

- Igen, gyűlöllek. Talán nem téged kellene, mégsem
tehetek róla. Téged ismertelek és megbíztam benned,
Masiulis idegen volt.

- Azt hittem, megöltek téged.

Mischa nem bírt a fenekén ülni, ezért inkább felállt. Zsebre dugta mindkét kezét, hogy az asszony ne láthassa, mennyire remeg az elfojtott dühtől. – Meg is öltek. Éveket húztam le Szibériában. Megvertek, megaláztak, megkínoztak, köznevetség tárgyává tettek, hogy megfosszanak az emberi méltóságomtól. Márpedig ezt neked köszönhetem.

– Nem nekem.

– De neked. Ostoba voltál és vak. Észre kellett volna venned, hogy ugyanúgy lenyűgözöl, mint korábban, és meg kellett volna szöknöd velem, amikor unszoltalak. Lovagiasságomban akár az életemet is odahajítottam volna érted... te viszont...!

– Féltem.

– Hogyne! És félelmedben fikarcnyit se törődtél azzal, hogy úgy mented a saját bőrödet, hogy az enyémet hagyod kilyuggatni – a könnyek tovább fokozták Mischa viszolygását. – Ne színészkedj nekem, kérlek! Masiulis a föld alá került, úgyhogy el akarom felejteni ezt az egészet.

– Tíz év nem volt elegendő?

– Ne gúnyolódj velem, mert nem fogom eltűrni!

Zoljkát nem félemlítette meg se az erélyes hang, se a fenyegető mozdulat. Büszkén kihúzva magát felvetette a fejét, ahogy egyszer megtanították neki. – Vegyél feleségül, Mischa.

Az elképesztő kérésre Mischának tátva maradt a szája. Levegő után kapkodva meredt az igéző látomásra. Fel akart nevetni, egy gúnyos, gyilkos gesztussal, ám végül csak egy undortól terhes kiáltásra telt tőle. – Neked... neked elment az eszed?

– Hidd csak ezt, de bármire képes vagyok, hogy ne kelljen visszamennem abba a pokolba. Kérlek...!

– Ne, ne gyere közelebb, hozzám se érj! – ugrott félre az asszony útjából.

– Nem jöttem volna ide....

- Nem szabadott volna idejönnöd – tört ki belőle az eddig is nehezen féken tartott indulat. – Látni se bírlak!
- Ne tedd ezt velem, megölsz azzal, ha visszaküldesz. Módodban állna segíteni...
Mischa szembefordult vele. – Ha tehetném, se vennélek el, soha ebben a nyomorult életben. Az istenek már így is a hasukat fogva röhögnek rajtam.
- Hogy lehetsz ennyire kegyetlen!
- Te talán nem voltál velem az? – Zoljka nem szólt semmit. – Különben meg nős vagyok. Lathea az én feleségem, nem Fetyáé, úgyhogy felőlem akár azt is gondolhatod, hogy kizárólag ezért találom visszataszítónak az ötletedet.
- Most a szemembe hazudsz?
A gyanúsításra Mischa elzárkózón keresztbe fonta a két karját. Valószínűleg ez a mozdulat győzte meg az asszonyt, mert megbicsakló hangon azt suttogta: – Az a nő a te feleséged?
- Igen.
- Istenem! Hiába volt minden. Alig tudtam kiszabadulni a követségről. Úgy őrzik, akár egy börtönt.
- Nem az én gondom. És ha megbocsátasz...
Zoljka elkapta a karját. – Segíts nekem.
- Ugye, nem képzeled, hogy elválok a kedvedért? – a hangsúly is húsba maróan megvetőre sikerült, ám a mozdulat, amivel lerázta magáról a festett körmű ujjakat, végképp megsemmisítő hatással bírt.
- Ez az utolsó szalmaszál, amibe belekapaszkodhatok. Férjhez kell mennem... ha te nem...
- Én biztosan nem! Előbb akasztom fel magam.
- Akkor az oroszok közt... hacsak te nem teszed ezt lehetetlenné – a vádaskodó megjegyzésre Mischa felvonta a szemöldökét.
- Nem állítom, hogy nem nagy a kísértés, ugyanakkor annyira sem érdekelsz, hogy a számat kinyissam.

Felőlem bármelyik bolondot az oltárhoz cipelheted, ha senki nem tudja meg, hogy mi ketten valaha is ismertük egymást. Nem akarlak többé látni, a házamban pedig semmi szín alatt! Ezzel sarkon fordult és rá se hederítve az asszonyra az ajtó felé lódult. Fuldoklott a helyiségben, ismét hasogatott a feje, mintha villámok cikáztak volna benne. Már a kilincsen ült a keze, amikor a háta mögül utolérte egy kérdés. – Te öletted meg, igaz?

- Te megőrültél? – fordult vissza.

- Egy orosznál mindig hihető az alkoholmérgezés, ám Masiulis elvből nem ivott. Tompítja a gondolkodásomat, ezt hajtogatta... Mindenesetre köszönöm.

Mischa nem merte azt mondani, amit a legszívesebben mondott volna, azaz, hogy szívesen, inkább aszerint felelt, hogy végre befejezhesse ezt a nyomasztó társalgást. – Két percet kapsz, hogy becsukd magad mögött az ajtót és elfelejtsd ezt a házat. Két perc, egyetlen másodperccel se több.

Ezzel faképnél hagyta Zoljkát. Remegő térdekkel bemenekült a szalonba, hogy lendületes dörgedelemmel taszítsa be maga mögött az ajtót. Háttal nekizuhant a két szárnynak, mialatt lehunyt szemmel igyekezett visszanyerni lélekjelenlétét. A szíve a torkában zakatolt, majd szétvetette a nyakát. Amikor felpillantott, egyenesen Lathea megrökönyödött tekintetébe bámult.

- Mi történt? Az ördög üldöz?

És ő valóban úgy érezte. – Mondd, Thea, hasonlítok még arra az alakra, akit megismertél? Hideg szív, önfegyelem, rátartiság... hm?

- Attól tartok, nem.

- Ettől féltem – ezzel feltépte az ajtót és vakon nekiindult a hallnak.

45.

Újabb rémálomtól terhes éjszakát követően szaggató fejfájással maradt ágyban. Néha úgy érezte, a trópusi betegségekhez hasonló, már-már önkívületi állapotot hozó fájdalom kevés híján a másvilágra küldi. Az elviselhetetlen szenvedés évek óta elkísérte, hogy mindig akkor csapjon le, amikor a legkevésbé számít rá. Néha jóformán megvakult a kínzó fejfájástól és majd szétpattant a feje.

- Hoztam neked valamit – állított be Sergei egy héttel korábban néhány üvegcsével. – Próbáld ki bátran. Folyadékba keverve lenyeled és imádkozol, hogy hasson.

- Ugye, nem mérgezel meg ezzel a kotyvalékkal?

- Utólag tégy szemrehányást – veregette vállon Sergei, miközben magabiztos vigyora azt sugallta, az eredményt illetően nincsenek fenntartásai.

A párnára visszazuhanva Mischa tehát a csodát várta. Imádkozni ugyan nem imádkozott, inkább a háborítatlan csendet élvezte, miközben a plafonra szegezett tekintettel feküdt az átvirrasztott éjszaka után. Mígnem a szeme lecsukódott, hogy zaklatott félálomba merüljön.

Rettenetesen fázott. A meleg tűz ellenére csontig átfagyott. – Hol vagyunk? – saját hangja riasztó idegenséggel csengett. Alig maradt benne erő, jóformán abban sem volt biztos, Fettisov meghallotta-e.

- Irgiztől, remélem, délre – érkezett a válasz.

Időközben a barátja felemelkedett ültéből és megfordult. Apró tálat hozott oda hozzá, amiben valamit pépesre gyúrt. Ő már az étel puszta gondolatától öklendezni kezdett. – Nincs mese, ezt meg kell enned, cimbora.

- Nem tudom, nem bírom.

Fettisovval nem lehetett alkudozni. – Nem azért gyalogoltam közel ezerkilencszáz kilométert téged vonszolva ebben az átkozott országban, hogy éhen halj.

Mischa azonban akármit is vett magához, a java kijött belőle. Hónapok óta háborgott a gyomra, bármivel is terhelte, egyre gyengébb és erőtlenebb lett. A testén ejtett sebek kezdtek ugyan behegedni, ám a láthatatlanok makacsul kitartottak. Egyfolytában láz gyötörte, harmatgyenge lett, mint akit végzetes kór gyűr le. A tagjai mázsás súlyként lógtak a törzsén, hogy vonszolni is alig bírta magát.

- Irgiz? – suttogta száraz torokkal néhány óra felszínes szendergésből riadva. – Az meg hol van?

- Kazahföldön. Beszéltem ma valakivel, aki azt állítja, ezer-ezerkétszáz kilométer és átjuthatunk Iránba.

A feltételezett távolság hallatán Mischa legszívesebben sírva fakadt volna. Hónapok óta úton voltak, naponta végkimerülésig gyalogolva, miközben térdig süppedtek a hóba, dacoltak a borotvaéles széllel, éhínséggel, hideggel és a táj gyilkos formáival. Az út legnagyobb részére nem emlékezett, félig delíriumban a kimerültségtől és a gyógyuló sebek okozta fájdalmaktól kullogott Fettisov nyomában. De a kilátástól, hogy még legalább ekkora út áll előttük, teljesen magába roskadt. – Sose jutunk ki ebből a pokolból!

Felriadt. Vajon a saját hangjára vagy a nyomasztó emlék hatására, maga se tudta. Kábán bámult a faliórára. Épp csak elmúlt tíz óra. Magában morgolászva fektette végig az alkarját a homlokán. Bárcsak megszabadulhatna ezektől a gyötrő képektől, melyek álnokul lecsapnak rá, hogy folytonosan ott kísértsenek a gondolataiban, megmérgezve az álmait

meg az egész életét. Ezen rágódva némi
hitetlenkedéssel tudatosult benne, hogy a bénító
fejfájás jelentősen megszelídült. Mielőtt a
megkönnyebbülés örömének átadhatta volna magát,
diszkrét kopogás zavarta meg.
- Bejöhetek? – dugta be a fejét Galina.
- Gyere – kissé meglepte az elővigyázatosság, amivel
kuzinja betette maga után az ajtót. Amilyen viharos
lendület általában jellemezte, kevéssé törődött tárva-
nyitva felejtett ajtókkal vagy lesodort, összezúzott
dísztárgyakkal.
- Te még ágyban vagy? Egyedül a pizsama hiányzik
rólad.
- Nem vagyok a legjobb formámban – vallotta be
Mischa kelletlen beletörődéssel.
- A fejed?
- Hmm, le kéne vágni.
- Drasztikus megoldás lenne.
Vele ellentétben Galina fantasztikusan festett. Kecses
mozgásával, egyedülálló légiességével odarepült az
ágyhoz és egyszerűen átlépve őt a másik oldalra
térdelt, majd meggondolva magát a hátsójára huppant.
A lenge nyári ruha fellibbent a combján, ahogy
javíthatatlan szokása szerint egyik lábát felhúzta, és az
állát megtámasztotta a térdén. Szép volt, mondhatni,
kortalan. Az ereiben csörgedező távol-keleti vér
tehette ezt a csodát, de akármi is volt, harminc felett is
jószerével kamasznak látszott. Hajlékonysága és ez a
tökéletesített, nádszál karcsú test, a kísértésbe ejtő
nőies gömbölyűségével varázslatos összhatást keltett,
ami minden férfit ugyanúgy a hatása alá vont.
- Napok óta nem láttalak – panaszolta fel Mischa. –
Merre kóboroltál?
- Erre-arra. Lathea nincs itthon?
- Laurie sétálni hívta. Miért?
Galina megvonta a vállát. Neki csak most szúrt
szemet, hogy a nyári nap megkapta a bőrét. Ebből arra

következtetett, hogy az örök kóborló Párizsból kiszökve, valahol vidéken víkendezett.
- Üres a ház. Nem vagy féltékeny a barátodra? Latheára szemmel láthatóan nagy hatással van.
- Már megint kezded ezeket az alattomos dolgokat, La Petit? Abban bíztam, sikerült megértetnem veled, hogy ha minden áron farkast keresel...
- Akkor az te vagy. Igen, emlékszem. Mischa lustán elnyújtózva felsóhajtott. – Akkor meg miért kezded folyton elölről?
- Felejtsd el, nem akartam semmi rosszat. Az viszont meglepett, amit Sergeitől hallottam. Áruld el, mit akart itt Zoljka? Már rég hazamehetett volna, hiszen a férje meghalt.
- Nem fűlik hozzá a foga, máris jobban szereti Párizst. Galina elsötétült tekintete regéket mesélt. – És neked mi közöd ehhez?
- Az égvilágon semmi és ezt kerek-perec meg is mondtam neki. Nem akarom többé errefelé látni. Galina nem válaszolt, így átmeneti hallgatás lopakodott közéjük. Mischa elkínzottan lehunyta a szemét. Bár a lüktetés lassan alábbhagyott a fejében, a sokadszor átvirrasztott éjszaka pokolian elcsigázta. Talán el is alszik, ha Galina nem véteti észre magát azzal, ahogyan az alkarjára fűzte hűvös ujjait. – Mischa.
- Hm?
- Figyelsz rám egy kicsit? – kinyitotta a szemét és a mandulavágásból érkező komoly tekintetbe fonódott a pillantása. – Honnan tudja egy férfi, hogy meg kell nősülnie?
- Tessék? – hirtelen azt hitte, nem jól érti az egyszerű szavakat.
- Te honnan tudtad?
- Mire való ez a kérdés? Mi jár a szépséges fejedben, La Petit?
- Kérlek, válaszolj őszintén. Nagyon fontos.

- Háááát... nem is tudom. Nem terveztem kifejezetten a nősülést.
- Akkor miért tetted?

Mischa megvakarta a fejét. – Nem akartam őt elveszíteni.
- Hiszen nem is szeretett téged. Ezt mondtad.
- Így volt.

Galina érzékelhető elszántsággal keresgélte a szavakat. – Hogyan lehettél biztos benne, hogy ő kell neked?
- Chérie, a magánéletem aknamezején trappolsz keresztül – Galina ingerülten belecsípett az oldalába és ettől a nem jellemző gesztustól Mischa valahogy úgy érezte, különleges jelentősége van ennek a beszélgetésnek. – Nos, Thea...szüksége volt arra a szenvedélyes boldogságra, amit előttem mástól nem kapott meg.

Furcsa módon Galina nem kezdett gúnyolódni, se éles megjegyzések nem hagyták el a száját. Inkább meglepően üres, zaklatott tekintettel révedt az ablakon túli nyárba. Ez az elkalandozó, bizonytalan hangulat nem illett hozzá. – Akartál valaha gyereket?
- Gyereket? – ismételte Mischa bugyuta gépiességgel.
- Hallod-e, ma igazán meglepő kérdésekkel rukkolsz elő.
- Tehát?
- Azelőtt nem.
- És mostanában? Vagy Lathea nem akar?
- Akarunk gyereket, ám előbb rendezendő ügyek tornyosulnak előttünk. Mondd, ma chére, mi ez az egész?

Galina váratlanul feléje fordult. – Szerinted mit gondolnak a férfiak egy olyan nőről, mint én?
- Mint te?
- Igen, őszintén.

- Nem biztos, hogy a legjobb alanyt faggatod, elvégre én akkor is szeretnélek, ha még ennél is utálatosabb kis szörnyeteg lennél.

- Nagyon vicces – Galina nem sértődött meg a cinkos mosolyt látva. – Különben éppen ezért kérdezlek.

- Hiszen te magad is tisztában vagy vele, hogy az isteni gondviselés milyen ritka szépséggel áldott meg.

- Kicsi vagyok.

- Légies.

- Vágott a szemem.

- Különleges és igéző.

- És a szám?

- Érzéki. Gyönyörű vagy, La Petit.

- Szeretőnek. Na, de feleségnek?

Mischának ezúttal tényleg elkerekedett a szeme. Borúsan méregette az oldalán kucorgó látomást. – Mondd csak, mire akarsz kilyukadni?

- Elváltam André-tól.

- Hmm, okos döntés. Ugyanis nem férfi, a legelején megmondtam neked.

Galinát ez a téma láthatóan hidegen hagyta. Kinyújtóztatta a lábát és felhúzta a másikat. – Nem veszel észre rajtam semmit? – kérdezte.

- Levágattad a hajad. Pedig szerettem úgy.

- Csak az alját. Valami mást?

Mischa tüzetesen végigfuttatta rajta a tekintetét. A csinos ruhán, melynek sárga anyagán színes virágok tündököltek, Galina vonzó idomain, karcsú lábszárán.

– Nem viseled a jegygyűrűdet – tévedt a pillantása az ujjaira.

- Nem talált… Elmegyek Amerikába.

- Naná, hogy elmész, és frenetikus sikered lesz, ahogyan mindig.

Galina homlokán mintha gondfelhő siklott volna át. – Nem táncolok.

Mischa megdöbbent. Váratlanul érte a bejelentés, ettől öntudatlanul is felült. Összevont szemöldöke alól

méregette a kuzinját, aki bánatos arccal nézett vissza
rá. – Hogy értsem azt, hogy nem táncolsz?
- Állapotos vagyok.
Két szó és a nyomában mély csend. A beszélgetés
megakadt. Mischa hitetlenkedve próbált hozzászokni
a gondolathoz, amit ez a két szó magába foglal. És
egyben igyekezett felmérni azt is, mit jelent a jövőre
nézve. Némileg röstelkedve, a felelősséget pedig
André Lautrec számlájára írva, tudatosult benne, hogy
Galinát soha nem kapcsolta össze az anyasággal.
Mintha a két dolog teljesen összeférhetetlen lett volna.
Olyan férjet választott, aki tökéletesen alkalmatlan
bármiféle felelősség vállalására, az ő élete meg
kizárólag a balett körül forgott. Most azonban egy
csapásra megváltozott a helyzet. Egy leendő anya ült
vele szemben, nem az a tornádó, éles nyelvű
szekatúra, akit az utóbbi időben alig tűrt meg a
házában. Ráadásul ott visszhangzott a fejében egy az
életükhöz szervesen hozzátapadt szó: koreográfia.
- Megszülöd? – kérdezte, de talán nem eléggé
árulkodó hangsúllyal, hogy belefoglalja, ezt mennyire
csodálatosnak tartaná.
Galina bátortalanul visszakérdezett. –
Helytelenítenéd?
- Dehogy! Éppen ellenkezőleg! És ki…
- Fetya, ki más?
Mischa megszorította a törékeny kezet. – Bocsáss
meg, csakhogy őt már menesztetted, vagy tévedek?
- Mit gondolsz, megbocsát nekem? Hiszen szeretjük
egymást. És a baba… – Galina egyelőre még lapos
hasára borította a tenyerét. – Én már látom, ahogy
növekszik.
- Ne viccelj, én semmit sem látok.
Halovány mosoly nyílt az eddig letört arcon. – Ó,
férfiak!

- Alig térek magamhoz, La Petit, miközben borzasztóan örülök. Elsősorban annak, hogy megtartod.
- Tudod, a tánc már nem tűnik annyira fontosnak. Mischa fellelkesülve nevetett. – És ezt egy prima balerina mondja?
- Mit szól majd Fetya?
- Szeret téged, ez nem elég?
Galina eltűnődött. – Kicsit félek. Olyan nehezen találtunk közös hangot, utána meg egyetlen szó nélkül elengedett. Ez…nem is tudom…
- Nem olyan rejtélyes ez – felelte Mischa lendületesen. – A háború előtt leplezetlenül faltad a férfiakat és olyan társasági örvény közepén éltél, amiben ő nem akart részt venni. Most pedig lemondott rólad, hogy akadályok vagy lelkifurdalás nélkül visszatérhess a színpadra. Én úgy látom, soha nem fog az álmaid útjába állni. Ezt akartad, és ő zokszó nélkül elfogadta, ahogy mindig.
Galina, mintha viaszból lenne az arca, semmilyen érzelmet nem mutatott. Merengve üldögélt egy darabig, majd fogta magát és eldőlt az ágyon. Ebben a furcsa pózban akár játékbabának is tűnhetett volna. Néhány végtelen percig mélységes hallgatásba vonult vissza. Élettől vibráló lényétől riasztóan idegen volt ez a magába roskadtság, ezért Mischát kissé nyugtalanítani kezdte.
- Mi jár a fejedben?
- Semmi kellemes.
- Ne beszélj rébuszokban.
Galina a hasára borította a tenyerét. Ahogy a ruha légies anyaga megfeszült, ebben a testhelyzetében már valóban sejtetni engedte a terhesség legelső jeleit.
– Te elítéled Latheát azért, mert más férfiak is voltak az életében?

- Egyáltalán nem, noha az összehasonlítást nehezen viselem. Bár azért a saját ámokfutásodat nehezen múlhatná felül.
- Mintha nem ismerném Fetyát, sejtelmem sincs, mit fog tenni, ha elmondom neki.

A panaszos hang hallatán Mischának megesett rajta a szíve. Kinyújtotta a balját Galina felé és megvárta, amíg felül. – Hallgass ide. Egyszerűen állj oda elé és kérdezd meg. Ugyanakkor arra ne is számíts, hogy helyeselné, ha a gyerek elé helyezed a karrieredet. Ismerve őt, ettől kezdve számára te és a kicsi lesztek az elsők, nem a színpad.

- Megváltoztunk, Mischa – szorította meg Galina a kezét. – És valahogy meg is öregedtünk. A háború érthetetlen gyorsasággal rajzolt át mindent. Bevallom neked, hogy a térdem alighanem tönkrement és sose leszek képes ugyanúgy táncolni. Így amikor az orvos közölte velem a hírt, szívszorító érzés fogott el, mert ezért a piciért az életem végéig felelős leszek. Az jutott eszembe, hogy azelőtt több kényelmet és jólétet adhattam volna neki, de kizárólag a karrieremre gondoltam. Ha most nem szülöm meg, talán már késő is lenne. Nekem és Fetyának egyaránt.
- Késő?
- Úgy értem, túl öreg leszek, vagy a kapcsolatunk zátonyra futhat. Őszintén szólva megijedtem ettől a kilátástól. Ostobaság, ugye?
- Miért lenne? Megfontoltabb lettél és, ha engem kérdezel, elegendő sikert és ovációt arattál már ahhoz, végre az önsanyargatás helyett másra is gondolj. Ha egyenesen beszélsz Fetyával, meglátod, minden megoldódik.

Galina váratlanul odahajolt hozzá és megölelte. Örök rejtély, de fényes haja mindig barackillatot árasztott. Mischa vigasztalóan meglapogatta a hátát.
- Most olyan vagy, mint régen.

- Te vagy olyan, La Petit. Lehullott rólad a cukormáz. Tudod, mit? Ma este elviszem Theát valahova, így magatokra maradhattok egy végtelen beszélgetéshez. És, légy szíves, ne ronts el mindent a nagyszájúskodásoddal és ne kapd fel a vizet. Galina szeméből könnyek buggyantak ki. Szokatlan, szégyenlős mosollyal mászott az ágy szélére, hogy felálljon. A kézfejével a szemét törölgetve mentegetőzött. – Az orvos szerint ez is egy melléktünet – ezzel az ajtóhoz sétált. Úgy tűnt, egyszerűen kisiklik a szobából, ám mégis visszafordult. – Szeretlek – mondta, mielőtt tényleg nyoma veszett.

Galina elképesztő bejelentése Mischát a megszállottságig lekötötte, elképesztette, megrázta, ugyanakkor régen nem tapasztalt izgalmat csempészett a szívébe. Maga volt a csoda, beleértve azt is, hogy ez a hír micsoda változást idézett elő egy karrierre szomjas és magát felszínesnek mutató nő lelkében. A siker hamis bevonata mögül előtörni látszott az az érző lény, aki valaha La Petit volt. Valaha, amikor még nem szédítette meg a csillogó dicsőség és közimádat, amikor még nem tulajdonított túlzott jelentőséget egyes férfiak lankadatlan, ám üres és számító hízelgésének. Amikor nem próbált hasznot húzni varázserővel bíró fizikai szépségéből és nem rebegtette igéző szempilláit azzal a megbotránkoztató profizmussal, mint manapság. És nem volt se keserű, se cinikus, se áskálódó. Akkor még ő is képes volt szeretni. Ám ma, hosszú idő óta először, újra érezte ezt a régi, testvéri összetartozást, ami valósággal elgyengítette, annyira jólesett.

Szédült az örömtől, ha belegondolt abba, néhány hónap leforgása alatt a nagybátyja lehet Galina kisbabájának. Szokatlan, gyerekes boldogság töltötte el, olyasféle érzés, ami riasztóan ismeretlen volt.

Elmerengett azon, amit Galinától az elmúlt évek kapcsán hallott. Néhanapján ő maga is kegyetlenül szembesült a kor súlyával, jóllehet a negyvenhárom esztendő önmagában nem ejtette kétségbe. Pusztán a temérdek csalódást, testi és lelki próbatételt érzékelte igazi teherként, mindazt, amin keresztül az útja idáig vezette. A szibériai emlékek feléledése felért egy vesszőfutással, jócskán kilátások vagy vigasz nélkül. Ugyanakkor éppen Galina bejelentése, valamint az elképesztő másság, amit ma vett észre rajta, ösztönözte, hogy ő is saját kezébe vegye a sorsát. Soha nem volt elég alázatos ahhoz, hogy eltűrje a céltalan sodródást vagy bizonytalanságot. Galinát hallgatva rájött, hogy az életében most érkezett el az a pillanat, amikor mindent jóra fordíthat. Jóra a maga és Lathea számára. Ha el akarja felejteni a múlt sérelmeit, meg kell változnia. Hiszen a múlton már amúgy sem segíthet.

A késő júniusi estében, ahogy a Montparnasse felé ballagott, meglegyintette az elégedettség szele. Úgy érezte, megtette az első lépést új élete felé és ezzel óriási súly gördült le a válláról. Azután, ahogy elhaladt a Montparnasse pályaudvar hatalmas tömbje mellett, felfelé tartva a dombra, igyekezett lerázni magáról az utóbbi hetek rémálmainak fásultságát. Körbe-körbe nézelődve szándékosan távol tartotta magától a kellemetlen emlékeket, hogy csakis azok a lélekemelő pillanatok maradjanak a szívében, a nevetések, az alkotás öröme, a kávéházi esték, melyek képesek a reményt táplálni. Megállította egy szerencsétlen, félkarú fickó, hogy tüzet kérjen. – Nem dohányzom, pajtás – csörrentett a tenyerébe néhány frankot, ezzel még nagyobb örömöt okozva. – Mi lett a karoddal?

A provance-i tájszólás ízesen recsegett a másik szájából. – Afrika. A rohadt fritzek ellőtték Casablancában.

- Casablancában?

Beletörődő sóhaj előzte meg a választ. – Nem voltunk kollaboránsok, mint jó néhányan. Akkor meg jöttek azok az átkozott horogkeresztesek és...

- Mit csinálsz errefelé?

- Semmit, tengek-lengek. A nővéremnél húztam meg magam. Szar ez az egész, mondhatom. Ha ez a győztesek dicsősége, kösz, én nem kérek belőle. Na, viszlát, ember, most megyek.

Egy utolsó intéssel a sovány alak besurrant az első utcába, hogy léptei hamarosan elhaljanak. Mischa továbbindult. Mindössze néhány sarok választotta el a jól ismert háztömbtől, ahol Bernard lakott, és ahol a háború előtti csodálatos években Laurie-val karöltve tanítgatták őt. Napvilágnál ma is csúnya, aránytalan épület volt. Ő ennek dacára varázslatos mesevilágként emlékezett rá. A boldogság szigeteként, ahol az egyetlen létező szabály, hogy nincs szabály. Az első emelet örömlányai, Louise a másodikon, mint kiöregedett díva a Moulin Rouge-ból, vagy a két fiatal szobrász a harmadikról, no meg a két veterán, Laurie és Bernard, mindannyian öntörvényű, az életet habzsoló emberek hírében álltak. Bámulta a magától értetődő természetességet, amivel Párizs konvencióktól mentes világában szerettek, alkottak és hódoltak a világi örömöknek. Önmagukat szerették, így semmi gondjuk nem volt a külvilággal. Pénz és elvárások nélkül semmi nem korlátozta a mozgásterüket, ami az ő fegyelmezett, célkitűzések, illetve normák uralta életéhez viszonyítva annyira csábítóan színes volt, hogyan is állhatott volna ellen?

A kiégett lépcsőházi égők keltette zavaró félhomályban felfelé botladozott. Bernard tetőtéri lakosztálya, merthogy a büszke tulajdonos annak tekintette, a negyedik emeletet foglalta el. Nappal egyedülálló kilátás nyílt a Szajna felé, mert szerencsésen egyetlen más épületet sem húztak fel azon az oldalon. Olyankor a hatalmas ablakból mindent látni lehetett, amit Párizsból érdemes. A Luxembourg Kertet a palotával, keletre a Sorbonne tömbjét, távcsővel a házrengeteg ellenére is kivehető volt a Notre-Dame, nyugati irányban szabad szemmel láthatóan emelkedett az Eiffel torony. Ilyenkor este egy barátságos bagolyvárrá vedlett át, ahonnan a festékek jellegzetes illatát a sűrű szellőztetések sem vitték ki.

- Itt semmi se változik – szögezte le elégedett mosollyal, mialatt Laurie beljebb terelte.

A műteremként is használt nagyobbik helyiség annak ellenére megtelt vásznakkal, hogy Bernard régóta nem dolgozott. Bizonyára a jelenlegi tanítványok félkész próbálkozásai támasztották a falakat, vagy Bernard régebbi alkotásai, melyek a reuma terjedésével aligha kapnak méltó formát az öreg kéztől.

- Szokatlan fényt látok a szemedben.

A lakonikus megállapítás hallatán Mischa felhagyott a rögtönzött kiállítás mustrájával, hogy szembenézhessen öreg mesterével. Egy végtelen percig karba öltött kezekkel állt és ma sokadszori próbálkozásra is visszatarthatatlan mosollyal töprengett el saját érzésein. – Megbékéltem magammal.

- Ejha!

Felnevetett Laurie jellegzetes válaszán. – Pedig így van. Ma…. igen, ma pontot tettem valami végére és ez rendkívül felszabadító érzés. Megkönnyebbültem.

Laurie kíváncsian méregette. – Lehetne bővebben? Szeretem hallgatni a boldog embereket.

- Hogyne! – Mischa ismét nevetett. – La Petit-vel kezdődött. Ugyanis állapotos és megtartja a babát.

- Gratulálok, ez valóban pompás újság!

- Tudod, Okker, évek óta először ma értelmesen beszélgettünk. Nem elbeszéltünk egymás mellett, hanem nagyon is nyíltan és őszintén, ahogy mindig kellett volna.

– És?

– La Petit mondott valamit, ami szöget ütött a fejembe. Hirtelen minden megvilágosodott. Laurie az egyik ősrégi fotelba huppanva sürgette a lassú monológot. – Mi minden?

– Ha kárpótolni akarom magam a sérelmekért, akkor most kell belekezdenem. Egy hónap és negyvennégy éves leszek, de még soha nem volt ennyi reményem egy jobb életre. Tehát elrendezem a félbemaradt ügyeimet és attól kezdve nem nézek hátra.

– Ha tudnád, mennyire örülök ennek, fiam. Mischa büszkén kihúzta magát. – Azt hiszem, már bele is fogtam. Felhívtam Leslie Frimsey-t, hogy kerítse ő elő Chantalt, engem többé nem érdekel. Gyűlölöm, de értelmét vesztette arra áldoznom az életemet, hogy bosszút álljak. Ugye, igazam van?

– Tökéletesen. A gonoszságot a sors úgyis mindig megfizetteti. Ez nem a te küldetésed.

– Én is azt hiszem – Mischa a zsebébe dugva mindkét kezét a kandallóhoz ballagott. Nyár lévén kitakarítva nagyon üresnek és hatalmasnak látta, noha élénken emlékezett arra, téli estéken milyen magával ragadó a benne lobogó meleg tűz. Egyszer lerajzolta Tiffanyt, amint meztelenül hevert a szőnyegen úri kurtizánokat idéző kecsességgel pózolva és az akt még Bernard-t is meghökkentette élethűségével. Több volt, mint egy akt. – Kimentem a temetőbe – bökte ki némi őrlődést követően és amint kimondta, már nem hazudhatta magának, hogy nem számít. Az utolsó tíz esztendő leginkább emberpróbáló tette volt szembenézni saját lelkiismeretével. – Sokáig ültem apa mellett és... talán elment az eszem, de beszélgettem vele. Laurie úgy állt meg az oldalán, hogy ő nem is hallotta a lépteit. Ám az erős, meleg kéz váratlanul megszorította a vállát. – Réges-rég meg kellett volna tenned.

- I…igen. Csakhogy cserbenhagytam őt és nem mertem a szeme elé kerülni. Butaság, de ahogy telt-múlt az idő, egyre jobban szégyelltem a gyávaságomat, amiért nem mentem. Így nemcsak életében, de halálában is csalódást okoztam neki. Laurie együttérzése a lehető leghatásosabb gyógyír volt. – Magadnak okoztál csalódást, nem neki. Szeretted és ezt tudnia kellett. Az apák, történjék bármi, mindig szeretik a gyermekeiket. Mischa habozva megfordult, hogy a csillogó kék szemekbe nézzen. Nem kellettek szavak, anélkül is tudta, hogy Laurie a lelke mélyéből megérti a kétségeit és a fájdalmát. Váratlanul még a karjait is kitárta, hogy úgy ölelkezzenek össze, akárcsak apa és fia. Nagy szüksége volt erre a kézzelfogható támogatásra.

- Amúgy Theát keresem – vallotta meg egy pohár konyak után, amit teljes egyetértésben gurítottak le. – Egész napra elraboltad.

- Igen, már éppen telefonálni készültem – lépett odébb Laurie, hogy rágyújtson az elmaradhatatlan szivarok egyikére. – Itt alszik a Pipacs-szobában.

- A Pipacsban?

A vendégszobában régen ő szállt meg, ha egy-egy tivornya vagy festés túlzottan is belenyúlt az éjszakába, máskülönben Bernard nemigen engedett oda be mást.

- Sétálgattunk, sőt, délben haraptunk is valamit, de pokolian meleg lett és Lathea elfáradt, úgyhogy feljöttünk ide egy kávéra. Délután nem érezte jól magát. Nem volt ugyan komoly, kissé szédült és gyenge lett.

- Még nem épült fel teljesen ennyi gyalogláshoz. Ráadásul a nyári hőségben.

- Igazad van, vigyázhattam volna jobban is. De az egész olyan hirtelen jött.
- Hívtál orvost?
Laurie a fejét ingatta. – Nem volt rá szükség, szépen elszundikált odabent. Ha akarod, te is maradj nyugodtan. Én megyek Grafit után, a La Rotonde-ban vár rám.
- Jól van. Már úgyis későre jár.
- Még valamit, Kolja – szólalt meg Laurie komoly ábrázattal. – A múltkor nem akartam mondani, de mielőtt eljöttem otthonról, érdekes vendégeim voltak. Az egyik minisztérium papírjait lobogtatva állítottak be, hogy Betty Cowanről és Corey-ról faggassanak. Alig szabadultam meg tőlük, máris egy bizonyos Mr. Forsham hívott telefonon.
- Ambrose Forsham? Igen, a barátom. Ő mozgatja a dolgot Corey ügyében.
- Ha tudsz róla, akkor rendben.
- És mit mondtál annak a két látogatónak?
Laurie pöfékelt kettőt a szivaron. – Remélhetőleg a javatokra járattam a számat – ezzel előhúzott egy levelet a kandallópárkányon álló könyvek alól. – Ma jött Carla Miltontól. Elhagyta Nick Cowant és a szüleihez költözött Truróba. Vitte a két kicsit is. Azt írja, Kester Frost visszacipelte Corey-t Londonba, miközben úgy viselkedik, akár egy tébolyult.
- Csak nem a vesztét érzi?
- Alighanem azt.
- És ír valami mást is?
- Ó, igen! Quentin Hyland-Flake megérkezett a Távol-Keletről.
Mischa összecsapta a két kezét. – Ez aztán a hír! A cimborád, Grant, igazán a szerencse fia!
- Végül is igen, hiszen a Quentin gyerek nem hagyta ott a fogát. Ugyanakkor Carla szerint a fél szemére megvakult és a japánok Changiban minden csontját darabokra törték.

- De túlélte!
- Öregemberként tért haza.
- Sajnálom. Küldök egy lapot Grantnek és Doreennak, hogy gratuláljak. Laurie halovány mosolyt erőltetett magára, miközben a levelet visszatette az iménti helyére. – Örülni fognak. Most megyek, Kolja, de ti maradjatok nyugodtan. A szépasszonyt reggel kávéval meg croissant-nal várjuk az asztalhoz.
- No, és engem?
- Sajnos nem tudom, az ilyen úri fiúk mit szeretnek – vigyorgott Laurie és játékból mellbe bökte Mischát.
- Jó mulatást!
- Tudod mit, nem is bánnám, ha egy fergeteges, vén piktorok tivornyáján bökne rám Szent Péter: Most te jössz! Mischa vidáman ugratta a távozót. – Hé, és így ígérgetsz te kávét meg croissant-t reggelire? – Laurie hahotázva legyintett, mielőtt alakja elveszett a lépcsőház fénytelenségében.

A tetőtéri bohémtanyára átható némaság hullott. A falióra ketyegését leszámítva pisszenést se lehetett hallani. Mischa megkínálta magát egy újabb konyakkal, mielőtt leoltva a hatalmas, rajzoláshoz is kellő fényt adó csillárt besurrant a szomszédos helyiségbe, amit ők maguk közt csak Pipacsnak hívtak. Sötétség fogadta. Beletelt némi időbe, mire a szeme alkalmazkodott hozzá és felismerte a tárgyak körvonalait. Az ablakhoz tolt ágyon ott aludt az asszony, felhúzott térdekkel, kissé összegömbölyödve, ahogyan gyerekek szoktak. Félrehajította a zakóját, amit a meleg estében inkább teherként cipelt magával, és megszabadulva a cipőjétől ő is lefeküdt. Lathea az oldalán pihent, elfordulva tőle, ám így is látszott, hogy zavartalan az álma. Nem akarta felverni, hanem a feje alá hajtogatott karral elnyújtózott és a feketeségbe vesző plafonra meredt. Nem kellett sok ahhoz, hogy gondolatai feltartóztathatatlanul visszakanyarodjanak az édesapjához, meg ahhoz a forró augusztushoz 1931-ben, amikor utoljára látta.

- Végighallgattam ezt a terjengős kiselőadást, fiam, de most már kibökhetnéd az igazságot.

Ott ácsorgott a hálószobájában az ágy végénél és arra vágyott, bárcsak a kínkeservvel kiagyalt történet eladná önmagát. Nem így lett. Az édesapja rendíthetetlen nyugalommal és rezzenéstelen arccal leste minden szavát, noha egyet se hitt el belőle. Feltehetően túl sokat látott már az ilyen dajkamesékhez, vagy ő nem tudta hitelt érdemlően előadni, amit kiötölt, a hatást mindenesetre késő lett volna korrigálni.

- Tehát?

Rosszul érintette a számonkérő hangsúly. – Soha nem hazudtam önnek.

- Ez ideig nem, de, ugye, nem gondolod komolyan, hogy elhiszem ezt a temérdek sületlenséget valaki valakijének a gondjairól, akinek valahova el kellett utaznia? Ugyan, Mihail fiam!

- Mást, sajnálom, egyelőre nem mondhatok.

- Az igazság feltehetően fele ennyire sem cirkalmas, miért nem bököd ki?

- Nem tehetem. Azt ugyanakkor megígérem, hogy amint visszatérek, a legapróbb részletekbe is beavatom – szavainak hatása ott ült az öreg arcán. Egy pillanatra úgy érezte, valósággal megfojtja a kikívánkozó vallomás, ám a késztetés gyorsan elillant. Gyávaságból bele se mert gondolni, mennyire megbántja azt, akit a legjobban szeret. – Miért nem bízik bennem?

- Azért, mert egy gyerekes történettel traktálsz, amiről mindketten tudjuk, hogy nem igaz. Miközben még az esküvőtől is visszaléptél, azt várod, hogy bedőljek

emlékeznék! A Diadalív lábánál ültél és ki se fogytál a kérdésekből, én meg azon törtem a fejem, megtalálnának-e, ha dezertálok? Mi a válaszod?
– Veled tartok, hogy számon kérjem az ígéretedet, gróf úr.
Mischa megkönnyebbült nevetése szétáradt az alkonyatban. Megragadta Lathea derekát és boldogan körbepördült vele a homokban, mígnem az a vállát átkarolva együtt kacagott vele. Szája Latheáét kereste, és mire talpra állította, szívét átjárta a remény. – Egy figyelmeztetéssel tartozom, ma chére. Ha a jövődet nélkülem képzeled el, Párizsban elveszítheted a háborút.
– Mit jelentsen ez... Kolja?
– Kolja? – Mischa szívből jövően nevetett. Hóna alatt a vázlatfüzetével, másik karjával átölelve Latheát a kert felé bandukolt. – Pontosan azt jelenti, amit mondok. Meg foglak hódítani. Párizs a szerelem városa és bizony te sem térhetsz ki az útjából.
– Ez egészen biztos?
– Hiába gúnyolódsz. Ott én leszek hazai terepen, és mivel szerelemben és háborúban mindent szabad, élni fogok a rendelkezésemre álló összes varázslattal. Készülj fel rá!

Lathea fülében visszacsengtek Mischa szavai, ámbár továbbra sem sikerült feldolgoznia a hallottakat. Lázadó módon a szívével rég tudta, hogy szereti. Nem is lehetett másként, ha arra a nyolc hónapra gondolt, amit együtt töltöttek a Parisianben. Kiváltképp a szikláról való lezuhanása után ő volt a legrendíthetetlenebb támasza. Nem egyszerűen ápolta, hanem a gondoskodásával szép lassan visszahozta az életbe. Követelődzések, vagy panaszáradatok nélkül állt mellette, minden megnyilvánulásával arra emlékeztette, hogy bizton lehet rá számítani. Ami még furcsábban hangzott, barátok lettek, és ez a meghitt kötelék nemcsak újdonságként szolgált az ő életében, hanem napról-napra egyre fontosabbá is vált. Az eszével mégsem tudta elfogadni, hogy valaki, akit Michel Kupolyevnek hívnak, éppen őt szereti. A vallomás ellenére sem. Ráadásul az irányában megnyilvánuló vonzalom régebbi keletű, mint valaha is sejtette volna.

Bárcsak emlékezne rá, mikor adott alkalmat, hogy Mischa beleszeressen. Ismeretségük kezdetét folytonos összeütközések tarkították, miközben cseppet sem előnyös oldaláról mutatkozott be. Meg aztán hol volt ő abban a szerény szobalány uniformisban a csillogó estélyi ruhákban pompázó hölgyektől, akikkel a férfi a bálokon táncolt? Hiába is gyötörte magát, nem tudott saját kérdéseire választ lelni, jóllehet hízelgett neki Mischa gyengéd ragaszkodása. Visszatekintve tudta csak igazán felmérni, mi mindet megtett érte, márpedig mi egyéb bizonyíthatná az érzéseit ékesebben? És ami a legkülönösebb, ma már cseppet sem riasztotta a kilátás, hogy a jövőjét Mischa köré álmodja meg. Noha messze nem volt ugyanaz a lángoló, szinte ártatlanul tiszta és erős szerelem, amit Tivy iránt táplált, mégis sokat jelentett, biztonságot adott. Tivy halála óta ő is megváltozott, ahogyan születendő gyermekének az elvesztése is nyomot hagyott rajta. Igaz, ha le is kellett mondania az illúzióiról, Mischától rögvest újakat kapott, melyek már nem egy álmodozó lány vágyai voltak, hanem az érett asszonyé, aki betöltötte a harminchármat.

Ahogy a tavaszi délutánban a tengerparton kagylók után kutatott, Mischát pillantotta meg. A dűnék közül bukkant elő. Rövidnadrágban, lobogó ingben. Összekócolt haját a szél az arcába kergette. – Hello, mon amour.

Már messziről látta rajta, hogy kirobbanóan jó kedve van, de amikor közelebb ért, a mosolya még ragyogóbbnak látszott. – Valami jó hír? - Hát, még milyen! A Rajna teljes bal partja a szövetségesek kezére került. És ez, szerintem, annyit tesz, hogy nyárra a németek lehúzhatják a rolót. Ez önmagában felemelő újság volt, Lathea mégis összevont szemöldökkel leste a folytatást. – Pusztán ennyitől lennél ennyire boldog? - Átlátsz rajtam. - Át bizony. Tehát? Mischa meglepetésszerűen felkapta és az ölébe ültetve a homokba ereszkedett vele. – Jean-Michel telefonált. - Ne titkolózz már! Mi történt? - Nem fogod elhinni. Megnősül – Latheának a torkára forrt a szó, mire Mischa élvezettel hahotázni kezdett. – Látod, megmondtam! - Ezt komolyan mondod? - A lehető legkomolyabban. A mennyasszony az elhunyt felesége távoli rokona. Brigitte-nek hívják és Jean-Michel a feje búbjáig belehabarodott. A telefonban alig bírt magával, nem is hallottam még ilyennek. Lathea átkarolta Mischa nyakát, ahogy az feljebb tolta a combján. – Hogyhogy? Már volt nős, nem? - Az merő érdek és számítás volt, drágám. Egy olyan nővel, akivel kölcsönösen kihasználták egymást, és aki a származása, illetve neveltetése révén előmozdította Jean-Michel pályáját. Ez most nem ilyen frigy lesz. - Nagyon örülök. A nevemben is gratulálj neki. Mischát elbizonytalanította a válasz. Lehajtott fejjel megigazított egy jelentéktelen ráncot Lathea szoknyáján. – Tulajdonképpen magad is megtehetnéd az esküvőn… Bretagne-ban – Lathea meghökkenve meredt a férfi tarkójára, mígnem az felnézett és pillantásuk találkozott. – Az utolsó nap Doverban lent a strandon, azt mondtad: Inkább a régi rossz, mint a bizonytalan új. Emlékszel rá? – Lathea biccentett. – Most mégis arra kérlek, ne hagyj egyedül visszamenni Franciaországba. Meg akartuk próbálni együtt, vagy meggondoltad magadat?

Lathea legszívesebben azt felelte volna, hogy igen. – Félek a változásoktól, Mischa. Az egész életemet Londonban és itt éltem le, külföldön olyan gyökértelen lennék.

– Nem hitegetlek azzal, hogy ugyanolyan lesz, mint itt, de ott leszek veled. Úgysincs egyéb vágyam, minthogy el se engedd többé a kezem.

– Attól tartok, gyávának születtem.

– Ne mondj ilyet, Thea. Szeretnék megmutatni neked egy világot, amit eddig nem láttál, de muszáj megismerned. Hiszen képzeletben már beutaztad az egészet. Kérlek, most gyere el velem is. Ha nem tetszik, egyszerűen visszafordulunk.

Lebilincselően hangzott. Az álmodozás, térképek és atlaszok helyett elindulni toronyiránt. – És Bretagneban kezdjük az utat?

Szerény, reménykedő félmosoly lopózott Mischa szája sarkába. – Miért is ne? Jean-Michelnek lelki támaszra van szüksége. Egy-két hetet töltsünk el a házában, ő úgysem lesz ott. Akár a nászutunk is lehetne, mielőtt Párizsba mennénk.

– Nászút?

– Igen, egy igazi nászút. Még tartozom vele. Mi a baj? Elpirultál, mon amour. Mi jár abban a szépséges fejedben?

– A házasságunk. Vajon te milyennek képzeled?

– Ezt hogy érted? Szeretlek téged, vagy ez nem elég?

– Hónapok óta úgy viselkedsz, akár egy megbízható jóbarát.

Mischa gyengéden megsimogatta az arcát. – Nem maradok mindig az, ebben ne is kételkedj. Nem fogok veled ál-házasságban élni. De beteg voltál, mi pedig,

ha jól rémlik, valami mélyebb ismeretségre vágytunk.
A hálószobában már rég egymásba szerettünk. Vagy
nincs igazam?
- Mindent fordítva csinálunk mi ketten.
- Van egy idézetem a számodra a jó öreg Willie-től –
súgta Mischa Lathea nyakába hintve egy csókot,
mielőtt belevágott a versbe. –

Szivem s szemem most szövetségre lépett,

hogy egy a más segítségére lesz:

ha szemem látni sóvárogja képed'

vagy szerelmedért szivem epedez.

Ha képed' látja: szemem ünnepet tart

S meghívja rá vendégül szívemet;

Majd szívem terít szerelmeddel asztalt

S üdvéből akkor szemem részt vehet.

Így, távol bár, se szerelemben, képben

Lényed szüntelen birtokomba' van.

Gyors gondolatom kísér minden léptén,

S én véle, ő veled van untalan.

Álmában is: képed meg-megjelen,

S gyönyörre költi szívem' és szemem[1]

Lathea hallgatott, ezért Mischa a füléhez hajolva azt
suttogta: – Mindössze időt akartam hagyni neked,
hogy eldöntsd, mikor van rám szükséged. Még csak
hívnod se kell, ma belle, ott leszek és elegendő rám
nézned, hogy tudjam.

---

[1] *William Shakespeare: 47. szonett*

- Köszönöm, drágám.

Mischa kedves mosollyal kacsintott. – Nos, grófné, megyünk Bretagne-ba?

- Menjünk, csakhogy biztosak lehessünk benne, Jean-Michel nem futamodik meg.

- Még csak az kéne! – sóhajtotta Mischa minden kétségbeesés nélkül.

A Parisian régen nem volt olyan üres, mint most. Laurie magányosan kóborolt benne, mozgásának neszeit bántóan visszhangozták a kihalt helyiségek, bár ez is csak félig-meddig volt képes lehangolni. Lelki szemei előtt Emerico esküvőjének megindító jelenetei peregtek, képek, melyekre oly sok éven át reménytelenül és hiába vágyott. Vagy azért, mert egyetlen fiától elszakítva élt, vagy mert Emericót korábbi balul sikerült próbálkozásai, valamint háborús sérülése visszatartották attól, hogy hajlandó legyen társat keresni magának. Azután jött Rusty Eyre a maga kislányos bájával, természetes üdeségével, és levette a lábáról.

Laurie, az ifjúság bűvöletében élve és mindenkor a pártjukat fogva, szintén rabul esett ennek a csupa élet lánynak. Jóllehet eddig kevés alkalma nyílt jobban megismerni, az ő fülébe is eljutottak a falubeli pletykák. Az emberek született vadócnak tartották, már-már megbotránkoztatóan törekvőnek.

Ugyanakkor senki nem vitathatta el, milyen nagymértékben függ tőle az Eyre-féle halüzem felemelkedése. Egy kényeskedő, városi lány lefitymálta volna őt, de errefelé az olyanoknak semmi keresnivalójuk nincs. Másfelől a lány őt is örök hálára kötelezte azzal, hogy Emericót új jövővel ajándékozta meg.

A fiatalok ugyan szerény esküvőt terveztek, ám a falubeliek zömét sértette volna, ha nem lehetnek jelen.